푸드 에콜로지

Food
Ecology

에콜로지 음식과 섭생의 생태학

이 책은 2013년 정부(교육과학기술부)의 재원으로
한국연구재단의 지원을 받아 수행된 연구임 (NRF−2013S1A6A4018055)

푸드 에콜로지

Food
Ecology

음식과 섭생의 생태학

김원중 지음

GEOBOOK 지오북

머리말

에티오피아 하라 한 잔을 청록색 커피 잔에 내려 책상에
앉는다. 짙은 갈색의 커피에서 나는 달콤한 꽃향기가 먼저 후
각을 자극한다. 혀에 첫 모금이 닿자 와인 향과 농익은 과일 맛
에 온 감각이 깨어난다. 이 향기의 날개를 타고 나는 마치 페
가수스 준마에 오른 듯 이미 현실의 세계를 벗어나 나만의 다
른 세계에 도착해 있다. 내게 커피는 사색과 상상의 세계의 문
을 여는 비밀의 열쇠이다. 이런 수직 이동과 더불어 나의 의식
은 수평으로는 지구를 반 바퀴나 여행한다. 이 한 잔의 커피
를 마시며 나는 내가 한 번도 가보지 못한 아프리카 동부 고원
지대 하라의 건조한 토양과 그 땅 위를 수놓는 풀과 꽃, 그리
고 청명한 하늘과 시원한 바람을 생각한다. 여기에 커피나무를
재배하고 커피 열매를 하나하나 수확하고 건조한 농부의 땀과
노고를, 그들의 희망과 한숨을 떠올린다. 내가 지금 마시는 이
한 잔의 커피는 이 모든 자연과 동료 인간들이 베푼 선물인 것
이다.

『푸드 에콜로지: 음식과 섭생의 생태학』은 나에게 찾아

온 이런 선물 같은 책이다. 영미시 전공자로서 청운의 꿈을 안고 찾아간 1980년대 후반 아이오와 대학에서 만난 셔먼 폴(Sherman Paul) 선생님은 내게 생태문학이라는 새로운 세계를 열어주셨다. 자연과 인간의 조화로운 공존을 탐구하는 생태문학의 중요성과 가치를 선생님에게서 배웠고 이는 귀국 후 한국에서 생태문학을 소개하고 문학과환경학회를 창립하는 모든 과정에서 가장 소중한 밑거름이 되었다. 폴 선생님이 생태적으로 읽어낸 게리 스나이더에 대한 연구는 내게 생태시 연구의 전범을 보여주었다. 이후 스나이더에 관한 연구는 웬델 베리로 이어졌고 이는 다시 베리의 지대한 영향을 받은 마이클 폴란에 대한 탐구로 발전했다.

한편 한국문학 번역가로서 한국문학에 대한 지속적인 관심이 김지하와 스나이더의 괄목할 만한 유사점과 미묘한 차이점에 주목하게 만들었다. 십여 년 넘게 지속되어 온 생태문화연구회에서는 다양한 분야의 최고 전문가들의 견해를 듣고 의견을 나눌 수 있었는데 백석 전문가인 고형진 교수의 발표는 백석 시를 자세히 들여다보게 하였다. 2009년 캐나다 빅토리아학회에서 기조 강연자로 온 루스 오제키를 만나 점심을 함께 하며 나눈 대화는 현 생태문제에 음식이 얼마나 주요한 역할을 하고 있는지를 깨달은 소중한 순간이었다. 채식주의에 대한 관심은 동료 생태비평가이자 채식주의자로서 연구실 벽을 공유하고 있는 사이먼 에스톡 교수에 힘입은 바 크고, 이런 관심이 한강의 『채식주의자』에 대한 연구로 이어졌다. 이런 점에서 이 책은 직간접적으로 내 인생의 여정에서 만난 고마운 존재들이 베풀어 준 선물인 것이다.

이 책에 수록된 글 중 몇몇은 이전에 여러 학술지에 발표된 논문을 수정 보완한 것들이다. 김지하의 글은 "A World in a Bowl of Rice: Chiha Kim and Emerging Korean Food Ethics," ISLE 19: 4 (2012)에, 게리 스나이더의 글은 "Ecological Eating: Gary Snyder's Existential Koan," 『문학과환경』 13:2 (2004)에 각기 게재되었다. 웬델 베리의 글은 「웬델 베리의 음식의 경제학과 섭생의 윤리」, 『미국학논집』 46:2 (2014)에, 그리고 마이클 폴란의 글은 「음식은 세상의 몸 : 마이클 폴란의 『잡식동물의 딜레마』에 나타난 생태적 섭생」, 『문학과환경』 13:1 (2004)에 실린 글을 수정하고 확장한 글임을 밝혀둔다.

이 책을 쓰는데 많은 분들의 도움을 입었다. 특히 "생태문화의 이해"라는 이름으로 개설한 음식 강좌를 수강하여 발표와 열띤 토론을 하며 음식과 생태학의 문제를 같이 고민한 학부학생들과 대학원생들에게 감사한다. 창경궁 후원이 내려다보이는 퇴계인문관 옥상 정원에서 각자 준비해온 "진짜" 음식을 나누며 온두라스 커피를 마시던 기억이, 그 기쁨에 들뜬 학생들의 얼굴이 지금도 눈에 선하다. 폴란의 논문을 같이 쓴 한진경 석사, 작가들의 전기 자료를 정리하는 데 도움을 준 송재순 석사, 그리고 원고를 여러 번 읽고 다듬어 준 이영현 박사에게 고마운 마음을 전한다. 이 책의 기획 단계부터 여러모로 도움을 준 우찬제 교수와 연구실에서 커피를 마시며 항상 새로운 아이디어로 생각의 깊이를 더하게 해준 사이먼 에스톡 교수에게도 감사한다. 항상 진정한 음식이 어떠해야 하는지, 그리하여 먹는 즐거움이 무엇인지를 경험하게 해 주시는 도도야의 오기천 선생님께 사의를 표한다. 설익은 원고를 다듬어 먹음직하고 향긋한 책으로 만들어 주신 지오북 황영심 사장님과 편집부 여러 선생님들께도 감사한 마음을 전한다. 그리고 무엇보다도 왜 음식이 사랑이고, 사랑이 나를 살게 하는 음식임을 보여주는 아내 현숙, 그리고 리리와 조은이에게 감사한다.

2018년 2월
검단산에서 봄을 기다리며
김원중

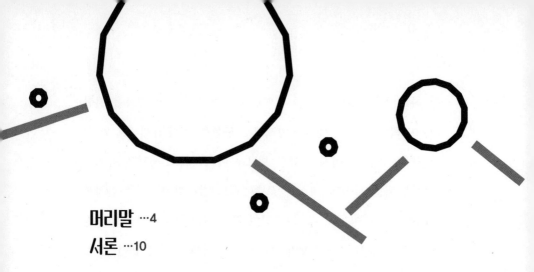

○ 차례

서론

　음식은 사랑이다. 음식은 사랑으로 준비하고 사랑으로 먹는다. 사랑하는 마음을 표시하는 데에 음식만한 것이 없다. 한 그릇의 음식에는 요리된 식재료만이 담겨 있는 게 아니다. 마음의 눈을 열고 보면 거기에는 어김없이 그 요리를 준비한 사람의 정성과 사랑이 들어 있다. 그렇기 때문에 그 음식에는 우리 기억의 모판에 새겨져 잊히지 않는 감동과 따뜻함이 있다. 마르셀 프루스트의 마들렌이 그러한 음식이고 백석 시인의 무이징게국이 또한 그러한 음식이다. 우리가 먹는 모든 음식은 다른 존재의 몸이고 그렇기 때문에 그것을 섭취하는 방법은 살생이라는 가장 심각한 폭력, 아니면 다른 존재의 자발적인 희생, 이 두 가지밖에 없다. 이런 점에서 그 사랑의 절정은 자신을 다른 사람의 음식으로 내어주는 행위일 것이다. 김지하가 「나는 밥이다」에서 주장하는 것처럼 우리는 그 구제적 실레를 "내가 생명의 빵이다(요한복음 6:35)"리며 자기 자신을 세상의 빵으로 내어준 예수에게서 찾을 수 있다. 음식은 우리의 정신과 육체를 이어주며, 우리의 몸을 지구와 연결한다. 그래서 음식이라는 단어는 생명을 의미한다고 할 수 있다.

‘우리가 먹는 음식이 우리’라는 말처럼 음식은 우리의 정체성을 결정하는 핵심적인 기표이다. 내가 어떤 음식을 먹느냐 하는 문제는 나의 개인적 정체성뿐만 아니라 사회적, 국가적 정체성을 구별하는 가늠자가 되기도 한다. 음식은 수평적으로는 나와 타인, 가깝게는 가족과 친지, 나아가 고향의 사람들과 민족, 국가를 연결해주고 수직적으로는 과거의 조상들과 미래의 후손을 연결해준다. 또한, 제사에서 보듯 음식은 눈에 보이는 현실의 세계와 보이지 않는 영혼의 세계를 묶는 매개이기도 하다. 음식과 섭생은 인간이 생명을 유지하기 위한 불가피한 삶의 조건으로서 우리를 에워싸고 있는 세계, 특히 자연과 맺는 가장 근원적이고 직접적인 관계이다. 음식은 우리가 살아갈 에너지를 제공해주는 단순한 연료가 아니라 우리와 지구 사이에 존재하는 가장 구체적이고 친밀한 연관성이다. 자연 세계가 우리 몸에 들어오는 통로가 바로 음식이다.

작금의 세계를 휩쓸고 있는 혹독한 추위와 더위, 전례 없는 가뭄과 홍수 등은 기후변화라는 위기에 처한 지구 생태계의 모습을 웅변적으로 드러낸다. 기후변화의 가장 직접적인 영향을 받는 것이 인류의 식량을 생산하는 농업이므로 이는 인류의 생존 자체를 위협하는 중차대한 문제이다. 지구 생태계의 급격한 변화는 생태 문제가 20세기 후반부터 인류가 당면한 최고의 문제이자 담론의 핵심임을 증명한다. 그러나 대부분의 사람은 아직도 생태 문제를 지구촌의 가장 시급한 문제로 인식하지 못하고 있으며 이를 해결하기 위해 총력을 기울이지도 않고 있다.

지구 온난화 및 온실 가스 배출을 규제하는 교토의정서에 에너지 소비 공룡인 미국이 가입하지 않은 것에서 보듯 환경문제에 대한 인식은 아직도 '올지도 모를, 강 건너 불'과 같은 수준에 머물고 있다. 2015년 파리 기후변화 회의에서는 이산화탄소 감축을 위한 노력에 모든 국가의 참여를 이끌어내긴 했지만 강제성이 있는 규제 없이 자발적 감축안을 제안하기로 해 구체적인 실효성을 지닐지 의심스러운 상황이다. 게다가 트럼프 행정부는 미국의 경제적 이득을 최우선 과제로 설정해 지금까지 힘겹게 이루어놓은 환경정책과 보호방안 등을 거의 부정·부인하고 있는 실정이다.

또 다른 한편 우리의 음식은 지역의 경계를 넘은 것은 물론 국가의 범주를 넘어 이미 세계화되어 있다. 세계 각처에서 생산된 음식물이 우리의 식탁에 오르고 있기 때문에 이제 원하든 원하지 않든 우리의 식생활은 세계적인 맥락을 지니고 있는 것이다. 우리는 지금 우리가 먹는 쇠고기 한 조각이 미국 아이오와의 옥수수 농장과 텍사스주의 공장식 가축농장과 밀접한 관련이 있고 나아가 기아에 허덕이며 죽어가는 아프리카 아이들의 운명과도 깊은 연관이 있는 세상에 살고 있다. 우리의 지구에는 현재 약 75억의 사람들이 살고 있는데 세계에서 생산되는 농산물은 이 모든 사람을 먹이고도 남을 정도지만 그 중의 10억 명 이상의 사람들이 굶주림에 시달리고 있다. 이는 다른 무엇보다도 더 많은 고기를 먹기 위해 사람들이 인구의 3배가 넘는 21억 마리 이상의 가축을 키우고 있고 이들이 지구상에서 생산되는 식량의 3분의 1을 먹어치우고 있기 때문이다. 이런 점들을 고려하면 음식과 섭생은 단지 우리 눈앞의 밥상에 어떤 음식이 올라오고 우리가 어떤 음식을 선택하여 먹느냐하는 단순한 문제가 아니다. 우리의 현재 도시 문명 자체가 에번 D. G. 프레이저(Evan D. G. Fraser)와 앤드루 리마스(Andrew Rimas) 의 말처럼 "잉여 식량의 생산과 교환이라는 토대 위에" 세워져 있다. 나아가 "식품은 부(富)이다. 식품은 예술이고 종교이고 정부이고 전쟁이다. 그리고 영향력을 갖는 모든 것이다".[01] 모든 살아 있는 존재는 배고프다. 그런 면에서 인정하고 싶지 않겠지만, 우리 모두는 식량의 노예인 셈이다. 이런 점에서 음식은 우리 삶의 근간이고 가장 중요한 사안이다. 따라서 음식과 섭생의 문제는 경제학, 정치학, 사회학, 철학, 신화학, 종교학, 윤리학의 문제인 동시에 식품영양학, 화학, 생명과학의 문제이기도 하다. 그리고 나아가 문화연구, 사상사, 페미니즘, 탈식민주의 등 여러 지형의 담론들을 포괄하는 복합적이고 역동적인 담론인 것이다.

우리가 몸을 지니고 있는 한 섭생은 누구도 피할 수 없는 삶의 조건이다. 음식의 문제와 섭생의 생태학은 일상생활의 생태학에서 매우 중요한 국면인데 우리가 무엇을 어떻게 먹느냐 하는 것은 우리 자신의 건강뿐만 아니라 생태계 전체의 건강과도 직결되어 있는 문제이기 때문이다. 현재 유통되고 있는 음식물의 상당수가 화학적 살충제와 제초제에 의해 심각하게 오염되어 있다는 것을 생

01· 프레이저, 리마스, 『음식의 제국』, 9

각해보면 이 문제는 더욱 중요할 수밖에 없다. 2016년 우리나라에서만 4천만여 마리의 닭과 오리를 매몰하게 만든 조류독감과 구제역, 광우병의 창궐, 그리고 일본에서의 원전사고와 방사능 유출, 그리고 2017년 계란 파동 등은 음식과 섭생의 문제에 대한 대대적인 각성을 촉구한다. 살충제와 제초제 등을 비롯하여 온갖 화학물질로 짓는 농업과 항생제와 성장호르몬 등의 사용으로만 가능한 공장식 축산업에 의해 생산된 고기, 여기에다 장기적인 안전성이 검증되지 않은 유전자 조작 식품의 범람 등을 더하면 현재 우리가 안심하고 먹을 수 있는 음식은 극히 제한되어 있고 이런 점에서 총체적 혼란에 빠져 있는 상황이다.

음식은 인간이 일상생활을 영위하기 위한 수단에 그치지 않는다. 그것은 인간의 존재론적인 층위에서 정치, 경제, 사회, 문화적인 층위로 다양하게 펼쳐져 있고, 더 큰 맥락에서는 생태 환경의 전체적 운동성과도 관련되어 있다. "나는 밥이다"라고 했던 김지하나 "나는 먹이사슬 어디에 위치하는가?"라는 게리 스나이더의 실존적 화두를 더 밀고 나간다면 우리는 이런 확장된 논의를 펼칠 수 있을 것이다. 음식은 인간이고, 세계이고, 나아가 우주이다. 따라서 음식에 대한 영양학적이고 과학적인 접근뿐만 아니라 인문학적이고 생태학적인 연구의 필요성이 절실하다.

오늘날 우리의 삶에서 소비자본주의의 위력은 거세지기만 하고, 그에 따라 음식을 단지 인간의 욕망을 채워주는 물질이자 도구로 치부하는 경향이 높다. 음식은 인간(기계)이 작동하기 위해 채우는 연료가 아니다. 음식과 인간에 대한 이런 기계론적 이해는 섭생의 생태학의 기본적인 철학과 전제를 위협하는 것이 아닐 수 없다. 거대 식품기업과 산업화에 의해 우리는 우리가 먹는 음식이 누구에 의해 어떻게 재배되었으며 어떤 경로를 통해 유통되는지에 대한 감각을 상실한 '음식 문맹자'가 되고 말았다. 그러므로 이 책은 이런 소비자본주의의 거친 추세를 거스르고 뒤흔들어 반성적 성찰을 확산시키고 그 결과 음식에 대한 새로운 인식을 도모하려는 기대를 가지고 있다. 인문학이 단지 사후적인 정리나 리뷰에서 그치는 것이 아니기 때문에, 우리는 섭생의 생태학을 통해 지금까지 형상화되었거나 다루어진 상상력과 담론들을 가로질러 새로운 생태학적 지혜를 모색할 수 있을 것이다. 올바른 섭생이 자기 자신의 개인적 건강뿐만 아니라 지구 생태계 전체의 건강을 담보할 수 있는 길이기 때문이다.

음식과 섭생의 생태학은 21세기 지구 환경에서 매우 절박한 요구이자 인간 현실의 절실한 요구에 대한 인문학적이고 생태학적인 응답의 성격을 갖는다. 음식과 섭생이 이렇게 중차대한 문제이지만 이 문제에 대해 생태적으로 깊이 천착한 작가는 많지 않다. 대부분의 음식에 관한 글은 어떻게 무엇을 먹을 것인가를 다루는 식생활에 관한 글이며 보다 구체적으로는 육식의 문제와 채식의 이점 등을 다루는 글이 대부분이다. 보다 깊게 철학적, 종교적, 윤리적으로 우리가 먹는 음식에 관해 고찰한 글은 찾아보기 어렵다. 먹는 행위는 단순히 허기를 채우기 위한 영양섭취가 아니라 문화적이고 영적인 행위인 동시에 정치적 행위이기도 하다. 이 책은 위와 같은 문제의식을 바탕으로 음식과 섭생의 문제를 천착한 한국과 미국의 대표적인 작가들 작품을 비교 분석한다.

한국 작가로는 백석, 김지하, 한강이, 미국 작가로는 게리 스나이더(Gary Snyder), 웬델 베리(Wendell Berry), 루스 오제키(Ruth L. Ozeki), 마이클 폴란(Michael Pollan)이 주된 논의의 대상이다. 연구 대상 작품을 영미문학 텍스트에 한정하지 않고 한국문학 텍스트를 함께 다루는 것도 심화된 지혜를 더 넓고 깊은 층위에서 모색하기 위해서이다. 전 세계가 식량의 생산과 소비에 있어 이미 국경이라는 경계를 넘어 불가분의 관계를 맺고 있기 때문에 이런 비교 연구가 한 나라의 작가들만 연구하는 것보다 더 폭넓은 관점을 제시할 수 있을 것이다. 이들이 제기하는 문제는 음식에 대한 종교적이고 철학적인 사유부터 문화적, 사회적, 생태적 고찰을 포괄하고 있으며 육식과 채식의 문제, 현대 산업 사회의 영농산업과 유기농, 가축들의 공장식 집단사육, 유전자 조작 식품, 옥수수 과다섭취, 나아가 식품산업의 영양주의와 "진짜" 음식의 선택 등을 포함하고 있고, 식량 생산의 바탕인 농업에서 실제 섭생에 이르기까지 전 과정을 아우른다. 이 책은 이들이 제기하는 문제를 구체적인 텍스트의 분석을 통해 연구하여 음식과 섭생에 관한 심도 있는 고찰을 모색한다.

먹이사슬과 우주와 한 몸 되기

1 —— 음식에 관한 철학적, 인류학적 고찰

음식을 먹는다는 것은 단지 우리의 배고픔을 채우고 살아가는 데 필요한 에너지를 얻는 행위에 그치지 않는다. 이런 생물학적 차원을 넘어 음식과 섭생은 종교적이며 철학적인 동시에 인류학적인 의미를 지니고 있다. 음식은 수직적으로는 인간과 신을 연결해주는 통로인 동시에 수평적으로는 인간과 다른 모든 생명체를 연결하는 고리이다. 또 다른 한편으로 음식은 인간이 우리 주변의 자연 및 우주와 맺는 가장 직접적이고 근원적인 관계이다. 그렇기 때문에 모든 생명체가 먹이사슬과 먹이그물로 연결되어 있는 이 지구에서 섭생과 음식에 대한 의미를 제대로 이해하기 위해서는 생물학과 경제학의 차원을 넘어 보다 포괄적인 접근이 필요하다.

게리 스나이더

김지하

이 장에서는 이런 주제를 평
생에 걸쳐 깊이 천착하고 있는
두 작가, 미국의 게리 스나이더와 한국의
김지하의 사상을 살펴보려고 한다. 두 사람은 각기 미국과 한국을 대
표하는 생태작가로서 동서양의 종교와 사상에 대한 해박한 지식을
바탕으로 음식과 섭생에 관한 동서양의 융숭 깊은 혜안을 제시하고
있다.

1장. 나는 먹이사슬 어디에 위치하는가

: 게리 스나이더의 실존적 화두

작가로서의 출발부터 게리 스나이더(Gary Snyder, 1930~)의 관심이 섭생과 음식의 문제에 있었음은 1957년에 펴낸 『*Earth House Hold*』(지구 살림)에서도 명확히 드러난다. 그는 이 책에서 "이 음식사슬에서 나는 바로 어디에 위치하는가?"[01]라고 스스로에게 묻는다. 세계적인 생태학자 유진 오덤(Eugene Odum), E. 하워드 오덤(E. Howard Odum) 형제 그리고 라몽 마르갈레프(Ramon Margalef)의 영향을 받아 그는 먹이사슬을 통한 에너지의 전이가 모든 생명체가 삶을 이어가는 근간임을 인식하게 된다. 인간을 포함한 지구상의 모든 생명체는 끝없이 반복되는 먹고 먹힘의 관계 속에 있기 때문에 우리가 음식을 어떻게 생각하고 무엇을 어떻게 먹느냐 하는 문제는 우리 자신의 생존은 물론이고 지구 생태계의 건강과도 불가분의 연관을 맺고 있다. 스나이더는 우리의 음식이 다른 생명체의 희생이 전제이기 때문

01· 스나이더, 『*Earth House Hold*』, 31

에 이 문제가 그를 평생 따라다닌 "실존적 화두"였다고 고백한다.[02] 섭생에 관한 스나이더의 고민은 "우리가 잔인한 게 아니라 / 인간은 먹어야 한다"[03]는 시구에 잘 드러나 있다. 살기 위해서 다른 생명체를 상하게 하거나 죽여야 한다는 생물학적 조건과 그것이 부과하는 카르마적 관계에서 벗어나는 길이 그가 평생을 궁구한 화두이다. 이런 문제를 해결하기 위해 불교에 깊은 영향을 받은 그는 우선 불살생(不殺生)을 명하는 불교의 제1계명인 아힘사(ahimsa)를 '불필요한 가해를 저지르지 말라'고 재해석한다. 이 계명은 '단지 생명체에 대한 관심'이나 '도덕적인 식생활을 하라'는 차원을 넘어 우리에게 다른 생명체를 취하는 데 있어 겸손하고 조심할 것을 가르치는 것이라고 생태적으로 풀어낸다.[04] 섭생의 문제를 이렇게 관계로 파악하여 스나이더는 지구공동체에서 우리가 범할 수 없는 법칙이 연민의 마음이라는 결론에 이르는데 이때 연민은 다른 동료 인간뿐만 아니라 모든 종(種)에 대한 사랑, 수용, 그리고 존경을 의미한다. 그는 섭생의 문제를 개인적인 차원에서 우주적인 차원으로 확대해서 이를 에너지를 공유하는 신성한 행위로, 즉 에너지 교환이라는 위대한 사이클에 동참하는 것으로 이해한다. 생태학에서 얻은 이런 사유를 바탕으로 하여 스나이더는 먹는 행위를 먹이사슬이라고 하는 생태계의 법칙에 참여하는 하나의 의례(儀禮)로 인식하는 것이나. 이런 관점에서 보면 인간은 먹

02· 스나이더, 『*A Place in Space*』, 72
03· 스나이더, 『*Myths and Texts*』, 20
04· 스나이더, 『*A Place in Space*』, 70, 73

이사슬과 먹이그물 너머에 존재하는 것이 아니라 그 정점에 위치해 있고 그렇기 때문에 오히려 다른 생명체에 가장 크게 의존하고 있는 셈이다. 따라서 스나이더는 인간에게는 생태계를 돌볼 더 큰 책임이 있으므로 다른 모든 생명체를 겸손과 감사의 마음으로 대해야 한다고 주장한다. 그가 특히 문제로 삼는 것은 음식을 대하는 우리의 식문화인데 그는 현대 소비자본주의 사회에서 음식은 단지 인간의 욕망을 채워주는 물질이자 도구로 전락하고 말았다고 주장한다. 그러나 인간은 먹이사슬과 먹이그물에 의해 자신이 먹는 음식과 불가분의 관계에 놓여 있을 뿐더러 그가 먹는 음식이 바로 그 자신인 것이다. 음식이 단지 생존하기 위해 섭취해야 하는 영양분이 아니라 공동체적이고 영적인 가치를 지니고 있다는 것이 스나이더의 생각이다. 우리가 음식을 먹음으로 타자와 문자적으로 그리고 비유적으로 하나가 되기 때문에 가장 친밀하고 직접적인 형태의 교감인 것이다. 음식을 자신이 꿈꾸는 생태공동체의 소중한 구성원으로 받아들이고 나아가 「Song of Taste」(맛의 노래)에서 보듯 그것에 입맞춤으로써 스나이더는 그가 먹은 음식을 타자가 아닌 연인으로 받아들인다. 섭생에 관한 이런 영적 차원은 우리 모두가 지구라는 행성이 베푸는 식탁의 손님인 동시에 주인이라는 사실을, 환언하면 우리 스스로도 그 식탁에 차려진 음식이라는 점을 상기시킨다. 이는 그가 평생에 걸쳐 탐구한 인간과 자연과의 바람직한 관계를 집약적으로 보여주는 생태적 사랑(ecological eros)의 구체적 실례라 할 수 있을 것이다. 이 장에서는 스나이더의 주요 산문집, 특히 『A Place in Space』(공간 속의 한 장소)와 『The Real Work: Interviews and Talks 1964~79』(참된 일: 인터뷰와 대담 1964~79), 그리고 시집 『Myths and Texts』(신화와 본문)과 『Turtle Island』(거북섬) 등이 주로 논의될 것이다.

스나이더는 캘리포니아주 샌프란시스코에서 태어났으나 어릴 적 그의 가족들이 워싱턴주로 이주하여 시애틀 근교의 작은 목장에서 성장했다. 시애틀 해안에 살던 미국 인디언들(Salish 족)이 훈제한 물고기를 팔기 위해 그가 살던 마을에 오곤 했는데 이런 접촉을 통하여 그는 자신을 포함한 백인들의 문화와는 다르게 사는 사람들을 접하게 된다. 고등학교 재학 중이던 1946년에는 등산클럽 마자마스(Mazamas)에 가입하여 미 서부의 험준한 산들을 타고 다녔다. 19세부터 인디언 신화와 노래에 관한 책들을 읽었고, 21세에는 웜 스프링 인디언 보호구역(Warm Spring Indians Reservation)에서 일하면서 미국 인디언의 구전 문학을 수집한다. 그리하여 그는 리드(Reed) 대학 졸업 시 미국 서북부지역의 원주민인 하이다 부족의 신화를 연구하여 「He Who Hunted Birds in His Father's Village: The Dimensions of a Haida Myth」(아버지의 마을에서 새를 사냥한 남자: 하이다족 신화의 여러 차원)라는 신화 해석에 관한 졸업논문을 쓴다. 졸업 후 미국 인디언의 신화를 포함한 세계의 여러 신화와 종교가 담겨있는『신화와 본문』(1960)이라는 작품을 출간한다. 그는 미국 인디언 문화와 삶의 방식 외에도 호주의 원주민, 일본의 원주민인 아이누족, 북극의 원주민 이누이트의 문화와 삶의 방식 등에 대해서도 관심을 가지고 이에 관한 여러 에세이를 쓴다.『신화와 본문』은「Logging」(벌목),「Hunting」(사냥) 그리고「Burning」(불)의 세 부로 나뉘어져 있고 또 각 부는 각각 15, 16, 17편의 개별적인 시로 구성되어 있다. 스나이더는 이 시에서 신화와 본문이란 말을 인간 지식의 두 근원으로서 각기 상징과 감각적 인상을 뜻하는 특수한 의미로 쓰고 있다. 특히「사냥」에서 북미 인디언들의 삶의 양식을 통해 자연과 조화롭게 살아가는 상생의 지혜를 제시한다.

스나이더는 힌두교와 도교와 함께 불교를 이미 알고 있었는데 선(禪)에 대해서는 선승 센카지(Senkazi)의 제자였던 리드 대학의 한 학생으로부터 처음 듣는다. 그 뒤 그는 스즈키(D. T. Suzuki)의『Essays in Zen Buddhism』(선불교에 관한 에세이)를 읽게 되고 1951년 독학을 해서 좌선 수행을 시도한다. 대학을 졸업한 해 여름을 오리건 폭포의 동측에 있는 웜 스프링 인디언 보호구역에서 벌목공으로 일하기 시작하여 1952년 봄까지 목재 회사의 용원이나 산불 감시인으로 일했다. 1953년에서 1955년까지 그는 캘리포니아 대학 버클리 캠퍼스의 동양학과에서 석사과정을 공부하며 캠퍼스 곁의 작은 오두막에 살았다. 이 당시 샌프란시스코 문예운동을 주도하던 비트 제너레이션(Beat Generation)의 동료들인 앨런 긴즈버그(Allen Ginsberg)와 잭 캐루악(Jack Kerouac)을 만난다. 1950년대 초 미국 중산층의 물질주의와 낙관적인 진보 성향을 비판한 이들은 반문화주의자들이라 일컬어진다. 1955년 10월 스나이더는 긴즈버그와 함께 샌프란시스코의 식스 갤러리에서 시 낭송회를 주최했다. 그리고 1956년 봄에 미국 제일 선원(Zen Center)의 후원을 받아서 일본으로 건너가게 된다. 그는 교토 소국사에서 미우라 이스(Miura Issu)선사로부터, 그리고 1959년부터는 교토의 대덕사에 출가하여 오다 셋소(Oda Sesso) 노사(老師) 밑에서 임제종 전통의 선을 전수 받고 정규 수련 시에는 매일 10시간 이상의 명상수련을 받는다. 동시에 『임제록』 등을 번역하는 데도 참여한다. 그리고 일본의 여러 산을 오르기도 한다. 그는 이렇듯 일본에서 10년간 선불교를 포함한 대승불교를 연구하게 된다. 선 수행 동안에도 약 1년간 '사파 크리크(Sappa Creek)'라는 유조선의 승무원으로 취직하여 동남아, 페르시아만, 아라비아해, 수에즈, 이스탄불, 지중해를 오가며 선원생활을 경험했던 것으로 알려져 있다.

스나이더의 불교 입문과 동양적 사유는 그가 자랐던 시애틀 미술박물관에서 본 중국의 산수화에서 비롯되었다. 그는 어릴 때부터 자연 세계와 직접적이고 직관적이며 심오한 공감을 느꼈고 자연이 자신의 스승(guru)이었다고 말한다. 좌선 수련을 거친 스나이더는 미국의 시인 가운데서 최초로 불교를 받아들여 생활화한 불교도이다. 그는 정식으로 불교 사찰에서 계를 받았으며 또한 정규적인 승리의 수련을 받았다.

1969년 미국으로 돌아온 이후 캘리포니아의 시에라네바다 산맥에 키킷디즈(Kitkitdizze)라고 이름 붙인 생태공동체 부락을 만들고,

집 근처에서 대승불교 승가(僧家)를 연다. 정착한지 5년 뒤인 1974년에 아메리카 대신 인디언이 미국을 부르는 "거북섬"을 제목으로 삼은 『거북섬』이라는 시집을 상재하는데, 이 시집으로 1975년 퓰리처상을 수상하였으며 그 외에도 다수의 문학상을 수상하였다. 다른 저서로는 『Earth House Hold』(지구 살림, 1969), 『The Real Work: Interviews and Talks 1964~79』(참된 일: 인터뷰와 대담 1964~79, 1980), 『The Practice of the Wild』(야성의 실천, 1990), 1992년 National Book Award를 수상한 『No Nature』(무성), 자연과 생명의 회복을 위해 사십여 년에 걸쳐 써온 강연문과 기고문을 모은 산문집인 『A Place in Space』(공간 속 한 장소, 1995), 그리고 40여 년에 걸쳐 쓴 대작 『Mountains and Rivers without End』(산하무진(山河無盡), 1997) 등이 있다. 1985년부터 캘리포니아 데이비스 대학 영문과 교수로 재직하며 희귀 생물종 보호와 소수민족문화 보존 운동에 관여하였다. 또한, 2000년 9월에는 한국을 방문하여 국제문학포럼에 참가하기도 하고 법련사에서 생태와 불교에 대한 강연도 하였다.

시인으로서 그리고 생태학자로서의 스나이더의 비전과 섭생에 관한 사유의 중심에는 인드라망(Indra's Net), 제석천(帝釋天)의 그물이 놓여 있다. 인드라망은 화엄불교에서 가장 중요한 교리 중 하나인 우주 만물이 근원적으로 상호연결되어 있음을 나타내는 핵심적인 이미지이다. 불교와 생태학, 둘 다에 전문적인 지식을 지닌 스나이더는 이 불교의 핵심적 이미지를 "생물권의 무시무시하지만 아름다운 조건"[05]을 잘 설명해주는 은유로 전환하는데 이 조건은 다름 아닌 지구라는 생태계에 사는 만물의 먹고 먹히는 상호의존적 관계를 말한다. 이 먹고 먹히는 관계야말로 생태계에서 우리와 만물의 상호의존성과 상호관련성을 명백히 보여주는 증거이다. 데이비드 반힐(David Barnhill)이 「Indra's Net as Food Chain: Gary Snyder's Ecological Vision」(먹이사슬로서의 인드라망: 게리 스나이더의 생태학적 비전)에서 말하듯이 스나이더는 제석천의 그물에 달린 하나하나의 보석들을 동물과 식물 그리고 인간의 몸으로 대체한다.[06] 그는 먹이사슬 속에서 자신이 차지하고 있는 적소(適所, niche)에 의거하여 자신을 정의하여 우리가 이 생태계의 유지 시스템에 불가피하게 연관되어 있음을 강조한다. 먹는 일은 항상 다른 생물의 죽음과 관련되기 때문에 이에 따르는 죄의식과 업보로부터 자유로울 수 없다. 바로 이 문제가 그의 평생의 화두이다. 그는 섭생이 단순히 우리의 삶을 유지시키기 위한 생물학적 필요를 만족시켜주는 것만이 아니라 이런 생물학적 차원을 넘어 정신적, 종교적 의미도 지니고 있다는 것을 찾아내 이 불편한 딜레마를 해결한다. 스나이더는 이 섭생을 에너지의 교환이자 생대계

05· 스나이더, 『The Practice of the Wild』, 184

06· 반힐, 「Indra's Net as Food Chain: Gary Snyder's Ecological Vision」 24

에 살고 있는 생물들 간의 신성한 의식으로 파악한다. 섭생은 우리가 다른 생명체와 맺을 수 있는 가장 친밀하고 직접적인 관계로서 사랑과 유사한데 다른 생명체를 취하는 것은 비유적으로, 나아가 문자 그대로 그들과 하나가 되는 행위이기 때문이다.

시인으로서 기나긴 경력의 시작부터 스나이더의 주요 관심사 중 하나는 먹는 행위에 관한 것이다. 일본의 저명한 생태학자인 야마자토 카츠노리(Yamazato Katzunori)에 의하면 1960년대에 일본에 머물 당시에 스나이더가 품었던 주요 의문들 중 하나가 "먹이사슬에서 내가 어디에 위치해 있는가?"[07]라는 문제였다. 제임스 크라우스(James W. Kraus)도 마찬가지로 「Gary Snyder's Biopoetics: A Study of Poet As Ecologist」(게리 스나이더의 생태시학: 생태론자로서의 시인에 대한 탐구)에서 먹이사슬이라는 용어는 시인이자 생태학자로서 스나이더가 가진 중심 관심사였던 "에너지의 이동"을 탐구하는 데 사용한 주요 용어 중의 하나라고 지적한다.[08] 먹이사슬과 우주 만물의 뗄 수 없는 상호연결성을 가르치는 인드라망을 통해 스나이더는 먹는 일의 문제를 물리적 필요성으로만이 아니라 종교적 문제로 접근한다. 반힐의 다음 언급은 스나이더의 이런 관점을 명확하게 밝혀준다.

07· 스나이더, 『The Practice of the Wild』, 32
08· 크라우스, 「Gary Snyder's Biopoetics: A Study of Poet As Ecologist」, 75

"먹이사슬에서 나는 어디에 있는가?" 이것은 스나이더에게 있어서 종교적 문제이다. 왜냐하면 생태학적 상호의존성은 우주의 근원적이며 먹이사슬은 우주의 기본적인 물리적 구조이기 때문이다. 우리는 이사슬과 그 안에서의 우리 위치를 탐구하여 삶이 인드라망과 같다는 것을 알 수 있다. 이 인드라망은 상호관련성의 조직망으로서 우리가 흔히 먹는 일이라고 부르는 행위가 일어나는 과정에서 가장 친밀하게 드러난다. 삶과 죽음의 인드라망에서 먹이사슬은 넉넉하게 베푸는 우주의 체계이자 만물로서 만물을 상호부양하는 체계이다.[09]

우리가 살기 위해서는 먹어야만 한다는 사실로부터 그 누구도 자신은 아니라고 부인하며 그 사슬을 벗어날 수는 없다. 그런데 우리가 여기서 숙고해야 될 문제는 우리가 먹는 음식이 누군가의 시체 또는 그것의 한 부분이라는 것이다. 다른 말로 하면 우리가 우리 자신의 생명을 유지해 나가기 위해서는 다른 형태의 생명을 죽여야 한다는 사실이다. "우리가 잔혹한 것이 아니다— / 그러나 인간은 먹어야 한다"[10]라는 스나이더의 말은 이와 같은 인간의 딜레마를 명백하게 보여주고 있다. 이 딜레마가 가져오는 마음의 짐이 그의 의식을 얼마나 무겁게 억누른 것이었는지는 이 문제를 그가 자신의 존재론적 "화두"라고 일컫는 데서 분명히 유추할 수 있다.[11]

09· 반힐, 「Indra's Net as Food Chain: Gary Snyder's Ecological Vision」 25

10· 스나이더, 『Myths and Texts』, 20

11· 스나이더, 『A Place in Space』, 72

만일 당신이 섭생을 그리고 먹기 위해 동물이나 식물을 살생하는 일을 우주의 본질에 있어 불행스럽고 기이한 일이라고 생각한다면 당신은 진화론적으로 상호 간에 공유하는 일의 한 측면인 신성한 에너지 교환에서 생명을 스스로 끊어내는 것이다. 그리고 만일 우리가 의식의 진화에 대해 논하고자 한다면 육체의 진화에 대해서도 논할 수밖에 없는데, 그것은 문자 그대로 서로를 먹는 일을 통해 에너지를 주고받는 에너지의 공유를 통해 일어나는 일이다. 이것이 바로 교섭(交涉)이다.[12]

스나이더는 이 문제를 고찰하면서 우리가 음식을 먹는다는 것은 그저 생존을 위해 영양소를 섭취하는 것이 아니며, 훨씬 더 깊은 생태학적인 동시에 영적인 의미를 지니고 있음을 깨닫게 된다. 섭생은 에너지를 공유하는 신성한 행위이자 에너지 교환이라는 거대한 순환 구조에 우리가 참여하는 방법인 것이다.

스나이더는 이 "매우 민감한 문제"[13]를 섭생의 제의적이고 성스러운 특성을 회복시키고 이를 통해 먹는 일에 대한 우리의 생각을 확장해서 해결하려고 한다. 소비지향적인 우리 사회에서 사람들은 일반적으로 음식은 우리의 식욕을 만족시키기 위해 슈퍼마켓 선반에 놓여 우리를 기다리고 있는 물품에 지나지 않는다고 간주한다. 대부분의 음식은 그 원래 형체를 전혀 짐작도 할 수 없을 정도로 가공된 채 매

12, 13· 스나이더, 『*The Real Work: Interviews and Talks 1964~79*』, 89

력적인 모습으로 포장되어있기 때문에 많은 음식들이 사실 어떤 생명체의 주검이라는 것을 소비자가 인식하기는 쉽지 않다. 그러나 물리적인 관점으로만 본다면 인간은 죽은 짐승의 썩어가는 고기를 먹고 사는 육식성 조류와 별로 다를 바가 없다. 우리나라의 대표적 생태시인 중 한 명인 최승호는 「대머리 독수리 2」이라는 시에서 "털북숭이 내 둥근 배는 / 누구의 무덤입니까?"[14]라고 노래해 이런 사실을 아주 생생하게 묘사한다. 시인은 자신의 둥근 배를 그가 먹은 음식의 무덤과 동일시하여 인간은 사실 "지구 위의 새로운 사신(死神)"이며 그렇기에 "인간, 그들이 지나가면, 뭔가가 죽고 / 황폐하고 황량해진다… / 엄청나게 망쳐놓고서야 늙어 죽는 존재"[15]라고 하여 이 불편한 진실을 적나라하게 드러내 보인다.

스나이더는 섭생에 대한 우리의 의식을 우주적인 차원으로 확장시켜 음식과의 업보적 관계를 극복한다. 사슴이 다니는 길목에서 매복한 채로 사슴을 기다리는 전통적인 사냥을 하는 북미 인디언을 그린 「사냥 8: 사슴을 위한 시」에서 "사슴이 나를 위해 죽지 않으려 한다면"[16] 어떻게 하느냐는 사냥꾼의 고백에 잘 나타나 있듯이 음식은 먹히는 존재의 희생을 전제하는 것이다. 이 구절은 따라서 어떻게 하면 인간이 다른 생명을 먹는 일의 업보로부터 자유로워질 수 있는가라는 스나이더의 고민을 잘 보여주고 있다. 세상을 "훼손하는" 깃, 세

14· 최승호, 『코뿔소는 죽지 않는다』, 62
15· 최승호, 『모래인간』, 24
16· 스나이더, 『*Myths and Texts*』, 28

상의 생명을 해치는 것은 먹어야만 살 수 있는 생명체인 우리가 어찌할 수 없는 불가피한 일이다. 하지만 시인은 이런 잔인한 사실을 회피할 것이 아니라 이를 보다 넓은 관점에서 바라볼 수 있는 안목을 키워 우리 스스로를 변화시킬 수 있다고 주장한다.[17] 이 확장된 관점은 섭생을 개인적인 차원으로만 접근하는 데서 벗어나 우주적인 차원에서 탐구할 수 있게 한다. 현대 생태 과학에 깊은 영향을 받은 스나이더는 "에너지의 관점에서 생태계를 본다면 그것은 상하수직적인 관계로 묘사될 수 있지만, 총체적인 관점에서 보면 생태계의 구성원 모두는 동등하다"[18]고 단언한다. 자연계의 개별 서식 동물들 사이에서는 정글의 법칙이 지배적으로 작용하지만, 지구라는 행성의 넓은 차원에서 보면 모든 서식 동물은 에너지 이동이라는 중대한 거래에 참여하고 있는 것이다. 이 때문에 스나이더는 "피로 물든 붉은 이빨과 발톱으로 자연을 묘사하는 것은 근본적으로 자연을 잘못 해석하는 것"[19]이라고 주장한다. 이러한 관점은 먹이사슬을 통해 불가분하게 상호연결되어 있는 생태계에 대한 무지에서 기인하는 것이다. 같은 맥락에서 반힐 또한 "우주에 대한 관심과 염려로 인해 스나이더는 심층생태주의를 지지하게 되었는데, 이는 개별적 종이 아닌 전체 종을 아우르는 생물권이 더 가치 있다는 생물 중심주의 원칙을 바탕

17· 스나이더, 『A Place in Space』, 70
18· 스나이더, 앞의 책, 76
19· 스나이더, 『Back on the Fire』, 69

으로 한 것이다"[20]라고 말한다. 섭생의 문제를 한 개개인 혹은 한 특정한 종의 관점에서 접근하지 않고 "전체 분수령(分水嶺), 자연 시스템 그리고 서식지라는 커다란 스케일"에서 접근할 때만이 우리는 "서로 복잡하게 밀접한 관계를 맺고 있는 이 세상에 동시적으로 존재하는 고통과 아름다움을 인정할 수 있다."[21] 스나이더의 거시적 관점은 김지하가 강조하는 음식의 우주적 의미와 웬델 베리가 「The Pleasure of Eating」(섭생의 즐거움)에서 주장하는 섭생의 전 과정을 아는 것의 중요성과 맥을 같이 하는 생각이다.

스나이더의 관점은 인간은 복잡하게 얽혀있는 먹이사슬 위에 존재하는 특권을 가진 종(種)이 아니라 에너지 전환 과정에서 필수불가결한 역할을 수행하는 한 종이라는 것이다. 인간은 먹이사슬의 최상위에 위치해 있기 때문에 오히려 다른 생명체들에 가장 많이 의존하고 있다. 『거북섬』의 말미에 자신의 생태적 비전을 실현할 방안을 논하는 「네 가지 변화」에서 스나이더는 "우리는 생명을 주는 물질들로부터 독립적이지 못하고 오히려 지나치게 의존적이다"[22]라고 주장하여 이러한 자신의 견해를 분명히 밝힌다. 그는 인간을 자연의 지배자 혹은 오만한 음식 소비자의 위치에서 끌어내린 후 그를 생태계의 에너지 교환에 겸허하게 참여하는 존재로 재정립한다.

20· 반힐, 「A Giant Act of love: Reflections on the First Precept」, 31

21· 스나이더, 『A Place in Space』, 70

22· 스나이더, 『Turtle Island』, 97

자연 시스템에서 주요하게 이루어지는 거래는 먹이사슬과 먹이그물을 포함하는 에너지의 교환이다. 이것은 결국 많은 생명체들이 다른 생명체를 잡아먹음으로 생존하고 있음을 뜻한다. 그러므로 우리 육체 또는 그것이 나타내는 에너지는 지속적으로 전달되고 있는 것이다. 우리모두는 잔치의 손님이면서 동시에 음식이기도 하다. 모든 생물학적 특성은 제공과 나눔의 의식인 거대한 푸자(puja)로 볼 수 있다.[23]

일본의 저명한 소설가인 미야자와 겐지(Miyazawa Kenji)가 「주문이많은 요리점」에서 집중적으로 그려내고 있는 것이 바로 이 주제이다. 숲 속에서 길을 잃고 배가 고파 죽을 지경에 이른 사냥꾼들이 들고양이 서양 요리점에서 맛있는 것을 먹을 기대에 어처구니없는 많은 주문을 견딘다. 그러나 이들은 마침내 경악스럽게도 자신들이 바로 요리의 재료이고 그 주문들은 더 맛있는 요리를 하기 위한 일종의 요리과정이었다는 깨닫게 된다. 이 단편 소설은 최상위 포식자로서 인간, 항상 먹는다는 동사의 주체로서만 스스로를 인식해 온 인간 또한 다른 생명체의 음식이 될 수 있다는 것을 상기하여 섭생에 대한 근본적인 의식의 전환을 촉구한다. 우리 모두가 지구라는 공동체의 거대한식탁의 음식임과 동시에 손님이라는 스나이더의 주장은 무엇보다도우리 자신과 다른 생명체에 대해 우리의 태도가 변해야 한다는 말이다. 스나이더는 인간을 포함한 모든 생명체의 "상호관련성, 약함, 필

23· 스나이더, 『A Place in Space』, 76

연적인 비영구성과 고통(그리고 원대한 과정의 지속성과 그것의 근본적인 공허함)에 대한 정통한 인식이 연민의 마음을 일깨운다"[24]고 주장한다. 이런 사실을 일단 받아들이고 나면 우리가 더 이상 무지하며 독선적인 음식 소비자로 만족하며 지내는 것은 불가능하다. 대신 우리는 다른 생명체를 먹이기 위해 우리 육신을 내어줄 수도 있다는 가능성에 열려 있어야 하는 것이다. 이런 사유는 제레미 리프킨(Jeremy Lipkin)이 『육식의 종말』에서 펴는 논지와 일치하는 데 이 책에서 리프킨은 "섭생은 성적 욕망과 관련되어 있는 만큼 죽음의 본능과도 관련되어 있다"[25]고 주장한다. 다른 생명체의 먹잇감이 된다는 두려움에 대한 사실적 혹은 가상적인 체험은 무분별하게 다른 생명을 취하는 우리의 관습적인 태도를 재고하게 한다.

스나이더는 올바르게 다른 생명을 취할 수 있는 가능성의 단초를 불교의 첫 번째 가르침인 아힘사에서 찾는데, 이 말은 문자 그대로 "생명을 죽이지 말라"는 뜻이다. 그러나 우리는 다른 생명을 취하지 않고는 삶을 유지할 수가 없기 때문에 문자적으로 이를 실천하는 것은 불가능하다. 그렇기 때문에 아힘사는 통상 "불필요한 해를 입히지 말라"는 뜻으로 해석되고, 우리에게 환경 훼손을 최소화할 것을 주문한다. 스나이더는 불교의 "첫 번째 계율은 단지 생명체만을 돌보라는 뜻을 넘어서[26]"는 계명이며 나아가 "도덕적이고 고결한 식사를 하

24· 스나이더, 「Ecology, Place, and the Awakening of Compassion」
25· 리프킨, 『육식의 종말』, 234
26· 스나이더, 『A Place in Space』, 70

는 것"[27]이 필요하다는 말이라고 해석한다. 부처의 이 가르침은 무엇보다도 우리에게 조심스럽고 겸허하게 다른 생명을 취해야 한다는 뜻이다. 만약 우리가 음식을 그저 하나의 물질이 아니라 자연 생태계에서 우리만큼이나 중요한 다른 생명의 희생으로 생각한다면 음식을 대하는 우리의 태도는 근본적으로 바뀔 수밖에 없을 것이다. 마이클 폴란(Michael Pollan)도 그의 저서 『In Defense of Food』(음식의 변호)에서 유사한 사고를 보인다.

> 우리가 점점 더 음식을 물질이 아니라고 생각하고 좀 더 관계로 생각하기 시작한다면 어떤 일이 벌어질까? 물론 식사 혹은 먹는 행위는 원래 자연에서 언제나 정확하게 관계였다. 계(界) 속에 있는 종들 간의 관계를 우리는 먹이사슬 또는 먹이그물이라고 부르며 그 관계는 토양까지 이어져 있다. 종들은 그들이 먹이로 삼는 다른 종들과 공진화하는데 거기에는 대개 상호의존적인 관계가 발전한다.[28]

만일 우리가 이러한 상관성과 상호의존성을 깨닫는다면 우리가 먹는 음식에 연민과 감사의 마음을 가지게 될 것이라는 것이 스나이더의 생각이다. 제네비브 레바론(Genevieve Lebaron) 역시 "스나이더는 지구라는 공동체 안에서 연민을 상호작용의 변경할 수 없는 법칙

---

27. 스나이더, 『A Place in Space』, 73
28. 폴란, 『In Defense of Food』, 102

과 동일시한다"라고 말한다. 그리고 더 나아가서 그는 연민이란 모든 종에 대한 사랑, 수용 그리고 감탄을 의미한다고 부연한다.[29] "섭생은 영양소를 섭취하는 것 이상을 의미한다"는 것을 가르치는 불교의 가르침에 스나이더가 깊은 영향을 받았다는 것은 말할 나위 없는 사실이다. 오브라이언의 주장처럼 "섭생은 현상계 우주 전체와의 상호작용이며, 나아가 모든 생명체의 노력을 통해 우리에게 주어진 선물이다."[30]

『거북섬』에 실린 두 편의 시 「The Steak」(스테이크)와 「The Hudsonian Curlew」(허드소니안 마도요새)는 스나이더가 생각하는 두 대조적인 섭생 방법을 잘 보여준다. 「스테이크」에서 스나이더는 "엠버즈"라 불리는 스테이크 하우스의 내부 광경과 이른 아침 대초원의 하늘 아래 소들이 모여 있는 야외 광경을 대조하여 제시한다. 스테이크 하우스는 상공회의소 회원들, 객원 강사, 그리고 덴버 정장을 입은 축산업자 등과 같이 부유한 특권층 사람들이 식사를 하는 곳으로 "미소 짓고 있는 디즈니 소가 간판"에 그려져 있다. 그러나 여기서는 오직 "피범벅이 된 잘려진 그 녀석의 근육만이 / 제공된다― '설익은 채로'.[31] 스나이더는 안심이나 등심 스테이크라는 단어 대신 의도적으로 "피범벅이 된 잘려진 근육"이라는 표현을 사용해 우리가 먹고 있는 것이 소의 근육이라는 사실을 식시하게 하여 우리를 충격으로

29· 레바론, 「Place, Love, and Time: This Poem is for Deer」

30· 오브라이언, 「Giving Thanks for Our Food」

31· 스나이더, 『Turtle Island』, 10

몰아넣는다. "피범벅" 그리고 마지막 연에서 강조된 "설익은"과 같은 단어는 음식을 먹는 행위의 잔혹성에 통렬함을 더한다. 비록 이 장면은 문명이라는 이름을 빙자하여 그 잔인함을 위장하고 있지만 「사냥 8: 사슴을 위한 시」속 유혈이 낭자한 사냥 장면과 별반 다를 바가 없는 것이다. 이 시에서 사냥꾼들은 총을 쏘아 "그 거칠고 어리석은 눈 먼 짐승을 넘어뜨린" 후에 "매정한 맨 손으로 / 뜨거운 내장을 꺼낸다."[32] 각기 다른 장소에서 일어나는 이 두 행위의 공통점은 둘 다 연민과 감사가 없다는 사실이다. 즉 여기서 사슴이나 소는 인간의 식욕을 만족시켜주기 위해서만 존재하는 물질 그 이상이 아니다. 스테이크를 먹는 이들의 눈에 소는 고기 덩어리일 뿐이다. 보다 정확하게 이야기하자면 그들은 소와 소고기의 연관성을 보지 못하도록 교육받은 것이다. 영어에서 소고기를 'beef', 돼지고기를 'pork', 양고기를 'mutton', 송아지 고기를 'veal' 등으로 쓰는 것이 좋은 예이다. 베리는 섭생의 즐거움 상당 부분은 이와 같은 연관성을, 즉 우리가 먹는 음식이 어디에서 비롯되었는지를 아는 데서 나온다고 주장한다. 스나이더는 "우리는 우리 자신을 속이려 들어서는 안 된다"고 하며 "우리가 고기를 먹으면 우리가 먹는 것은 '그 소의' 생명, 도약, 휙 하는 움직임이다"[33]라고 말하는데 이런 사실을 스테이크 하우스에서 고기를 먹는 사람들이 인지하는 것은 거의 불가능하다. 스나이더는 이 시에

32· 스나이더, 『Myths and Texts』, 27
33· 스나이더, 「On 'Song of the Taste'」, 13

서 한가로이 들판을 거니는 "소고기들(beeves)"(적어도 무지한 소비자들의 눈에는)을 제시해 소에 대한 전혀 다른 관점을 제시한다.

　　육중하게 자란

　　소고기들이 우두커니 서있다 –

　　김을 내뿜고, 발을 구르며,

　　속눈썹이 긴, 그들의

　　숨결 리듬에 맞춰

　　천천히 생각하며,

　　서리 내리고–산들바람 부는

　　이른 아침 대초원 하늘.

　　the beeves are standing round –

　　bred heavy.

　　Steaming, stamping,

　　long-lashed, slowly thinking

　　with the rhythm of their

　　breathing,

　　frosty – breezy –

　　early morning prairie sky.[34]

---

34. 스나이더, 『*Turtle Island*』, 10

여기서 주목해야 할 것은 "생각하다"라는 동사이다. 소들은 죽은 "소고기" 덩어리가 아니고 생각을 할 수 있는 살아있는 존재인 것이다. 일반적으로 우리는 소들도 생각을 할 수 있는 존재임을 인식하지 못하거나 에스키모 인들이 말하는 것처럼 "우리의 모든 음식은 영혼"[35]이라는 것을 깨닫지 못한다. 그렇기 때문에 우리의 음식이 된 소에 대한 연민과 교감이 있을 수 없는 것이다. 우리는 섭생에 대한 우리의 무자비한 태도를 정당화하기 위해 우리가 먹는 음식을 비하하고 경멸한다. 이는 결과적으로 "스스로에 대한, 인류에 대한 그리고 생명 자체에 대한 혐오감"[36]을 낳는다. 간판에 그려진 디즈니 소가 아무리 밝게 웃고 있어도 그것이 우리 가슴 깊은 곳에 자리한 죄책감을 숨길 수는 없는 것이다.

이와는 대조적으로 「허드소니안 마도요새」는 섭생에 관한 보다 생태학적인 방식을 보여준다. 화자이자 음식을 취하는 이가 자신의 음식에 대해 보이는 겸손과 총에 맞아 떨어진 새들에게 보이는 존경과 감사의 마음이 시의 최전면에 그려진다. 시는 화자가 새들을 다듬는 과정과 그들을 요리하기 위해 땔감용 나무를 모아오는 것을 상세하게 묘사하는데 여기서 주목해야 할 점은 자신의 사냥감을 대하는 화자의 태도이다. 그는 자신이 먹는 음식, 즉 마도요새에 대해 어떠한 우월감이나 오만함, 또는 죄책감도 보이지 않는다. 대신 새의 주검에 대한 깊은 감사의 마음이 두드러지게 나타난다.

35, 36· 스나이더, 「On 'Song of the Taste'」, 13

마도요새의 목에서

'나'는 솜털을

뽑는다

석양의 바람에

바닷물이 발목에

밀려 오가고 소용돌이친다.

모래에 무릎을 꿇고

손은 따뜻하고.

The down

i pluck from the

neck of the curlew

eddies and whirls at my knees

in the twilight wind

from sea.

kneeling in sand

warm in the hand.[37]

스나이더가 여기서 통상적인 대문자 "I"가 아닌 소문자 "i"를 쓴 것

37· 스나이더, 『*Turtle Island*』, 55

은 이 시의 화자가 주위에 있는 다른 생명체들보다 특권을 가진 존재가 아니며 단지 지구공동체의 평범한 한 구성원일 뿐임을 강조하기 위함이다. 김원중의 지적처럼 "이 시의 아름다움은 이런 생태적 자아가 새의 주검을 다듬는 순간에도 주변의 모든 것과 상호 교류 교통하는 데에 있다."[38] 무릎을 꿇은 화자의 자세는 모든 생명체에 대한 그의 깊은 존경을 보여준다. 비록 살생이라는 핵심적인 사실을 바꿀 수는 없지만 화자가 새를 잡아 요리하는 전 과정은 세심한 주의와 연민이 가득 찬 신성한 의식처럼 보인다. 화자는 "그(새)를 움직이게 했던 풍만한 몸 근육, 날개를 퍼덕거리게 하던 근육이 / 칼날 같은 가슴뼈에 붙어있는데 / 네가 먹는 것은 바로 그것이다"[39]라는 사실을 공손하게 인식하고 있다. 황혼의 바람과 강의 조수와 소용돌이까지 먹고 먹히는 과정을 통한 이 에너지 교환에 참여하고 있는 것으로 그려 스나이더는 섭생의 우주적인 함의를 환기한다.

「사냥」의 마지막 부분에서 스나이더는 『신화와 본문』의 가장 아름다운 장면을 보여준다. 그가 "진실이 가장 달콤한 맛이다[40]"라고 할 때 그 진실은 "생물권의 무시무시하지만 아름다운 조건인 희미하게 빛나는 먹이사슬, 먹이그물"[41] 안에 우리 모두가 상호연결 되어있고 더불어 상호의존하고 있다는 것을 의미한다. 여기서 아기 부처로 표현

38· 김원중, 「동방의 빛을 찾아서: 현대 미국시의 생태학적 경향」, 539
39· 스나이더, 『Turtle Island』, 56
40· 스나이더, 『Myths and Texts』, 34
41· 스나이더, 「On 'Song of the Taste'」, 13

된 인류는 "인간으로 태어난다는 것이 얼마나 귀한 일인가! 나만이 존귀한 존재이다"[42]라고 주장하지만 칩 멍크, 회색 큰다람쥐, 그리고 얼룩 다람쥐는 모두 그에게 각각 견과를 하나씩 가져다준다. 동물들이 인간을 먹이는 이 광경은 아기 부처의 인간중심주의적인 오만에 대해 동료 인간들이 보이는 험악한 반응과 뚜렷하게 구별된다. 이는 유명한 조주(趙州) 선사가 했다는 "만일 그 아이가 정말로 그런 말을 했다면 / 나는 그 아이를 토막 내 개에게 던져버리겠다"[43]라는 말과 확연하게 대조된다. 이와 같은 말은 한편으로는 인류의 교만에서 기인하는 것이지만 다른 한편으로는 생태계에서 자신의 자리가 어디인지 모르는 무지에서 비롯된 것이다. 다음 구절에서 스나이더는 인간과 동물의 아주 다른 관계를 보여준다.

소녀들은 그들의 팔에

야생 가젤 양이나 야생 여우 새끼를 안을 것이고

집에 갓 태어난 아기가 있어

젖가슴이 부푼 사람들은

그것들에게 그들의 흰 젖을 먹이리라.

Girls would have in their arms

A wild gazelle or wild wolf-cubs

And give them their white milk,

42, 43. 스나이더, 『*Myths and Texts*』, 33

> those who had new-born infants home
> Breasts still full.[44]

여기서 소녀들은 인간에게 음식을 먹이는 동물들에게 보답하기 위해 가젤 양이나 여우 새끼들에게 우유를 먹인다. 이 구절은 구약성경 이사야서의 복원된 에덴동산의 비전을 상기시킨다. "이리가 어린 양과 함께 살며 표범이 어린 염소와 함께 누우며, 송아지와 어린 사자와 살진 짐승이 함께 있어 어린아이에게 끌리며"라는 이사야서 11장 6절은 어떻게 인간이 다른 생명체들과 조화롭게 살 수 있는가를 분명히 보여주고 있다. "전달하고 싶은 것: 연민. / 행위자: 인간과 짐승"[45]이라는 스나이더의 말은 섭생의 본질을 매우 정확하게 포착하고 있다. 이 세계에서 인간과 짐승은 상대를 잡아먹지만 동시에 상대의 먹이가 되기도 한다. 그러므로 연민이 우리 섭생의 대 원칙이 되어야 하는 것이다.

음식과 섭생에 대한 스나이더의 모든 생각은 그의 첫 번째 생태시라고 볼 수 있는 「맛의 노래」에 가장 잘 표현되어 있다. 제목이 시사하듯이 이 시는 우리의 섭생은 지구공동체의 모든 생명체가 참여하는 신성한 의식이라는 것을 기념하는 찬양의 노래이다.

> 풀들의 살아있는 배종을 먹고

44, 45· 스나이더, 『*Myths and Texts*』, 34

큰 새들의 알을

흔들리는 나무의 정충 주변에

꽉 찬 과육의 달콤함을

목소리가 부드러운 소들의 옆구리와

허벅지의 근육을

새끼 양의 도약에 깃든 탄력을

황소 꼬리 휙 휘두르는 소리를 먹고

땅속에서 부풀어 오른

뿌리를 먹고

우주에서 짜여

포도 속에 숨겨진

빛의 살아있는

덩어리들이 지닌 생명을 먹고

시로의 씨를 먹고

아, 서로를

먹고.

빵의 입에서 연인에게 키스하고,

입술과 입술로

Eating the living germs of grasses
Eating the ova of large birds

the fleshy sweetness packed
around the sperm of swaying trees

The muscles of the flanks and thighs of
soft-voiced cows
the bounce in the lamb's leap
the swish in the ox's tail

Eating roots grown swoll
inside the soil

Drawing on life of living
clustered points of light spun
out of space
hidden in the grape.

Eating each other's seed
eating
ah, each other.

Kissing the lover in the mouth of bread:

lip to lip.[46]

섭생은 이 시에서 보듯 지구라는 공동체의 모든 구성원이 참여하는 의례이다. 밥 스튜딩(Bob Steuding)은 우리의 섭생을 보다 큰 관점에 위치시키고 독자들을 그 축제에 초대하여 스나이더가 "독자들로 하여금 인간과 고기, 사랑, 삶, 그리고 죽음 사이의 연관성을 깊이 느끼고 인식하게 만든다"[47]고 주장한다. 스나이더는 이 시에서 풀, 가금, 과일, 고기를 포함한 우리가 먹는 다양한 음식들을 나열하고 나아가 그 음식 배후에 들어있는 눈에 보이지 않지만 그것들을 구성하고 있는 여러 요소, 즉 양의 도약과 탄력, 소의 목소리와 꼬리를 휘두르는 소리 등도 그 음식 속에 들어있음을 상기시키다. 마지막 두 연의 "서로의 씨를 먹고 / 아, 서로를 / 먹고 // 연인의 빵의 입에서 연인에게 키스하고, 입술과 입술로"라는 구절에서 보듯 스나이더에게 음식은 모두 그가 입술과 입술을 맞대고 키스하는 연인들이다. 스나이더는 두 가지 방법을 통해 그의 음식과 이와 같은 깊은 에로틱한 사랑에 도달하는데 첫 번째로 그는 감사 기도를 통해 죄책감으로부터 스스로를 해방시킨다. 두 번째로 음식 먹는 일을 상대와 하나가 되는 사랑의 행위로 재징의한다. 패트릭 머씨(Patrick Murphy) 역시 이 시

46· 스나이더, 『*Regarding Wave*』, 17
47· 스나이더, 앞의 책, 85

가 "성을 자연의 풍요와 먹이사슬의 상호관련성의 맥락에 위치시키고 있다"[48]고 주장한다.

이 시는 식사 감사기도(grace)이다. 스나이더에 따르면 식사 감사기도는 "우리의 마음을 정화하기 위해 하는 몇 마디 말이며 아이들에게 가르침을 주고 손님을 환영하는 것인데, 이 모든 것을 동시에 행한다."[49] 이것은 음식과 먹이사슬 내에서 이루어진 음식이 된 생명체의 희생에 대해 감사와 존경을 표현하는 행위이다. 감사기도 뒤에는 "서로를 먹는" 행위가 자연의 법칙이라는 인식이 자리하고 있다. 이 자연의 법칙 안에서 인간 또한 음식을 취하는 역할뿐만 아니라 다른 존재의 먹이 또는 음식으로서도 중요한 역할을 수행하고 있다. 야마자토가 정확하게 지적하였듯이 이 시에서 스나이더는 음식 먹는 행위자가 누구인지를 구체적으로 명시하지 않아 "인간뿐만 아니라 이 세상에 있는 모든 생명체 역시 섭생의 행위자가 될 수 있음을"[50] 암시한다. 본질적으로 우리는 이 에너지 교환의 장에서 서로를 먹여준다. 그리고 바로 이 지점에서 다른 생명을 먹는 우리의 행위가 사랑의 관계로 변화할 수 있는 것이다.

이 하나됨의 세상을 면밀히 살펴보면, 우리는 모든 생명체를 우리 자

48· 머피, 「A Place for Wayfaring: The Poetry and Prose of Gary Snyder」, 96

49· 스나이더, 「On 'Song of the Taste'」, 13

50· 야마자토, 「Where Am I in This Food Chain?: Humanity and the Wild in Kenji Miyazawa and Gary Snyder」, 20

신의 육신, 우리의 아이들, 그리고 우리의 연인으로 보게 된다. 그리고 우리 자신 역시 생명의 지속을 위한 공물로 바라보게 되는 것이다. 이 것은 정신적 충격을 주는 일이다. 이와 같은 사실을 받아들이기는 쉽지 않다. 그렇지만 기다려 봐라. 만약 우리가 서로를 먹는다면, 이것은 우리가 그 안에서 살고 있는, 사랑의 어마어마한 행위가 아닌가? 예수의 피와 몸은 명백해진다. 당신이 빵에게 감사를 표하듯 빵은 당신에게 축복을 빌어준다.[51]

스나이더는 대방광불 화엄경과 탄트라 불교에서 얻은 통찰력을 섭생에 관한 그의 사유에 적절하게 적용한다. 섭생에 "사랑의 관계"를 부여해서 그는 "무시무시한 개인 방어와 사리사욕의 추구"에서 벗어나고, 이를 통해 "다른 생명"이 그의 연인이 되고, 그런 연인을 통해 그물망 속 다양한 연결고리가 이어지게 됨을 인지하게 된다.[52] 스나이더는 음식을 먹고 소비해버리는 이질적인 물질로 간주하는 것이 아니라, 오히려 그와 입을 맞추고 하나가 되는 연인으로 간주하여 인류와 음식의 오래된 갈등을 극복해내고 생태적인 섭생을 할 수 있는 길을 우리들에게 제시한다.

생명을 유지하기 위해서는 반드시 음식을 먹어야 한다는 것이 우리의 생물학적 현실이다. 그러나 스나이더는 섭생이 시극히 인산중심

51· 스나이더, 앞의 책, 13
52· 스나이더, 『Earth House Hold』, 34

적 측면에서 생명을 유지하기 위한 에너지를 얻기 위해 다른 생명체를 먹는 일방적인 행위로 제한되어서는 안 된다고 주장한다. 대신 음식을 먹는 일이 인간과 다른 생명체들 쌍방 간의 상호적인 관계가 되어야 한다고 말한다. 스나이더는 섭생이 먹고 먹히는 생명체들 사이의 관계라는 새로운 개념을 소개하여 우리가 무엇을 어떻게 먹느냐 하는 것이 윤리적인 문제임을 시사한다. 한 인터뷰에서 스나이더는 "인류의 상호의존성의 결과가 상호 존경의 사회 윤리, 그리고 가능한 평화롭게 갈등을 해결하겠다는 약속이 되어야 한다는 것은 아주 분명해 보인다"[53]고 얘기한다. 스나이더는 음식이 우주의 모든 요소가 함께 일하여 만들어낸 생산물이라는 점을 역설하며, 섭생의 우주적 의미를 강조한다. 그리고 더불어서 그것이 다른 이들과 함께 공유되어야 한다고 말한다.

한번은 부처가 말했다. 빅슈스(bhikshus), 네가 만일 이 벼 이삭을 이해할 수 있다면 너는 상호의존성의 법칙과 기원을 이해하게 될 것이다. 네가 만일 상호의존성의 법칙과 기원을 이해할 수 있다면 너는 우주의 법칙인 달마(Dharma)를 이해할 수 있을 것이다. 그리고 네가 만일 달마를 이해한다면 너는 부처를 아는 셈이다.[54]

53· 스나이더, 『*The Real Work: Interviews and Talks 1964~79*』, 77
54· 스나이더, 앞의 책, 35

이 인터뷰에서 스나이더가 인용하고 있는 부처의 말씀은 밥 한 그 릇에 대한 김지하의 생각과 매우 유사하다. 김지하는 "밥 한 그릇이 만사지(萬事知)다"[55]라고 하였는데, 이것은 다시 말해 밥 한 그릇이 어떻게 만들어졌는지를 알고 그것을 올바르게 먹는 것이 우리 삶에 있어서 알아야 할 가장 중요한 일이라는 것이다. 이런 관점에서 보면 섭생은 에너지 교환을 통해 운행되는 우주의 운행 과정에 참여하는 한 방식임과 동시에 우리의 일체성과 상호의존성을 확인시켜주는 영적인 체험인 것이다. "자연의 모든 것은 선물 교환이자, 모두가 음식을 하나씩 가지고 모이는 포트럭이다. 누군가의 음식이 아닌 죽음이란 없다. 그리고 누군가의 죽음이 아닌 생명도 없다"[56]는 스나이더의 말은 앞서 언급한 섭생의 의미를 적절하게 요약하는 것이라 할 수 있다. 스나이더는 이러한 상호관련성과 연관성의 깨달음에 바탕을 둔 올바른 섭생은 자신의 몸을 내어준 음식의 희생에 대한 우리의 감사와 존경을 포함해야 한다고 주장한다. 그러한 태도는 김지하의 말을 빌리자면 우리가 먹는 것이 "가까이 / 흙으로부터 풀 나무 벌레와 새들 물고기들 / 내 이웃들로부터"[57] 왔음을 분명히 이해할 때 가능한 것이다. 베리 역시 스나이더와 거의 동일한 견해를 가지고 있는데, 그는 "이해와 감사의 마음을 가지고 음식을 먹어야 한다. 섭생의 즐거움 상당 부분은 생명체와 음식이 생산되는 세상을 정확하게 의

55· 김지하, 「모심, 고리, 살림」, 307
56· 스나이더, 「On 'Song of the Taste'」, 13
57· 김지하, 『화개』, 87

식하는 데 있다"[58]고 주장한다. 두 작가 모두 우리에게 연민과 자제가 결여된 무분별한 식습관에서 벗어나야 한다고 촉구하고 있는 것이다. 결과적으로 섭생에 대한 우리의 바람직한 태도는 "우리 자신의 노동과 이 음식을 우리에게 가져다 준 이들의 노력을 생각해보는 것이며 더불어 이 음식을 받아들이면서 우리 행동이 어떠한 지를 의식하는 것이다"[59]는 선(禪) 불교의 식사 감사기도에 잘 나타나 있다. 이런 선(禪)적 인식은 현재 우리가 직면한 음식과 환경 위기의 근원이되는 탐욕(貪)과 분노(嗔)와 무지(痴)의 삼독(三毒)을 초월하도록 도와준다. 이것이 바로 스나이더가 "인류는 지구에 메뚜기 떼 같은 충해를 가져오는 존재가 되어버려 자기 자식들에게는 텅 빈 찬장만을 남겨주게 될 것이다"[60]라고 비탄하는 이유이다. 탐욕과 분노 그리고 무지에 대한 치유로 불교는 규율, 도덕, 지혜의 "삼학(三學)"을 제시한다. 불교 수도승이자 학자인 최석호에 따르면 규율(戒)은 다른 이들과 함께 살기 위한 규범을 세우고 그것을 지켜나가는 것이며, 도덕(定)은 물질을 획득하거나 소유하는 데서 행복을 찾는 것이 아닌 자신의 무분별한 욕망을 다스리는 데서 행복을 찾는 것이며, 마지막으로 지혜(慧)는 모든 존재의 상호의존적 관련성을 인식하는 것이다.[61] 만일 삼학이 이와 같은 방식으로 해석된다면 그것은 생태학 섭생에

58· 베리, 『*What Are People For : Essay by Wendell Berry*』, 151

59· 오브라이언, 「Giving Thanks for Our Food」

60· 스나이더, 『*Turtle Island*』, 97

61· 최석호, 「불교의 세계관에서 본 환경문제」, 333

대한 스나이더의 비전과 완벽하게 일치하는 것이다.

생태비평가인 사이먼 에스톡(Simon C. Estok)이 주장하듯 음식은 돈에 관한 것일 뿐만 아니고 "계급과 인종, 윤리와 맛에 관한 것이다. 더불어서 그것은 성별, 종(種), 앎, 무지에 관한 것이며 의식과 성(性) 그리고 일에 관한 것이다."[62] 음식과 섭생은 많은 것들과 관련을 맺고 있고 또 매우 복잡하다. 우리의 음식은 더 많은 수익을 창출하기 위해 기업식 농업이 사용하는 수많은 화학약품으로 오염되어 있다. 폴란의 말을 빌면 음식같이 보이는 물질들이 진짜 음식을 대체해 버렸다. 이런 현실은 농업과 섭생의 문제를 더욱 악화시켜 음식 먹는 일을 그만큼 더 복잡하게 만들고 있다. 이제 섭생은 거대 식품공업과 영양학자들에 의해 단순히 영양소를 섭취하는 행위로 전락해버렸다. 이런 식의 태도는 우리의 섭생을 생존을 위한 영양소를 공급받기 위한 신체의 생물적 활동으로 터무니없이 단순화시키기 때문에 섭생의 여러 다른 의미들을 제거해 버린다. 스나이더는 이런 근시안적인 환원주의자들의 생각에 단호하게 반대하며 섭생의 영적이고 종교적인 함의를 더 중요하게 고려해야 한다고 주장한다. 오브라이언이 정확하게 요약하듯이, "불교의 관점에서 보면 먹는 일은 단순히 영양소를 섭취하는 것 이상을 의미한다. 그것은 경이로운 우주 전체와 상호작용을 하는 것이다."[63] 다른 생명체를 먹어야 하는 것은 다른 생명체에

62· 에스톡, 「An Introduction to 'Ecocritical Approaches to Food and Literature in East Asia': The Special Cluster」, 681

63· 오브라이언, 앞의 논문

해를 가하지 않고는 이루어질 수 없는 우리의 실존적 조건이다. 그러나 스나이더는 "숨 쉬는 모든 것은 배고픕니다. 그러나 그런 세상으로부터 도망치지 마세요. 인드라망에 참여하세요!"[64]라고 말하며 "복잡하고 밀접하게 연관되어 있는 이 세상의 동시적 고통과 아름다움"을 피하기보다는 그것을 "인정해야 한다"[65]고 강력하게 촉구한다.

이렇게 보면 섭생은 본질적으로 우리가 먹이사슬에 어떻게 참여하느냐의 문제이다. 무엇을 어떻게 먹느냐 하는 것은 개인적인 차원에서뿐만 아니라 사회, 정치적 관점에서도 항상 윤리적인 문제가 되어왔다. 섭생이 다른 생명체의 운명뿐만 아니라 이 세상의 운명에 직접적으로 영향을 미치기 때문이다. 피터 싱어(Peter Singer) 역시 윤리적인 섭생의 중요성을 강력하게 지지하며 무엇을 먹을 것인가에 대한 우리의 선택이 세상에 지대한 영향을 미친다고 역설한다.[66] 섭생의 종교적, 철학적 의미를 재확립하고 생태적 섭생을 통해 위험에 빠진 세상을 구하는 것이 스나이더의 목표이다. 섭생이야말로 에너지를 교환하는 신성한 의식임과 동시에 생명을 공유하는 일이기 때문에 우리는 다른 존재들의 존경을 받을 수 있도록 무분별하지 않고 주의 깊게 음식을 먹어야 한다. 그는 삼라만상이 상호연결되어 의존하고 있다는 상호존재(interbeing)의 생태학적 개념을 상호 간의 먹는 일을 의미하는 상호-섭생(inter-eating)으로 재해석하여, 우리가 서로를 먹는 일을

64, 65· 스나이더, 『A Place in Space』, 34

66· 싱어, 『The Ethics of What We Eat: Why Our Food Choices Matter』, 284

"동물, 돌, 흙, 그 모든 것"[67]에까지 미치는 사랑으로 재정의한다. 그의 시와 산문은 음식과 우리의 관계를 근본적으로 다시금 생각하게 만들어 섭생에 대한 우리의 관점을 우주적 차원으로 확장시킨다.

67· 스나이더, 『*The Real Work: Interviews and Talks 1964~79*』, 4

2장. 우주와 한 몸 되기

김지하의 밥 한 그릇에 담긴 비밀 캐기

스나이더가 음식과 섭생의 문제를 먹이사슬이라고 하는 서구의 과학적 사고와 북미 인디언의 전통 그리고 10여 년 동안 일본에서 수행하면서 얻은 불교의 사상을 통해 조망한다면 김지하(金芝河, 1941~)의 섭생에 관한 사유는 한국의 전통사상, 그 중에서도 특히 동학사상의 깊은 영향을 보인다. 음식과 섭생에 관해서 김지하가 실제 많은 글을 쓰지는 않았지만 그의 「나는 밥이다」라는 에세이는 섭생에 관한 동양적 사유가 집약되어 있는 빼어난 글이다. 스나이더와 마찬가지로 김지하는 음식을 단순히 배고픔의 욕망을 채워주는 물질이나 슈퍼마켓에서 살 수 있는 소모품이 아니라 전 우주적인 함의를 지닌 신성한 것이라고 주장한다. 김지하에게 밥은 우주생명의 창조적 활동을 뜻하는 것이며, 동시에 그 생명의 결실을 생명 자신이, 즉 생명활동의 주체인 생명이 먹는다는 것을 뜻한다. 따라서 밥은 자연과 우주 전체, 그리고 인간을 연결해주는 매개체인 동시에 신과 인간을 연결해주는 것이기도 하다. 밥을 통해서 식사와 제사가 연결된다는, 제사가 바로 식사이고 식사가 바로 제사라는 그의 말이 바로 이를 두고 하는 말이다. 토양에서 싹이 트고 햇볕과 바람, 농부의 수고가 어우러져 쌀이 여물어 수확된 후 솥에서 소위 '물과 불의 제의'라는 과정을 거쳐 비로소 밥이 되기 때문에 한 그릇의 밥에는 온 우주와 수많은 사람의 노동과 정성이 들어 있다는 것이다. 그렇기 때문에 밥을 먹는 행위는 우주를 자기 속에 받아들이는 행위요, 우주적 에너지의 순환에 참여하는 행위이다. 신에게 제사지내는 밥이 우리가 먹는 것과 동일한 밥이라는 사실에 주목해 김지하는 제사상을 벽을 향해서가 아니라 자신을 향해 진설하는 동학의 향아설위(向我設位)를 지금까지 인류문명을 지탱해온 가치의 부정이자 전복으로 해석해낸다. 이는 제사는 거룩하고 식사는 천한 것이라는 의식, 다른 말로 하면 하늘, 영혼, 신, 정신, 종교, 정치, 문화는 중시하고 땅, 육체, 사람, 물질, 세속, 민중의 의식주 생활은 천시해온 인류의 오랜 문화 전통을 뒤집어 후자들의 가치를 옹호하는 혁명적 사고인 것이다. 제사 지내는 자와 제사를 받는 자 사이에 제상(祭床)으로 분리된 이와 같은 틈을 확보하고 이를 통해 후자들을 착취해온 것이 이제까지의 인류문명사 전체의 지배적 문화양식이었다는 것이다. 김지하는 이런 탐욕과 이기심에서 비롯된 밥의 독점이 인간 삶의 모든 문제라고 생각한다.

김지하는 밥의 생명적 본성에 대한 올바른 이해, 올바른 인식이야말로 새로운 세계를 여는 가장 주요한 동력이라고 주장한다. 우선 그는 밥이 지닌 가장 근본적인 특성으로 공동체적 특성을 든다. 밥은 생산에 있어서뿐만 아니라 먹는 행위도 여러 사람이 어울러 함께 하는 것이므로 우리 모두는 밥상공동체의 일원이라는 것이다. 이를 확대하면 우리 모두는 다 지구라는 행성의 밥상에 초대받은 손님으로 서 그 음식의 소비자인 동시에 제공자라는 말이다. 이런 사유는 곧 우 주의 모든 것이 유기적으로 연관되어 있다는 생태적 인식으로 발전한 다. 사람이 곧 우주이며 우주의 곡식을 먹고사는 한 울타리, 한 식구, 한울님이기 때문에 그 곡식을 병들게 하며 결국은 자기 자신과 모든 자연 생태계를 병들게 하고 죽이는 지금과 같은 곡식, 채소뿐 아니라 옷, 그릇, 집 등의 생활양식, 생산양식, 삶의 양식을 바꾸어야 한다고 역설한다. 그리하여 인간과 대지의 거룩한 생명을 회복할 것을 촉구 하는 생명의 세계관을 펼치는 것이다. 김지하는 식사가 지닌 영적인 의미를 회복하는 것이야말로 문명의 전환을 가져올 수 있는 초석인 동시에 지구를 살릴 수 있는 첩경이라고 주장한다. 이 장에서는 「나는 밥이다」 외에도 「콩나물」, 「살림굿과 여자 지위」, 「개벽과 생명운동」, 그리고 밥과 음식을 다루고 있는 시들이 주로 논의될 것이다.

  김지하는 목포에서 태어나 유년시절을 보냈는데 이 시기는 그의 모 든 작품창작의 원초적 모티브가 된다. 1954년에 원주로 이주하였고 서울대학교 미학과에 진학하여 1966년에 졸업했다. 서울대학교 재 학 중에 4·19혁명과 5·16 군사 정변을 겪었고, 6·3사태 등을 접하면서 학생운동에 깊이 관여하게 된다. 대학 졸업 후에도 박정희 정권의 장기집권에 반대하는 운동에 동참하였다. 김지하는『목포문학』에「저녁 이야기」를 발표한 이후 1969년 11월『시인』지에「서울길」외 4편의 시를 발표하면서 시인으로서 첫 발을 내디딘다. 1970년에 첫 시집『황토』를 출간하고 이어서『타는 목마름으로』, 1980년대 이후에『애린1, 2』(1986),『검은 산 하얀 방』,『별밭을 우러르며』(1989),『중심의 괴로움』(1994),『화개』(2001),『유목과 은둔』(2003),『새벽강』(2006),『비단길』(2006) 등의 시집과 시선집을 출간하였다.

김지하의 본명은 김영일(金英一)로 필명은 본래 '지하(地下)'였는데 이것이 굳어져 이름처럼 사용되면서 지하(芝河)라고 하게 되었다. 1964년 한일회담을 반대한 학생시위에 적극 가담했다가 체포 투옥되어 4개월 동안 옥살이를 했으며, 1970년에『사상계』에 정치인과 재벌, 관계(官界)의 부패와 비리를 질타한「오적(五賊)」을 발표하였다. 이 일로 반공법 위반으로 투옥되어 사형선고를 받고 8년을 복역한 후 풀려났다. 담시「오적」은 70년대 초 한국 사회의 지배계층을 을사보호조약 때 나라를 팔아먹은 오적(五賊)으로 치환하여 부정부패로 썩어 문드러진 권력층의 실상을 고발, 풍자한 작품이다.

60, 70년대의 김지하가 군사독재 정권과 부패한 지배층을 상대로 투쟁했다면, 80년대 이후에는 각 종교의 생명 존중 사상을 수용하고 동서양의 철학과 한국의 선동 사상을 아우르는 '생명사상'을 제창한다. 김지하의 생명사상은 감옥에서의 체험에서부터 동서고금의 사상, 예컨대 유불선 삼교, 특히 불교의 화엄사상, 주역과 김일부의 정역(正易), 기독교와 가톨릭, 테이야르 드 샤르댕(P. T. Chardin)의 창

조적 진화이론, 천부경, 원효 사상, 최치원의 풍류사상, 동학과 증산 사상, 이마미치 도모노부(今道友信)의 대물윤리(對物倫理), 베이트슨(G. Bateson)의 이중구속론, 얀치(E. Jantsch)의 숨겨진 질서론, 신과학 운동, 생태주의, 마르크스주의, 들뢰즈와 가타리의 후기 구조주의 등에 직간접저으로 영향을 받았는데 그 중심에는 동학이 있다. 그리고 장일순(張日淳)과 윤노빈의 『신성철학』 등의 영향을 받았으나, 수운 최해월의 시천주(侍天主)를 생명사상의 핵심 사상으로 수용하였다. 동학의 생명론 가운데 시천주는 유기물, 무기물을 막론하고 모든 개별 사물 하나하나를 대우주 생명의 표현으로 본다. 시천주에서 시(侍)는 '모심'의 의미이며 내유신령, 외유기화, 각지불이를 세 단계로 본다.

　김지하가 생명사상에 대한 본격 탐구를 시작한 때는 앞서 74년 구속된 이래 감옥 생활을 마칠 때까지의 기나긴 시간을 지나 1982년 『대설, 남(南)』을 간행하면서부터이다. 1984년 4월 '밥이 곧 하늘'이라는 명제로 압축되는 민중생명사상에 대한 이야기 모음집 『밥』과 『민족의 노래 민중의 노래』를 잇달아 내면서 사람들의 관심을 받았다. 그의 생명사상의 특징은 향아설위(向我設位)와 밥 한 그릇, 삼경(三敬)의 사상으로 볼 수 있다. 밥에 대한 그의 인식은 "밥 한 그릇이 천지 이치를 다 깨달음"이라는 최시형의 말에 기초한다. 밥이 곧 생명이고 한울이라는 인식은 제사지낼 때 밥그릇을 현재 살아있는 자기 자신 앞에 되돌려 놓고 지금 살아있는 인간, 제사지내는 자신이 제사를 받는 사람이 되는 '향아설위' 사상에 잘 나타나 있다. 삼시 세 끼 먹는 밥 한 그릇 속에는 우주 전체의 삼라만상의 협동적인 노동이 들어 있다. 농사는 인간이 혼자 짓는 것이 아니라 메뚜기와 지렁이, 거미의 도움이 필요하며 물과 흙과 바람과 태양의 작용이 있어야만 가능한 것이다. 또한, 조수의 변동과 달의 변화에 의해 농사는 이루어진다. 따라서 천지 삼라만상의 협동적인 움직임에 의해서 쌀 한 톨, 밥한 그릇이 만들어진다. 그리고 생명이 생명을 먹는다(이천식천, 以天食天)는 것은 먹이사슬의 원리이며 공생의 원리이다. 이는 자연 본래의, 생명 본연의, 생명의 본성에 따른 생명의 전화, 이 생명이 저 생명의 형태로 전환하는 '생명의 순환'의 원리를 따르는 것이다. 김지하는 1981년 생명운동에 대해 검토하면서 유기농법으로 생명의 농산물을 생산하여 소비자에게 제공해 소비자공동체, 생산자공동체, 생활협동 조합운동, 생명공동체 운동인 한살림 운동을 전개했다. 나아가 지역생명경제운동, 지방자치 운동을 하고 초국가적 시민연대를위해 일본 생활협동조합과 함께 '아시아생명공동체' 운동을 벌이기도했다. 김지하는 한국 시단에 가장 먼저 생태주의의 씨앗을 뿌린 시인으로 한국 생태주의 논의의 중심에 서는 인물이기도하다. 그는 90년대에 접어들면서 생명, 개벽, 한울사상과 같은 생명과 민족사상의 원형을 탐구한 노력의 결과를 강연과 산문으로 내놓기 시작했다.

한국인들은 밥과 불가분의 관계에 있다. 인류학자인 최준식이 그의 저서『한국인에게 밥은 무엇인가』에서 주장하듯이 밥과 한국인은 운명을 공유한다. 밥은 한국인들의 주식이기에 한국인들의 영혼이 밥에 깃들어 있다고 해도 과언이 아닐 것이다. 한국인들의 생존에 밥이 극히 중요한 부분을 차지하기 때문에 쌀을 생산하는 모든 활동이 높이 평가된다. 오래된 속담인 "농자천하지대본(農者天下之大本)"은 이런 농사의 중요성을 함축적으로 보여준다. 귀농운동가인 이병철은 "경제는 쌀을 생산하고 분배하는 사회적 행동이다"라고 주장하는데 이는 한국 사회에서 쌀의 엄청난 중요성을 강조하는 말이다. 우리나라에서 농업은 오래전부터 경제활동의 중심이었다. 그러나 산업화가 진행되면서 사람들의 도시 집중과 이농으로 인해 농업은 부차적인 것이 되고 말았고, 그 와중에서 사람들은 식량 생산 방식에 대해 무지하게 되고 자신이 먹는 음식으로부터 소외되었다. 현재 농부가 한국 인구의 10%도 채 되지 않기 때문에 90% 이상의 많은 한국인들은 어떻게 쌀이 생산되는지도 모르고 밥을 먹는 셈이다. 이는 웬델 베리가 음식과 섭생에 관한 가장 탁월한 에세이 중 하나인 「The Pleasure of Eating」(섭생의 즐거움)에서 지적하는 문제점이기도 하다. 베리는 "섭생은 농업적인 행동이다. 섭생은 파종부터 생산까지 이루어지는 식품경제라는 연례 드라마의 마지막 작업이다"라고 하며 음식으로부터의 소외와 생산 방식에 대한 우리의 무지가 갖는 문제점을 지적한다. 그는 현재의 영농산업과 음식산업을 신랄하게 비판하는데 이는 이것들이 음식의 근원으로부터 우리를 격리하고 음식이 땅에서부터 온다는 기본적인 사실을 망각하게 만들기 때문이다. 그러나 섭생의 의미는 여기에서 그치지 않는다. 섭생은 농업적일뿐만 아니라 문화적이면서도 영적이기도 하다. 캐롤 코니한(Carol Counihan)은 "음식은 넓은 범위에서부터 가장 친밀한 영역에 이르기까지 사회 조직의 산물이자 거울이며 여러 문화 현상을 받아들이고 반영하는 프리즘이다"[01]라고 주장한다. 밥을 먹는 것이 이렇게 강력한 문화적 역할을 수행해왔기 때문에 김지하가 밥을 통해 생태학적 섭생의 문제를 다루는 것은 그의 깊은 통찰력을 잘 보여준다.

우리는 생존하기 위해서 먹어야 한다. 그러나 우리가 섭생을 단순히 영양분을 보충하는 행위로만 여긴다면 섭생의 다른 차원들을 제대로 다룰 수 없다. 근래에 매스컴을 장악하고 있는 소위 먹방과 여러 요리 프로그램에서 보듯 우리가 무엇을 먹어야만 하는지 혹은 무엇을 먹을 수 있는지가 사람들 사이에서 가장 민감하고 절실한 문제로 떠올랐다. 환경파괴와 훼손의 문제에 관심조차 없는 사람들까지도 이것만은 자신의 건강에 절대적인 영향을 미치는 대단히 중요한 문제로 받아들이기 때문이다. 이러한 현상은 우리의 음식이 기업형 농업에 의한 화학적 살충제와 제초제로 심각하게 오염되었다는 사실을 고려한다면 충분히 이해가 간다. 더 나아가서 심심찮게 발생하는 구제역, 그리고 최근 일본의 방사성 오염, 광우병, 2016년에도 수 천만 마리의 닭과 오리를 생매장하게 민든 조류독감의 위협은 심각하게 음식 선택 범위를 좁히며 우리의 건강을 위협한다. 김수이가 「밥

01· 코니한, 『음식과 몸의 인류학: 성, 힘의 의미』, 13

상 위의 제국」에서 지적하는 것처럼, 세계화라는 이름 아래 외국으로부터 수입되는 정체불명의 음식은 건강한 음식을 선택하는 데 있어서 또 다른 어려움을 안겨준다. 이러한 상황에서도 대부분의 사람들은 개인적인 차원에서 유기농이거나 지역특산물과 같은 더 건강하고 안전한 음식을 찾으려고만 할 뿐 그 이상의 근본적인 문제를 해결하려는 노력은 기울이지 않는다.

김지하는 인류의 섭생의 의미를 더 깊이 천착하고 거기서 그의 생태학적 혜안의 핵심을 찾는다. 그에게 섭생이란, 무엇보다도 에너지의 상호교환이며 다른 생명들과의 가장 친밀하고 직접적인 형태의 교감이다. 음식을 섭취함으로 문자 그대로, 그리고 상징적으로 그것들과 하나가 되기 때문이다. 김지하가 강력하게 환기하는 섭생의 영적인 차원은 지구라는 행성의 식탁에서 우리 모두가 손님이며 또한 주인이라는 사실을 우리에게 일깨운다. 그리고 이런 인식을 바탕으로 우리가 음식과 섭생에 대해 갖는 태도의 혁명을 꿈꾼다. 「나는 밥이다」에서 김지하는 밥 한 그릇을 먹는 것이 만사지(萬事知)라고 주장한다. 환언하면, 살면서 우리가 알아야 할 가장 중요한 것은 밥 한 그릇이 어떻게 생산되고 우리가 어떻게 밥을 먹는 것이 올바른 것인지를 아는 것이라는 말이다. 김지하는 우리의 음식문화에서 잘못된 점은 다른 무엇보다도 음식에 대한 공동체적이고 영적인 가치를 잃어버린 것이라고 지적한다. 그러므로 그는 우리가 먹는 음식과 우리 자신과의 상호연결성에 대한 의식을 회복하고 섭생의 신성함을 회복하는 것이 가장 시급한 일이라고 주장한다. 섭생에 대한 우리의 습관과 태도를 바꿔 위험에 처한 세계를 구하려고 하는 것이다. 베리의 지적처럼, "어떻게 우리가 먹느냐가 어떻게 세계가 쓰일지를 상당 부분 결정"[02]하기 때문이다.

김지하는 그의 경력 초반에 시를 칼로 삼아 군사폭정에 굴하지 않고 맞섰고 이러한 저항 때문에 사형선고를 받고 8년간이나 수감생활을 해야만 했다. 그러나 죽음의 문턱에서 역설적으로 삶의 새로운 의미에 대한 깨달음을 얻고 생태시인으로 전향하게 된다. 김지하는 '생태'라는 용어 대신 '생명'이라는 단어를 선호하는데 이는 생태라는 단어가 여전히 인간중심주의의 색채를 띤다고 생각하기 때문이다. 김지하가 말하는 '생명'은 인간뿐만 아니라 이 지구라는 행성에 존재하는 모든 생명체, 동물과 식물 그리고 무기물까지를 포함한다. 이러한 확대된 개념으로서의 생명과 음식(그의 용어를 빌리자면, "밥")의 가치에 대한 직관이 그의 생태적 사유에서 가장 두드러지는 특징이다. 생태계의 모든 생명체는 태양이 발산하는 에너지로부터 생명의 힘을 얻는 것이고, 이들은 에너지 순환에서 저마다의 위치를 차지하고 있다. 로빈 차이(Robin Tsai)는 "모든 생명체는, 인간이든 인간이 아니든, 꾸준하고 지속적이고 끊임없는 에너지의 유입(그리고 유출)에 의존한다. 이는 호흡과 섭생의 행동에서 가장 분명하게 드러난다"[03]고 지적한다.

02· 베리, 「The Pleasure of Eating」, 149
03· 차이, 「Gary Snyder and the Literature of Energy」, 121

음식은 에너지 흐름과 교환의 가장 중요한 경로인 동시에 다른 한 편으로는 가시적인 세계와 비가시적인 세계 간의 소통의 매개체이기 도 하다. 음식의 이 두 가지 특징이 김지하의 음식에 대한 사유의 핵심을 차지하고 있다. 그는 음식이 단지 상품으로 평가되는 자본주의 사회를 규탄하며 "산업주의의 잘못된 세계관은…사람을 천하게 볼 뿐 아니라 자연 생명 전체 곧 우주 전체를 천하게 생각하여 정복 대상, 착취 대상으로 낮추어 본다"[04]고 한탄한다. 이러한 태도는 사람들이 어떻게 쌀 한 톨이 나아가 우리의 음식이 생산되는지에 대한 무지함에서 비롯된다. 몇몇 농부를 제외하고 요즘 대부분의 소비자는 식품 재배와 생산의 전체 과정을 직접 보고 경험할 수 있는 기회가 없다. 이들에게 있어서 식품은 단지 시장에서 살 수 있는 상품으로서 다른 산업 사회의 재화와 별반 다를 바 없다. 어떤 것에 값이 매겨지면 그것은 더 이상 신성함을 지킬 수 없고 질적으로 저하되기 마련이다. 이러한 이유 때문에 베리는 우리 스스로 먹거리를 키워보라고 권한다. 그리고 이런 경험을 통해 "토양에서 씨앗으로 꽃으로 열매로 음식으로 찌꺼기로 부패로, 그리고 다시 반복되는 아름다운 순환"[05]을 이해해보라고 촉구한다. 김지하도 마찬가지로 우리의 먹거리를 만들어 내는 성장과 부패라는 더 큰 체계에 대해 관심을 갖는다.

04· 김지하, 『김지하 전집』, 2권, 622
05· 베리, 「The Pleasure of Eating」, 150

하긴 쌀 한 톨이 여물려면 볍씨는 물론이거니와 사람의 노력과 노동, 햇빛, 바람, 물, 흙, 계절의 변화, 우주의 온갖 질서와 벌레와 심지어 참새와 메뚜기, 거름 등이 다 같이 협력하지 않으면 안 된다. 또 쌀이 밥이 되는 과정에는 방아나 절구, '물과 불의 제사'라고 불리는 아궁이와 솥의 부엌을 통과하고 어머니들의 밥상 차리기를 모두 지나야 하는 것이니 농본 시대의 삶의 표준으로서는 그야말로 세상사 중 가장 중요한 세상사요 우주사 중 가장 으뜸 되는 우주사이기 때문이다.[06]

김지하는 우리가 음식 없이는 살 수 없는 데도 쌀 한 톨이 지닌 우주적 함의에 대한 인간의 무지로 인해 음식을 귀히 여기지 않고 멸시한다고 지적한다. 최근작 「두 사람 더 있다」의 "요즘엔 다 밥 우습게 알지 / 밥이 부처님이라면 / 놀래!"[07]라는 구절은 음식을 천히 여기는 사람들의 이런 경멸적인 태도를 잘 묘사하고 있다.

따라서 제대로 된 섭생을 위해서는 우주의 모든 것과의 상호연결성이라는 우리의 원래 감각을 회복하고 우리의 생존을 위해서 희생된 음식에 대해 감사와 존중의 마음을 갖는 것이 제일 긴급하다는 것이 김지하의 생각이다. 우리가 먹는 음식의 모든 부분은 다른 형태를 지닌 생명체의 일부분이고 그렇기 때문에 우리는 서로를 먹고 있는 셈이다. "우리가 먹는 것들이 곧 우리이다"라는 말은 너무나 사냥한

06· 김지하, 「모심 · 고리 · 살림」, 308
07· 김지하, 『시삼백』, 3권, 125

진실이기에 거의 진부하게 들리는데 김지하는 여기서 한 걸음 더 나아가 "어머니의 젖은 우주의 곡식이요, 곡식은 우주의 젖입니다. 우주의 젖과 우주의 곡식을 먹고사는 사람은 그래서 곧 우주인 것입니다"[08]라고 주장하여 사람이 우주를 먹고 살기에 사람이 바로 우주라고 선언한다.

김지하는 동학의 영향을 깊게 받았는데 동학의 가장 중요한 교리는 다름 아닌 "인내천(人乃天)", 즉 "사람이 곧 하느님"이라는 것이다. 이 깨달음에 의지하여 김지하는 "나는 / 한 몸 // 어딜 가든 한 몸 / 그러나 그 한 몸 안에 새 세계가 있으니"[09]라고 노래한다. 그는 그 자신을 자연, 다른 생명체, 그리고 더 확대해서 우주와 뗄 수 없고 자신의 음식과 몸의 건강이, 나아가 지구의 건강과 뗄 수 없을 정도로 밀접한 관계에 있다고 주장한다. 이러한 사유는 "저 먼 우주의 어느 곳엔가 / 나의 병을 앓고 있는 별이 있다"[10]는 구절에서 아름답게 묘사된다. 그의 생태학적 사고와 음식에 대한 사유가 만나는 곳이 바로 이지점이다.

김지하는 현재 세상을 지배하고 있는 문화는 "살림의 문화"(그에게 살림은 "가사노동"과 "살리는 것" 둘 다를 의미한다)가 아니라 "죽임의 문화"라고 정의한다. 「콩나물」에서 그는 "사람만 죽임당하는 것이 아니라 온갖 자연 생태계와 땅도 죽임당하고 있습니다. 이제 죽임은

08· 김지하, 『김지하 전집』, 2권, 621
09· 김지하, 『시삼백』, 1권 179
10· 김지하, 『중심의 괴로움』, 28

우리 삶의 질서로 등장했습니다"[11]라고 한탄한다. 우리가 당할 수 있는 두 종류의 죽음인 갑작스런 죽음인 급살과 서서히 일어나는 죽음인 서살(徐殺)을 언급한 후에 김지하는 우리가 알게 모르게 스모그를 들이마시고 수은과 유독한 중금속에, 그리고 오염된 음식을 섭취하면서 서서히 죽어가고 있다고 말한다. 「삶 2」는 우리가 왜 환경적으로 병든 세계에서 고통당할 수밖에 없는지를 잘 보여준다.

> 흙이 죽어가고
> 풀이 마르고 나무 병들고
>
> 새들 울부짖는다
> 하늘은 구멍 뚫리고
> 산성비 쏟아져 내리고
>
> 모두 다 내 몸
> 나는 병들었다.[12]

김지하는 이러한 악순환에서 벗어나기 위한 방법을 음식에 대해 갖는 전통적인 사고방식의 혁신에서 찾는다. 그는 같은 음식이 두 식탁

---

11. 김지하, 『김지하 전집』, 2권, 620~621
12. 김지하, 『화개』, 134

모두에 차려지는데도 역사적으로 우리는 우리 자신의 식사는 경멸하면서 신이나 조상들에게 바치는 제사는 숭상해왔다고 주장한다. 이런 의미에서 "제사가 바로 식사고 식사가 바로 제사다"라는 그의 말은 우리에게 음식에 대해 완전히 새로운 태도를 가질 것을 촉구한다. 그는 신에게 드리는 제사는 영성, 종교, 문화, 정신, 영혼, 신령 등의 상징으로서 인류문화에서 가장 중요한 행위로 간주되어온 반면에 우리들 자신의 식사는 육신, 세속, 물질, 경제활동 등으로 비하되어 왔다고 주장한다.[13] 이러한 이중적인 사유방식, 즉 "제사와 식사를 서로 분리 차별해서 보는 분별지"[14]가 인류의 역사를 지배해 온 것이다. "실제 오늘날 일어나는 모든 비극적이고 파국적인 사태는 밥을 나눠 먹지 않고 밥의 근원적 진리를 인식하지 않고 밥을 그 근원에 있어서 잘못 인식, 즉 착각하게 만들어 열려진 틈을 통해 약탈한 밥을 혼자서 많이 그리고 길게 풍성하게 처먹으려고 하는 저들의 경향"[15]에서 비롯되는 것이고, 이런 사람들의 무저갱 같은 욕망에서 나온 음식의 독점이 이 세상 모든 악뿐만 아니라 환경오염의 근원이라는 것이다. 김수이가 지적하듯이 음식 독과점의 진짜 문제는 자연의 착취뿐만 아니라 우리 음식의 질적 저하와 오염을 가져온다는 것이다.[16]

우리의 제사와 식사가 본질적으로 같다는 김지하의 발상은 동학의

13· 김지하, 『김지하 전집』, 1권, 379

14· 김지하, 앞의 책, 382

15· 김지하, 앞의 책, 382

16· 김수이, 「밥상위의 제국」, 149

교리에서 상당한 영향을 받았고 이는 제사상을 차리는 새로운 방식에서 여실히 드러난다. 전통적으로 제사상은 신이나 조상들이 머무를 것이라고 추정되는 벽을 향해서(向壁設位) 차려졌다. 그러나 동학의 제 2대 교주 최시영은 1895년도 한 제사에서 제사상을 벽을 향해서가 아니라 사람들을 향해(向我設位) 차렸다. 향아설위의 혁명적인 의미를 김지하는 다음과 같이 설명한다.

> 그것은 이제까지 수만년 동안 동서양 똑같이 전혀 바꿀 것을 생각조차 못했던 제사 방식-벽을 향한 제사 즉 향벽설위(向壁設位)를 나를 향한 제사 즉 향아설위(向我設位)로, 큰 전환을 이룬 것이다.
>
> 즉 한울님, 부처님, 조상, 귀신, 우주생명의 영이 살아있다면 어째서 삶이 없는 저쪽 벽에 오시겠는가. 살아 있는 신령으로서의 사람인 나 안에 오실뿐 아니라 평소에도 살아 계신 것 아니겠는가. 그러니 나의 삶과 일은 그 결과인 밥과 정성을 그 신명과 우주생명이 살아계신 내 앞에 바치고 내가 나에게 빌고 절하는 것이 옳지 않으냐 하는 것이었다.
>
> 따라서 온 우주와 모든 세월의 움직임과 마음은 내 안에 살아있거나, 나아가고 또 돌아오는 것이며, 나의 삶과 노동의 결과도 결국 나에게 돌아오는 것이 마땅하다는 것이다.[17]

김지하의 논리를 따르면, 신과 우주는 사람이 먹는 음식에 응축되

17· 김지하, 『흰그늘의 산알 소식과 산알의 흰그늘 노래』, 131

어 그 사람 안에 거하기 때문에 사람은 신과 다를 바 없다. 이런 특별한 맥락에서 "한울님인 사람이 한울님인 곡식을 먹고 한울님답게 사는 것이 본디 한울의 질서이며 생명의 질서입니다. 그래서 사람은 온갖 자연 생명과 똑같이 거룩한 것입니다"[18]라는 그의 주장은 보다 더 잘 이해할 수 있다. 우리의 제사를 우리의 식사와 동일시해 김지하는 "성스러운 것과 속된 것, 일상생활과 우주생명의 창조와 순환질서"[19]를 성공적으로 결합시킨다.

제사와 식사의 동일성 혹은 성(聖)과 속(俗)의 근본적인 일체성의 가장 강력한 증거를 김지하는 "사람은 밥(빵)으로만 사는 것이 아니다"라는 예수의 말에서 찾는다.

실제에 있어서 아무리 생각해 보아도, 아무리 살펴보아도 사람은 밥으로 사는 것입니다. 사람은 밥으로 삽니다. 그런데 왜 이 위대한 예수께서 "사람은 밥으로 사는 것이 아니다"라고 말을 했을까요? 대답으로, "사람은 밥으로 사는 것이 아니라 사랑으로 산다"는 대구(對句)가 만들어집니다마는, 바로 이 "밥으로 사는 것이 아니라 사랑으로 사는 것이 사람이다"—이렇게 말씀하신 예수가 그 스스로 전 생애를 통해서 그리고 극적인 십자가 사건을 통해서 보여준 것, 또한 처형 직전의—소위 지금 이 세상의 '미샤'인—'제사', 즉 제사적 식사·식사적 제사의 그 마

18· 김지하, 『김지하 전집』, 2권, 621
19· 김지하, 앞의 책, 50

지막 밥상공동체를 통해서 그분이 자기의 십자가 사건과 자기의 생 전체의 의미를 설명하는 과정에서 결정적으로 자기 자신을 바로 '밥'이라고 불렀던 그 점에서 우리는 진정한 답을 찾아야 할 것 같습니다.

예수가 자기 자신을 다른 무엇도 아닌 '밥'으로 정의했다는 것을 김지하는 눈에 보이는 가시적인 음식, 즉 우리 육체의 양식으로서의 밥과 우리가 눈으로 볼 수 없는 영혼의 양식으로서의 밥인 사랑이 불가분의 관계를 맺고 있음을 극명하게 드러내는 언술로 이해하는 것이다. 여기서 흥미로운 점은 김지하가 "사람이 밥으로만 사는 것이 아니다"라는 말을 육체적인 밥보다 영혼을 구원할 밥이 더 존귀하다는 전통적인 해석을 거부하고 오히려 영혼의 가치를 절대시해서 육체적인 것을 멸시해온 영혼중심주의를 부인하고 전복하는 말로 이해한다는 사실이다. 예수가 말하는 그 '밥'이 영혼의 밥인 동시에 우리 삶의 절대조건인 육체의 밥이라고 주장해서 그 둘을 하나로 아우르는 동시에 우리가 먹는 밥과 섭생을 신성한 의례로 승화시킨다. 김지하가 자신의 에세이 제목으로 삼은 "나는 밥이다"라는 구절은 예수가 한 말이다. 이 말은 하늘과 땅이라는 해묵은 이원론을 극복하려는 그의 사역의 핵심에 다름 아닌 밥이 있었음을 잘 보여준다. 기실 예수가 이 세상에서 행한 가장 중요한 일 중의 하나는 세리와 창기들 같은 소위 죄인들을 식탁에 초대해 그들과 함께 밥을 먹음으로 그들 또한 하나님 나라 밥상공동체의 일원임을 밝힌 것이다.

「밥」이라는 시는 음식과 섭생, 그것의 신성함과 나눔의 특성에 대한
김지하의 사상을 압축적으로 요약하고 있다.

밥은 하늘입니다.
하늘을 혼자서 못 가지듯이
밥은 서로 나눠 먹는 것
밥이 하늘입니다.

하늘의 별을 함께 보듯이
밥은 여럿이 같이 먹는 것
밥이 하늘입니다.

밥이 입으로 들어갈 때에
하늘을 몸속에 모시는 것
밥이 하늘입니다

아아 밥은
모두 서로 나눠 먹는 것.[20]

위 시에서 하늘은 신으로도 해석할 수 있다. 신들이 그들 스스로를

20· 김지하, 「밥」 전문

음식으로 내놓았기 때문에 우리가 음식을 먹을 때 우리는 실제로 신들을 먹는 셈이다. 강찬모는 "음식은 우주의 정제된 에너지이다. 사람이 음식을 섭취하는 것은 한 에너지가 다른 에너지를 먹는 것이며 한 신이 다른 신을 먹는 형태이다"[21]라고 말한다. 김지하는 이러한 인식이 우리가 단순히 우리의 이기적인 욕망을 채우기 위해 살 것이 아니라 스스로를 음식으로 내놓아 다른 이들을 먹이는 신들처럼 살기를 요구하는 것이라고 생각한다.

김지하의 섭생에 대한 생각은 "되먹임"이 공생 사회에서 새로운 윤리가 되어야 한다는 주장에서 최고조에 달한다. "우주의 부모가 나를 먹여 기름으로써 나는 우주와 부모에게 되먹여드리는 피드백(feedback) 관계에 있다는 반포(反哺)"[22] 사상이 새로운 생명 윤리가 되어야 한다는 것이다. 「되먹임」이라는 시는 김지하의 이 되먹음, 되갚음의 사상을 잘 보여준다.

내 목숨은
아득타
별로부터 오셨으니

내 목숨은
가까이

21· 강찬모, 「김지하 시에 표현된 경물사상과 자연존중」, 371
22· 김지하, 「동학사상과 생명문화 운동」, 261

흙으로부터 풀 나무 벌레와 새들 물고기들

내 이웃들로부터 오셨으니

김지하는 우선 자신의 목숨이 우주적 기원을 지니고 있으며 수없이
많은 생명체의 상호작용에 의한 것임을 밝힌다. 이어지는 "우주가 날
이끌고 있어 / 튕기고 이끌고 또 튕기고" 있다는 구절에서 보듯 이
런 소중한 자신의 목숨을 유지해주는 것 또한 이 모든 우주와 만물이
다. 그렇기 때문에 시인은 자신을 먹이고 살려주는 이 모든 생명체의
은혜를 "살고 또 살아 / 갚아야 하리니"라고 다짐하는데 그 구체적인
실천 방안이 바로 이들에게 되먹임을 행하는 것이라는 인식에 이른
것이다.

이렇게 보면 이 되먹임 사상은 단지 환경을 보존하고 유지하는 것
의 중요성을 선언하거나 유기농법을 장려하는 기존의 환경운동이나
환경윤리에서 진일보한 것이라 생각된다. 그가 우리에게 요구하는
것은 부모의 은혜를 되갚아야 한다는 유교의 효(孝) 사상과 비슷한
것인데, 이는 김지하와 밀접한 연관성을 갖는 「한살림 선언」에 명확
하게 나타나 있다.

인간은 결국 사회라는 큰 솥에서 지은 밥을 먹고 살아가는 한 식구
인 것이다. 만사를 안다는 것(萬事知), 즉 진리의 깨달음은 밥 한 그릇을
먹는(食一碗) 이치를 아는 데 있다고 하였다. 한 그릇의 밥이 한울과 자
연의 젖이요 이웃들의 땀인 줄 안다면 한울과 땅 그리고 이웃의 고마움

을 알고 되갚을 마음을 가져야 할 것이다. 되갚을 마음은 한울과 땅과 이웃에 대한 고마움의 고백(告白)으로 나타나게 된다. 해월은 이 고백을 식고(食告)라고 부르는데 이를 '도로 먹이는 이치(反哺之理)'라고 풀고 있다. 생명은 '되먹임'에 따라 순환적으로 활동하는 것이다. '되먹임'은 우주와 생태계와 사회 안에서 살아 움직이는 모든 생명이 물질과 정보, 에너지와 마음을 교환(交換), 교감(交感)하면서 서로 연결되어 있는 순환적인 상호의존성의 고리를 뜻한다.[23]

우주를 되먹이고자 하는 김지하의 생각은 먹이사슬, 에너지의 주기적 상호교환, 그리고 우주의 모든 생명체의 불가분의 상호연결 관계에 대한 빈틈없는 이해를 기초로 한다. 「동학사상과 생명문화 운동」에서 "생태계의 먹이사슬은 가시적인 관찰만으로는 투쟁과 약육강식, 상극의 체계이다. 그러나 보이지 않는 우주생명의 기화(氣化), 자기조직 과정으로서 진화로 본다면, 상호 기생(寄生) 관계이다"[24]라는 그의 말이 이를 분명하게 드러낸다. 그러므로 김지하가 직면한 과업은 "기생관계를 탁월한 공생, 상생(相生) 관계로 변화시킬" 혜안을 찾는 것이다. 이 목표를 달성하기 위해서 김지하는 자연의 기본적인 질서로서의 공생을 존중하는 새로운 문화가 필요하다고 말한다. 여기서 김지하가 말하는 공생은 "인간들끼리의 관계에만 해당되지 않고 동·식

23· 「한살림 선언」, 436
24· 김지하, 「동학사상과 생명문화 운동」, 254

물, 무기물, 기계의 관계에까지 적용"[25]된다는 것을 기억해야 한다.

음식에 대한 개념을 근본적으로 바꾸어 김지하는 자연이나, 여성 그리고 물질과 같은, 지금까지 소외된 "타자"가 주류로 부상하며 중요한 역할을 할 새로운 세계를 꿈꾼다. 이 새로운 세계, 김지하의 말을 빌면 후천개벽의 세계는 "첫째가 모성 / 둘째가 밥 / 셋째가 월경"[26]에 의해 도래하는 세상이다. 위의 시구에서 알 수 있듯이 음식은 새로운 형태의 세계를 인식하는 데 중요한 매개체 역할을 감당한다. 『화개』에 수록된 「님」은 김지하가 어떻게 음식을 인식하고 있는지를 명확하게 보여준다. 그에게 음식은 에너지를 얻기 위한 물질이나 자원이 아니라 사랑받아야 하고 보살핌을 받아야 하는 존재이다. 그의 변화된 인식 속에서는 마루 끝에 굴러들어온 낙엽이나 땅 위에 기어 다니는 개미도 모두 그의 "님"이다.

넓은 세상 드넓은 우주

사람 짐승 풀 벌레

흙 물 공기 바람 태양과 달과 별이

다 함께 지어놓은 밥

아침저녁

25· 김지하, 「동학사상과 생명문화 운동」, 260
26· 김지하, 『흰그늘의 산알 소식과 산알의 흰그늘 노래』 382

밥그릇 앞에

모든 님 내게 오신다 하소서.[27]

올바른 섭생의 첫 번째 단계가 우리가 먹는 음식이 우주의 유기적이고 무기적인 힘의 생산물이고 그래서 신성하다는 것을 인식하는 것이라면, 두 번째 단계는 이런 음식을 나보다 더 고상하고 귀한, 그래서 사랑과 공경의 대상인 "님"으로 받아들이는 것이다. 바로 이 지점에서 생태학적인 에로스와 생태학적 섭생이 교차한다. 생명을 유지하기 위해서 먹어야 한다는 것은 생물학적인 현실이지만 김지하는 우리의 섭생이 자신의 생명을 위해 다른 생명들을 취하는 일방적인 행동에서 머무를 것이 아니라 생명체간의 상호관계를 이루는 쌍방의 행동이 되어야 한다고 주장한다. 『In Defense of Food』(음식의 변호)에서 섭식은 포식자와 피포식자 간의 관계라는 새로운 개념을 제시하는 폴란처럼[28], 김지하는 우리가 어떻게 무엇을 먹을지는 바로 이런 관계의 문제라고 주장한다. 이러한 맥락에서 섭생은 에너지 상호교환을 통해 우주의 작용에 참여하는 것일 뿐만 아니라 우리의 근원적 일체성과 상호의존을 인지하는 영적인 체험이다.

김지하는 이러한 '상호연결'성과 '상호관계'를 인식하고 나서 음식이

27· 김지하, 『화개』, 46
28· 폴란, 『In Defense of Food』, 102

된 생명들의 희생에 대해 감사와 경의를 표하는 것이 우리의 올바른 섭생 태도라고 주장한다. 이러한 태도는 우리가 먹는 음식이 "가까이 / 흙으로부터 풀 나무 벌레와 새들 물고기들 / 내 이웃들로부터 오셨다"[29]는 것을 명확하게 이해했을 때 가능하다. 여기서 김지하가 음식에 "오셨다"는 존댓말을 쓰고 있는 점을 유익해야 한다. 이 말은 나아가 음식이 자신의 자발적인 의지를 지닌 존재이고 우리에게 스스로 "오셨다"는 것을 얘기한다. 베리 또한 같은 생각을 갖고 있는데 그는 우리가 "이해와 감사로 '음식을' 먹어야 한다"고 주장하면서 "섭생의 즐거움에서 상당 부분은 음식이 비롯된 생명체들과 세계에 대한 분명한 인식에서 나온다"[30]고 주장한다. 이런 관점에서 김지하가 우리에게 습관적인 무분별한 섭생, 연민이나 자제가 없는 섭생으로부터 벗어나 더 긴밀한 관계를 맺으라고 촉구하는 것은 지극히 당연하게 보인다. 그가 상당한 영향을 받은 선불교의 식사 기도를 빌리자면 섭생은 "우리 스스로의 일과 이 양식을 우리에게 가져다준 이들의 노력을 성찰하고 식사를 함으로 우리의 행동의 본질을 인지하는 것"[31]이기 때문이다.

섭생은 즐거움이 될 수도 있고 동시에 염려와 걱정거리, 심지어 우리를 병들게 하는 원인이 될 수도 있다. 이런 개인적인 차원을 넘어 현대의 섭생의 방식과 음식을 생산하는 산업방식은 우리가 살고 있

29· 김지하, 『화개』, 87
30· 베리, 「The Pleasure of Eating」 151
31· 오브라이언, 「Giving Thanks for Our Food」

는 지구라는 생태계의 건강에 중대한 위협을 가한다. 이런 의미에서 섭생의 문제는 개인적인 선택의 문제가 아니라, 피터 싱어(Peter Singer)가 오랫동안 주장해온 것처럼 윤리적인 문제인 동시에 지구의 운명을 결정할 사회적이며 정치적인 문제이다. 김지하는 우리가 음식에 대해 갖는 태도를 바꾸면 새로운 세계를 열 수 있다고 주장한다. 다른 것들을 먹어서, 더 정확하게는, 서로 먹어서, 우리는 에너지와 생명들을 공유하고 교환하는 의례(儀禮)에 참여하는 것이다. 이러한 의례에서 인류는 포식자로서 뿐만 아니라 음식으로서도 중대한 역할을 수행하고 있다. 따라서 지구라는 행성에서 이 축제를 위한 가장 중요한 자질은 다른 생명체들을 향한 감사와 존경의 마음을 갖는 것이다. 그는 섭생에 대한 우리의 인식을 종교적이고 철학적 차원으로 확대하여 우리의 섭생을 신성하게 하고 사랑의 관계로 재정립해 우리가 좀 더 책임감을 갖고 유념하여 섭생할 것을 강력히 촉구한다.

섭생의 즐거움

2———— 대지 공동체, 밥상 공동체에 대한 탐구

백석

우리가 먹는 음식이 가진 근본적인 특성은 공동체성이다. 음식은 김지하가 전 장에서 밥 한 그릇이 만들어지기 위해서는 땅과 공기, 물 나아가 해와 별, 벌레까지 동참하는 우주적인 협업이 필요하다고 주장한 데서 알 수 있는 것처럼 공동체적으로 생산된다. 아울러 그렇게 생산된 음식은 또한 공동체적으로 향유되고 소비된다.

미국의 전업 농부이자 시인인 웬델 베리는 음식이 생산되는 전 과정에 포함된 공동체, 즉 그것들이 자라는 토양에서부터 시작해 농장과 그 농장이 위치한 지역공동체와 국가, 그리고 그렇게 생산된 음식이 가공되어 유통되어 우리 입에 들어오는 그 모든 과정을 농업이라는 틀로 이해한다.

한국의 대표 시인 중 한 명인 백석은 이렇게 생산된 음식을 먹는 행위 자체에 주목한다. 어떤 음식을 어떤 사람들과 함께 먹느냐에 따라서 음식은 개인의 정체성을 나타낼 뿐만 아니라 가족과 지역 사회 그리고 국가라는 공동체의 정체성을 나타내기도 한다. 이 장에서는 이런 사유를 바탕으로 해서 음식의 공동체성을 살펴본다.

웬델 베리

1장. 소통과 공존의 음식

백석 시에 대한 생태론적 고찰

우리나라 시인 중에서 음식에 관해 가장 많은 시를 쓴 시인은 백석 (白石, 1912~1966)이다. 그에게 있어 음식은 우리의 허기를 채우기 위한 욕망의 대상이나 육체적 감각을 만족시켜주는 물질의 차원을 넘어 인간과 자연, 정신과 육체를 통합하는 매개이다. 그의 음식 시 편에서 두드러지는 것은 음식이 나와 타자를 연결하는 통로라는 인식인데, 이때 타자는 동료 인간들뿐만 아니라 다른 모든 살아있는 생명체까지도 포함한다. 「선우사」라는 시에서 그가 음식을 친구라고 부르는 것도 바로 이 때문이다. 그렇기 때문에 백석 시에서 음식을 먹는 행위는 타자와 함께 음식을 나누는 밥상공동체를 의미하고 이는 다시 자신과 가족, 나아가 같은 음식을 먹고 사는 민족, 그리고 그 민족의 정체성과 문화와 뗄 수 없는 관계를 맺고 있는 것이다. 이런 점에서 음식은 민족적 정체성을 드러내는 하나의 기표라는 가정 아래 백석의 전통 음식에 대한 집착과 호명을 민족의 정체성을 지키고 음식의 식민화에 저항하는 행위라는 정유화의 주장은 설득력 있게 들린다. 그의 시에 많이 등장하는 제사에 관한 여러 시들은 음식이 공시적으로는 나와 타인을 연결해주는 매개이지만 다른 한편 통시적으로는 현재의 나와 과거 조상들의 관계를 이어주는 통로이며 초자연적인 것과 신성한 것을 연결해주는 매개임을 보여준다. 음식을 먹는 것은 곧 과거의 삶과 현재의 삶이 음식 섭취를 통해 면면히 이어지는 것이다. 그렇기 때문에 어릴 적 음식에 대한 환기는 유년의 분열되지 않은 온전성, 음식과 몸을 통해 이루어진 우주와의 상호 교감에 대한 갈망인 것이다.

「국수」 같은 시에서 보듯 백석만큼 섭생이 가져오는 감각적 차원의 즐거움을 노래한 시인은 많지 않다. 그리고 그 즐거움의 많은 부분은 그것이 음식을 준비하는 과정부터 먹는 행위에 이르기까지 전 과정이 공동체적이라는 것, 즉 타자와의 소통과 환대가 그 중심에 자리 잡고 있다는 데서 나온다. 백석의 시는 "맛의 비결을 아는 것은 우주 만물의 법칙을 아는 것"[01]에 해당한다는 우리의 전통사상을 가장 아름답게 형상화하고 있다. 밥상을 중심으로 하여 나와 타자의 경계를 넘나드는 음식의 미학을 통해 백석은 인간과 자연, 육체와 정신을 가로지른다. 그의 음식에 관한 사유가 자아의 정체성, 지역의 정체성 그리고 나아가 민족의 정체성으로 이어지고 지구라는 공동체 전체의 유기적 연관성이라는 생태적 사유로 발전하는 것이 무척 흥미롭다. 이 장에서는 『정본 백석 시집』에 나오는 시들 중에 음식을 다루고 있는 시들을 전술한 여러 측면에서 살펴볼 것이다. 백석 연구를 선도하

01· 박용숙, 『한국의 미학사상—바시미의 구조』, 16.

는 학자인 고형진도 "백석 시는 여러모로 개성적이지만, 그중에서도 눈에 띄는 점은 음식에 대한 시어의 빈번한 출현이다"[02]라고 하며 음식에 대해 백석이 깊은 관심을 지닌 시인이라고 주장한다. 백석이 쓴 시가 110여 편으로 알려져 있는데 음식에 대한 언급이 150여 차례 나온다는 것은 그의 시에서 음식이 차지하는 큰 비중을 여실히 드러낸다.

　백석은 평안북도 정주 출생으로, 본명은 백기행(白夔行)이다. 1930년 18세에 오산중학교를 졸업함과 동시에 『조선일보』 신년현상문예 공모에 소설 『그 모(母)와 아들』이 당선되면서 문단에 나왔다. 그 후 1934년 일본의 아오야마학원에서 영문학을 공부하고 졸업한 뒤 조선일보사 편집부에 입사하여, 1935년 시 「정주성」을 『조선일보』에 발표하면서 시인으로 등단하였다. 그러나 1936년 사임하고 함흥 영생여고 교사로 부임했다가, 같은 해 1월 20일에 그간 『조선일보』와 『조광』에 발표한 7편의 시에, 새로 선보이는 26편의 시를 보태어 시집 『사슴』을 당시 경성부 통의동에서 자비로 100권 출간했다. 『사슴』에는 총 33편의 시가 4부로 나뉘어 수록되어 있다. 1938년 교사직을 사임하고 서울로 돌아와, 1939년 다시 조선일보사에 입사했으나 불과

02· 고형진, 「백석 시의 음식 기행」, 57

9개월 만에 다시 사임했다. 그 후 평안도 지역을 돌아다니다 만주의 안동에도 다녀왔고, 1939년 말이나 1940년 초에는 아예 만주로 이주하게 된다. 그가 갑작스럽게 만주로의 이주를 결행하게 된 이유나 계기에 대해서는 여러 가지 추측이 있다. 일제 말 조선총독부와 만주국은 선만일여(鮮滿一如)의 실천으로 내선일체(內鮮一體)를 달성하고자 서울에 선만척식주식회사, 신경(만주국의 수도, 현재의 창춘시)에 만선척식주식회사를 각각 세우고 1937년부터 정책이민을 본격적으로 실시하였다. 이 시기에 탈향과 이주, 혹은 유랑은 당대 한국인들의 삶의 한 유형으로 자리 잡고 있었기 때문에 내적 요인과 외적 요인이 함께 작용한 것으로 보인다. 만주 이주 직후에는 신경에 거주하며 만주국 경제부에 근무했다고 하는데 그 기간은 1940년 3월부터 9월까지 겨우 반년 정도에 불과하고, 번역 작품 토마스 하디의 『테스』 출간 관계로 서울에 잠시 왔다가 다시 신경으로 돌아갔으며, 도쿄에도 다녀갔다는 얘기가 있다. 이처럼 서울, 함흥, 만주를 오가는 사이에, 마산, 통영 등 남해 일대와 함경도 일대, 평안도 일대를 여행한 뒤 각각 「남행시초」 연작(1936), 「함주시초」 연작(1937), 「서행시초」 연작(1939)을 비롯한 여러 작품을 발표하였고, 영생고보 재직 당시 만주 수학여행, 안동(현 중국 단동) 여행을 다녀온 뒤에도 기행시편을 남겼다. 1941년의 발표 작품인 「귀농」의 무대가 되는 신경 부근의 백구둔(白拘屯)에 거주했다는 것과, 1942년 안동으로 이주하여 세관 업무 일을 하며 이때 세 번째 아내인 문경옥과 새로운 결혼생활을 했으나 이 역시 파경으로 끝났다는 것 등이 현재까지 알려져 있다.

백석의 시에 나타난 음식은 유년기 회상의 형식을 통해 주로 가족공동체가 살아가는 공간 안에서 함께 공유했던 경험들로 묘사된다. 백석은 자신이 좋아하던 음식을 작품 안에 등장시켰는데 가장 많이 등장하는 음식이 '모밀국수'이다. 그가 함경도를 여행한 후 발표한 기행시 「산중음(山中吟)」 연작 네 편 중 세 편에 모밀국수가 등장한다. 그는 시의 서두를 음식을 언급하여 시작하거나, 음식이 있는 공간을 배경으로 많은 작품을 남겼다. 특히 「국수」는 음식 이름을 제목으로 삼고 이 음식에 대해 쓴 시다. 이 시의 화자는 어린 시절 고향에서 국수를 만들어 먹은 기억을 바탕으로, 육수를 장만하는 것에서부터 면발을 뽑고, 추운 한밤중 뜨거운 아랫목에서 국수를 먹는 분위기까지 서술하고 있다. 그의 작품 안에서 음식물과 그것을 향유하는 공간에 대한 감각들은 촉각에서 미각, 시각, 후각, 청각까지 다양하다. 또한, 그의 시에는 음식뿐만 아니라, 전통놀이, 굿과 관련한 풍속을 포함한 무속신앙, 여러 가지 가재도구의 이름이 등장한다. 백석의 시는 사라져 가는 우리의 전통문화를 오늘날 독자들에게 간접적으로나마 알려주고 있어, 문화공동체와 민족적 정체성을 회복할 수 있는 중요한 단서를 제공한다.

1948년 『학풍』 창간호(10월호)에 발표한 「남신의주 유동 박시봉방(南新義州 柳洞 朴時逢方)」은 해방과 함께 귀국하여 신의주에 거주하던 무렵의 작품이다. 백석이 아동문학에 참여한 직접적인 원인은 현재로서는 확정지을 수 없지만, 소련의 대표 사회주의·현실주의 아동 문학가 마르샤크의 『동화시집』을 옮겨 낸 때는 1955년이다. 그를 본받아 1957년 자기 동화시집 『집게네 네 형제』를 내놓았다. 광복 뒤 북

쪽에 있었던 시기에 그의 창작 작품 수는 많지 않지만 번역 작품은
두드러지게 많다. 그러다 1950년대 중반부터 활발한 창작, 이론, 매
체 활동까지 이어졌다. 1956년에는 이른바 학령 전 어린이문학 논쟁
을 일으킨 당사자가 되기도 하였다. 그리고 1959년 1월 백석은 압록
강 연안에 있는 양강도 삼수군 관평리에 있는 국영협동조합에 파견
되어 양치기 일을 하게 된다. 이후 1964년경 협동농장에서 사망한
것으로 한때 한국과 일본에 알려져 있었으나, 1995년 말까지 생존해
있었다는 사실이 최근 유족을 통해 알려졌다.

남한에서는 조선민주주의인민공화국 시인이라는 이유로 백석 시의
출판이 금지되었으나 1988년 해금 조치 이후 백석의 작품들이 활발히
소개되고 많은 연구자들에 의해 주목받고 평가되고 있다. 그의 작품은
평북 지방을 비롯한 여러 지방의 사투리와 사라져가는 옛것을 소재로
삼아 특유의 향토적 정서를 바탕으로 하고 있으면서도 뚜렷한 자기 관
조로 한국 모더니즘의 또 다른 측면을 개척했다는 평을 받고 있다.

음식에 관한 백석의 여러 시 중에서 가장 기이하고 흥미로운 시가
1938년경에 쓴 「멧새소리」이다. 이 8행의 짧은 시가 멧새와는 전혀
상관없는 명태를 다루고 있기 때문이다. 음식이 아닌 음식이 될 재료
를 다루고 있다는 점에서 이 시는 실제 구체적인 음식을 다루는 여타

시와는 구별된다. 특히 명태는 함경도에서 가장 많이 잡히는 흔한 생선인데 백석은 곤궁한 상황에 처한 자신과 수많은 공통점을 발견한다. 이 시의 배경이 되는 겨울은 한류성 어족인 명태가 가장 많이 잡히는 철인데 먹고 남은 명태는 처마 끝에 매달아 말리는 것이 그 지역사람들의 일반적인 관습이었다고 한다.

　여기서 우리가 주목해야 할 것은 백석이 자신을 다른 것이 아닌 명태와 비유하는 이유이다. 무엇보다도 차가운 겨울 날 온 몸이 부드러워질 때까지 얼다가 녹다를 수없이 반복하는 명태는 식민지라는 동토에서 얼어붙은 민중들의 삶과 모든 삶의 자양분을 빼앗기고 말라비틀어진 자신의 처지를 나타내는 적절한 은유이다. 명태와 자신을 동일시하는 이와 같은 객관적 상관물의 근거는 물론 둘 사이의 유사성인데 이를 백석은 "나도 길다랗고 파리한 명태다"라는 구절에서 보듯 "길다랗고 파리한" 특성에서 찾는다. 이는 직전 행의 "해는 저물고 날은 다 가고 볕은 서러웁게 차갑다"라는 구절과의 연관 속에서 제대로 이해될 수 있는데, 해질녘 지는 햇볕에 늘어나서 길고 파리한 명태의 그림자와 자신의 그림자 사이의 본질적인 유사성을 염두에 둔 구절이다. 이 8행의 시에서 명태를 수식하는 "길다랗고"와 "길다란"이란 형용사는 각기 두 번씩 반복되어 총 네 번이나 등장하는데 이는 단순히 명태의 물리적인 특성에 관한 묘사를 넘어 꽁꽁 얼어붙은 명태의 몸에 육화된 길고 긴 고통을 가리키는 것이라고 생각된다. 그언 명태가 꼬리와 가슴에 길게 달고 있는 고드름은 내면화된 고통과 추위의 결정체라고 할 수 있다.

처마끝에 明太를 말린다

明太는 꽁꽁 얼었다

明太는 길다랗고 파리한 물고긴데

꼬리에 길다란 고드름이 달렸다

해는 저물고 날은 다 가고 볕은 서러웁게 차갑다

나도 길다랗고 파리한 明太다

門턱에 꽁꽁 얼어서

가슴에 길다란 고드름이 달렸다[03]

이런 점에서 명태는 입과 가슴이 얼어붙은 남자, 가슴에 커다란 고드름 하나를 달고 사는 식민지의 무기력한 지식인의 표상으로서 너무나 적절한 은유이다. 고형진 교수는 "꽁꽁 언 '문턱'은 시인의 얼굴의 턱을 연상시키고, 또 문자 그대로 집의 문턱을 연상시킨다. 시인의 육신과 거처가 모두 꽁꽁 얼어붙었음을 생생히 느끼게 한다"[04]고 주장한다. 이 명태(시인)는 "턱"이 얼어붙어 소리를 내지 못하고 고드름처럼 시린 침묵의 언어, 몸의 언어로 얘기한다. 이 들리지 않는 침묵의 언어를 소리로 형상화해 노래하는 것이 멧새이다. 이 시의 수께끼 같은 제목의 비밀이 여기에 있다. "시인은 '멧새'처럼 자유로운 소리를 내야 하지만 반대로 '현실'은 입을 다문 '명태'처럼 얼어붙어

03· 백석, 「멧새소리」 전문, 113
04· 고형진, 『백석 시 바로읽기』, 332

있다는 것이다"[05]는 권성훈의 지적처럼 멧새는 말 못하는 명태의 대척점에 자리하여 명태의 소리를 대언(代言)한다. 멧새는 산새로서 백석이 현재 살고 있는 바닷가에서는 멀리 떨어져 있는 고향을 떠올리게 하는 새이다. 따라서 이 시에서 백석은 명태를 통해 식민지 지배의 고통을 극적으로 형상화하고 있다. 길고 얼어붙은 명태와 자신을 동일시하여 명태(시인)는 어떻게 음식이 탈식민주의적 저항과 염원을 담아낼 수 있는지를 여실히 보여준다.

백석은 「선우사」에서 자신이 가자미와 비슷하다고 말하지만 여기서는 명시적으로 "나도 길다랗고 파리한 明太다"라고 진술한다. 그저 '나도 길다랗고 파리한 명태다'라고 하며 화자와 명태의 처지를 담담히 동일선상에 놓고 있는 것이다. 시어에서 연상되는 얼어붙은 명태의 생명 없는 눈과 딱딱한 몸통이 곧 화자의 처지임을 알 수 있다. 즉, 이 시는 하나의 사물로서 명태 그 자체를 묘사할 뿐만 아니라 명태를 대상으로 한 화자의 내면심리를 동시에 보여 준다. 여기서 명태는 「여우난골족」의 음식들처럼 공동체적 유대를 다지며 나눠 먹는 음식도 아니며, 「선우사」의 밥과 가자미처럼 쓸쓸한 저녁 분위기를 상쇄시켜주는 친구 같은 음식도 아니다. 얼어붙은 말없는 명태가 시인의 현재 자화상이라면 멧새의 노래 소리는 그 언 몸에서 백석이 견인한 희망의 목소리이다. 「멧새소리」가 명태(시인)가 자신 속에서 채굴한 멧새소리와의 대화적 상상력을 통해 자신의 정체성을 탐구하

05· 권성훈, 「멧새 소리」, 『경인일보』, 2013.04.01., 12

고 있는 반면 「선우사」는 시인의 소박한 밥상에 놓인 밥과 가자미와의 대화를 통해 가장 근본적인 의미에서의 밥상공동체, 즉 음식을 먹는 사람과 그 음식과의 관계를 탐구한다. 이 시는 백석이 영생고보 교사 재직 중 함경도 '함주'를 배경으로 쓴 「함주시초」에 실린 「북관」, 「노루」, 「고사」, 「선우사」, 「산곡」 5편 중 하나이다. 이 시편들에서 백석은 한반도의 변방에 위치한 이 지역의 투박하고 독특한 문화와 순수한 원시성을 목도하고, 역사적으로 조상의 기상과 숨결이 스며있는 이곳에서 한국인의 원초적인 생활모습을 발견한다. 이 중에서 「선우사」는 시인이 쓸쓸하게 홀로 맞이하는 소박한 식사의 모습을 그리고 있는데 여기서 두드러지는 것은 밥과 가자미에 대한 시인의 태도이다. 선우(膳友)는 반찬 친구라는 뜻인데, 여기서 선(膳)은 육선(肉膳)이라는 말에서 보듯 반찬을 의미하지만 '베풀다'라는 뜻도 있다. 이렇게 보면 선우는 '반찬 친구'인 동시에 '베푸는 친구'라는 이중적 의미를 가지고 있는 셈이다. 이 두 가지 의미가 「선우사」를 들여다볼 수 있는 열쇠인데 지금까지 이 시에 관한 연구는 주로 반찬 친구라는 데에 초점이 맞추어져 왔다.

선우사라는 제목이 시사하는 것처럼 이 시는 선우인 반찬을 노래하는 시인데 그 반찬인 가자미를 음식이 아니라 친구로 여기는 데에 이 시의 핵심이 있다. 시인에게 니조반에 차린 흰밥과 유일한 반찬인 가재미는 생존을 위해서 섭취해야 하는 영양분을 지닌 물질만이 아니다. 시인의 의식 속에서 그것들은 서로의 처지와 정을, 특히 이 시에서 두드러지는 쓸쓸함을 함께 나눌 친구이다.

낡은 나조반에 흰밥도 가재미도 나도 나와 앉아서

쓸쓸한 저녁을 맞는다

흰밥과 가재미와 나는

우리들은 그 무슨 이야기라도 다 할 것 같다

우리들은 서로 미덥고 정답고 그리고 서로 좋구나[06]

  흰밥과 가자미를 친구로 호명하여 시인은 그것들을 가난하고 소박한 시인의 밥상에 함께 참여하는 주체로 격상한다(격상이라는 단어도 이미 인간중심적이다. 이들은 원래 그 스스로 주체이다). 이는 백석 특유의 어법이 두드러지는 "낡은 나조반에 흰밥도 가재미도 나도 나와 앉아서"라는 행에서 명백히 드러난다. 우선 백석은 여기서 흰밥, 가자미, 나를 나란히 병치하는데 이를 통해 이들이 모두 다 동등한 주체적 존재라는 것을 말한다. 그리고 이는 내가 흰밥과 가자미를 식탁에 갖다 놓은 것이 아니라 그것들이 자발적인 의지를 가지고 스스로 "나와 앉았다"는 데서 확인된다. 특히 백석이 이 세 주체들을 배열한 순서, 즉 흰밥, 가자미가 먼저 오고 '나'가 제일 나중에 온다는 점은 이 식사에서 흰밥과 가자미가 동등한 주체임을 넘어 나보다 더 중요한 주체임을 시사하고 있다는 생각이 들 정도이다.

  이렇게 섭생을 독자적인 주체들이 참여하는 관계로 설정하는 것은

06· 백석, 「선우사」, 83~84

섭생이 음식을 먹는 주체와 먹히는 객체의 죽고 죽이는 관계라는 일상적 관념을 넘어서는 혁신적 견해이다. 약육강식으로 대표되는 섭생의 이런 논리는 가해자와 피해자라는 적대적 대결과 폭력의 구도를 벗어날 수 없는 것이고 항상 음식이 되는 대상을 죽이는 것을 포함하기에 섭생자의 입장에서도 '살생'이라는 가책에 시달리게 한다. 바로 이 문제가 불가(佛家)의 제1 계명인 불살생(不殺生)의 문제이고 제1부에서 자세히 살펴본 것처럼 게리 스나이더가 평생을 궁구한 화두이다. 이 적대적 관계의 섭생을 지구라는 생태계의 모든 구성원이 참여하는 에너지의 교환, 즉 "두렵지만 아름다운 축제"로 만드는 것은 음식물에 대한 섭생자의 감사이다. 이 감사가 음식물을 내어준 존재의 죽임을 밥상에 마주한 동료 인간에 대한 자기희생으로 바꾼다. 스나이더도 이를 『신화와 본문』에서 인간도 먹어야만 살기에 이를 측은히 여겨 스스로를 내주는 사슴의 자기희생과 이에 대한 인간의 감사 노래[07]로 아름답게 표현한다.

선우가 반찬 친구를 넘어 우리에게 자신을 베풀어 내어주는 친구라

07· 스나이더의 사슴에 관한 노래는 북미 인디언의 전통과 문화의 영향을 많이 받았는데 이로쿼이 인디언이 사슴을 사냥하고 나서 부르는 「죽임을 당한 사슴에게」라는 다음 시는 섭생에 관한 그들의 사유를 잘 보여준다. "작은 형제여, 너를 죽여야만 해서 미안하다. / 그러나 네 고기가 필요하단다. / 내 아이들은 배가 고파 먹을 것을 달라고 울고 있단다. / 작은 형제여, 용서해다오. / 너의 용기와 힘 그리고 아름다움에 경의를 표하마. / 자, 이 나무 위에 너의 뿔을 달아줄게. / 그리고 그것들을 붉은 리본으로 장식해주마. / 내가 여기를 지나갈 때마다 너를 기억하며 너의 영혼에 경의를 표하마. / 너를 죽여야만 해서 미안하다. / 작은 형제여, 나를 용서해다오. / 보라, 너를 기억하며 담배를 피운다. / 담배를 피운다." E. T. 시튼의 『인디언의 복음』(김원중 옮김), 169~170을 참조하라

는 두 번째 의미가 중요한 것은 섭생의 통상적인 의미를 뛰어넘는 새로운 의미를 제시하기 때문이다. 이런 관점에서 보면 이 나조반에 차린 소박한 밥상에서 흰밥과 가자미는 자신들의 몸을 내어주고 시인은 의미를 차려놓는다. 기실 이 밥상에서 가장 풍성한 것은 먹는 음식이 아니라 19행의 다양한 말로 차린 언어의 성찬(盛饌)이다. 이 밥상에 나와 앉은 세 주체가 즐기는 것은 "우리들은 그 무슨 이야기라도 다 할 것 같다"는 행에서 보듯 넘치는 이야기이다. 바로 이 지점에서 이들이 하는 식사는 미각의 향연에서 말, 담론의 향연으로 바뀐다. 음식의 의미도 덩달아 몸의 감각을 통한 육체적 만족과 기쁨에서 관념이라는 정신적인 차원으로 상승한다. 백석에게서 음식은 육체적이고 생리적인 차원을 넘어 정신적인 차원을 지향하는데 이런 특징을 정유화가 라캉의 이론을 원용해 유희 코드에서 이야기 코드로 설명하는 것은 타당해 보인다.[08]

이들이 어떤 이야기라도 할 수 있는 것은 이 세 주체가 한결같이 "희고", "착하고", "정갈하다"는 본질적인 유사성을 지니고 있기 때문이다. 이런 유사성이 이들을 "우리"라고 하는 인칭대명사의 사용에서 보듯 하나로 묶어주는 것이다. "우리"라는 인칭대명사의 사용이 무리 없이 읽히는 것은 수사적인 차원을 넘어 이들이 음식이라는 매개를 통해 실제로 시인의 몸속에서 하나가 되기 때문이다. 음식에 관한 가장 널리 통용되는 "그 사람이 먹는 음식이 바로 그 사람이다(A man

---

08· 정유화, 「음식 기호의 매개적 기능과 의미작용: 백석론」, 285

is what he eats)"는 말이 이를 두고 하는 말이다. 이렇게 하나가 된 밥과 반찬 그리고 시인이 나누는 이야기의 핵심은 5연에 구체적으로 드러나 있다.

> 우리들은 가난해도 서럽지 않다
> 우리들은 외로워할 까닭도 없다
> 그리고 누구 하나 부럽지도 않다[09]

쓸쓸한 저녁 나조반을 두고 이들이 나누는 얘기는 가난과 외로움, 그리고 부끄러움이라는 주제를 맴돈다. 그러나 실상 이들은 모두 위의 진술과 달리 경제적인 가난과 물리적인 외로움, 정신적인 부러움에 시달리고 있다. "흰밥과 가재미와 나는 / 우리들이 같이 있으면 / 세상 같은 건 밖에 나도 좋을 것이다"라는 마지막 연에서 보듯 백석은 이들이 이런 상태에서 벗어날 수 있는 이유를 다름 아닌 "같이 있음", 즉 섭생을 통한 한 몸 되기에서 찾는다. 이렇게 같이 있음이 억누르는 "세상 같은 것" 밖에서도 그들을 넉넉히 존재하게 만드는 것이다.

「선우사」에서 백석이 쓸쓸한 저녁 초라한 밥상에 흰밥과 가자미를 그 밥상의 주체로 초대하는 것은 식사는 근본적으로 함께 모여 나누어 먹는 것이라는 사실, 즉 식사가 지닌 근본적인 공농제성을 상기한다. 혼자 먹는 외로움이 얼마나 큰지, 그 외로움을 우리는 상상의 동

09· 백석, 「선우사」, 84

료라도 소환해 채우려 한다. 발터 벤야민(Walter Benjamin)의 다음 글은 함께 하는 식사의 중요성을 정확하게 지적한다.

> 음식은 더불어 먹어야 제격이다. 식사하는 것이 제대로 효과를 내기 위해서는 나누어 먹어야 한다. 누구와 나누어 먹는가 하는 것은 그다지 중요하지 않다. 예전에는 식탁에 함께 앉은 거지가 매 식사 시간을 풍요롭게 만들었다. 중요한 것은 나누어주는 것이었지 식사를 하면서 나누는 담소가 아니었다. 그러나 놀랍게도 음식을 나누지 않은 채 이루어지는 사교 또한 문제가 된다. 음식을 대접함으로써 사람들은 서로 평등해지고 그리고 연결된다.[10]

거지라도 불러 함께 해야 풍성해지는 게 식탁의 법칙인데 백석은 그의 쓸쓸하고 소박한 밥상에 자신이 좋아하는 가자미를 초청한다. 가자미 친구와 함께 하는 이 소박한 밥상은 시인의 외로움을 달래며 힘든 세상을 살아갈 힘을 제공한다. 세상의 모든 음식은 베푸는 친구, 선우의 자기희생이며 스스로를 내어줌이다. 「선우사」의 가자미는 백석의 시 속에서 가장 아름답게 형상화되어 세상의 배고프고 외로운 모든 이를 달래고 있다.

함께 나누는 음식의 특성, 그 공동체성이 가장 두드러지는 곳은 두말할 나위 없이 가족공동체이다. 한솥밥을 나누어 먹는 가족, 식구

10· 벤야민, 『일반통행로, 사유이미지』, 141

(食口)야말로 인간이 태어나 맞는 최초의 공동체이자 가장 근원적 세계이다. 음식은 이 가족공동체를 연결하는 가장 핵심적 요소이다. 「멧새소리」와 「선우사」가 음식을 통한 개인의 정체성에 대한 사유라면, 백석은 「고야」와 「여우난골족」에서는 가족의 정체성과 관계를 탐구한다. 백석의 가족과 그 가족이 속한 지역에 관한 시에 나오는 음식들은 대개 그가 유년시절 고향에서 맛 본 기억 속의 음식들이다. 이 음식들이 환기하는 것은 자아와 세계가 채 분리되기 이전 통합된 자아가 경험하는 순수한 총체성의 세계인데 이는 주로 놀이와 음식이라는 두 축을 중심으로 전개된다. 어린아이에게 음식은 세계로 열린 창인 동시에 자아와 세계를 연결하는 통로이다. 이 창과 통로를 백석 시의 유년화자는 감각을 통해, 특히 그중에서도 미각과 후각, 그리고 촉각을 통해 이를 만끽한다.

식구라는 말은 가족 구성원을 뜻하는 말로 의미가 확장 되었지만 원래 의미는 먹는 입이라는 뜻이다. 이렇게 보면 가족은 밥상에 둘러앉은 입, 사람이라는 뜻이다. 같은 밥상에 앉아 차린 음식을 함께 먹는 사람이 바로 가족이라는 뜻이다. 따라서 음식은 가족 간에 나누는 사랑이요 결속을 다지는 도구이다. 사회의 최소 단위인 가정에서 이루어지는 섭생은 그렇기 때문에 따뜻함과 애정, 관용, 그리고 온전한 환희가 넘친다. 밤에 관한 다섯 개의 일화가 옴니버스 형식으로 모여 있는 「고야(古夜)」의 다음 구절이 대표적인 예이다.

또 이러한 밤 같은 때 시집갈 처녀 막내고무가 고개 너머 큰집으로 치장감을 가지고 와서 엄매와 둘이 소기름에 쌍심지의 불을 밝히고 밤이 들도록 바느질을 하는 밤 같은 때 나는 아릇목의 삿귀를 들고 쇠든 밤을 내여 다람쥐처럼 밝아먹고 은행여름을 인두불에 구워도 먹고 그러다는 이불 우에서 광대넘이를 뒤이고 또 누워 굴면서 엄매에게 윗목에 두른 평풍의 새빨간 천두의 이야기를 듣기도 하고 고무디리는 밝는 날 멀리는 못 난다는 뫼추라기를 잡어 달라고 조르기도 하고[11]

  시집갈 막내 고모가 바느질감을 가져와 소기름 등잔불을 켜고 밤새 엄마와 함께 치장감을 준비하는 동안 화자도 들떠 그 주위를 맴돈다. 어른들이 정다운 노동에 열중하는 동안 아이는 밤을 발라먹고 바느질을 하면서 피워놓은 인두에 은행열매를 구워먹으며 이불 위에 누워 공중제비를 돌기도 하는데, 이는 유희와 먹는 것에 관한 아이의 가장 큰 욕망이 어른들의 관용과 사랑 속에서 온전히 충족되고 있음을 보여준다.

「고방」이라는 시 역시 유년기 소년에게 음식이 어떤 역할을 하는지를 잘 보여준다. 고방은 광이라는 뜻이고 이곳은 아이들의 상상력을 자극하는 보물창고 같은 곳인데 이곳에서도 음식들이 그 중심에 자리하고 있다. 고방은 "어두침침하여 숨기에도 안성맞춤"이고 "신기하고 재미난 물건들이 잔뜩 쌓여 있고, 먹을 것들이 적지 않게 저장

11· 백석, 「고야」, 29

되어 있"는 곳이다.[12] 이 고방에서는 낡은 질동이에 담긴 오래된 송구떡, 오지항아리에 찹쌀탁주, 그리고 왕밤과 두부산적, 쌀 등이 보관되거나 만들어진다. 시인 특유의 상상력으로 백석은 다시 이 음식을 각기 송구떡—늙은 집난이, 찹쌀탁주—삼촌, 왕밤과 두부산적—화자와 연결시켜 이 음식의 의미에 층위를 더한다. 송구떡은 친정에 와서 시집으로 돌아가기 싫어하는 출가한 딸처럼 오래 광에 보관되어 있는 음식이고, 찹쌀탁주는 삼촌이 밥보다 더 좋아하는 술이다. 화자는 사촌과 더불어 삼촌 흉내를 내며 찹쌀탁주를 마시고 귀머거리 할아버지 옆에서 제사를 지내기 위해 왕밤을 까고 두부산적을 싸리나무에 꿴다. 고방에 보관된 음식을 중심으로 할아버지와 삼촌, 고모, 사촌, 화자와 여러 손자아이들의 삶이 얽히고 이어져간다. 여기서 특히 주목할 것은 귀머거리 할아버지의 존재이다. "손자아이들이 파리떼같이 모이면 곰의 발 같은 손을 언제나 내어" 두르는 할아버지이지만 화자는 그 할아버지 곁으로 가서 밤을 까고 산적을 준비하는데 이는 화자의 마음속에 자리하고 있는 할아버지에 대한 깊은 존경에서 기인하는 행동이다. 귀가 먹어 잘 듣지는 못하지만 할아버지는 집안의 모든 대소사를 관장하고 지켜보는 존재이다. 곰의 발 같은 그 손은 고방에 할아버지가 삼아서 둑둑이 걸려있는 짚신에서 보듯 한 평생 해온 힘든 노농 때문이라는 것을 화사는 잘 알고 있는 것이다. 할아버지를 거쳐 삼촌에게로, 다시 화자에게로 이어지는 제사 음식은

12· 고형진, 『백석시 바로 읽기』, 116

단순히 우리의 배를 채우는 음식이 아니라 가족의 역사와 이야기가 어려 있다. 이 시의 마지막 연에서 시인이 고방을 "녯말이 사는 컴컴한 고방"이라고 한 것도 바로 여기가 가족의 역사와 옛 이야기가 살아 숨쉬는 공간이기 때문이다.

백석 초기 시를 대표하는 「여우난골족」은 명절을 맞아 흩어져 살던 대가족들이 다 한 자리에 모여 즐겁게 놀며 풍성하게 장만한 음식을 즐긴다는 내용을 담고 있다. 화자는 명절을 쇠러 큰집에 가는 과정과 거기에 모인 모든 식구를 각기 개성적인 용모와 성격으로 소개한 후 곧바로 이들이 모여 있는 안간에서 나는 음식 냄새에 주목한다.

> 이 그득히들 할머니 할아버지가 있는 안간에들 모여서 방안에서는
> 새옷의 내음새가 나고
> 또 인절미 송구떡 콩가루떡의 내음새도 나고 끼때의 두부와 콩나물과
> 뽁은 잔디와 고사리와 도야지비계는 모두 선득선득하니 찬 것들이다[13]

명절 때의 가족 모임은 직계 가족의 범주를 넘어 한 조상, 이 시에서는 할아버지 할머니의 모든 후손이 다 모이는 것이기 때문에 가족의 결속과 정체성을 확인하는 자리이다. 이런 명절에는 평상시에 먹어 보기 힘든 음식들이 차고 넘친다. 위의 인용구에서 보듯 떡도 백석이 「고야」에서 금은보화가 가득한 고래 같은 기와집에서 먹는다는

13· 백석, 「여우난골족」, 23

인절미, 송구떡, 콩가루차떡, 이렇게 세 가지나 되고 끼니 때 먹은 음식도 두부와 도야지비계 등 참으로 풍성하다.

음식은 명절날 핵심 요소 중의 하나인데 소래섭도 "명절은 흩어졌던 가족들이 모두 모여 참여하는 신성한 의식인데 정성스레 준비한 음식을 통해 명절은 자연과 문화가 통합되는 가장 신성한 순간이다"[14]고 하여 이 특별한 날 음식이 가지는 중요성을 역설한다. 세시음식에 관한 이규태의 다음 글은 민족적 차원에서 그 중요성을 논하고 있지만 민족이라는 말을 가족으로 대치하면 정확하게 가족 공동체에서 명절 음식이 지닌 의미를 표현한다.

세시 음식이 발달한 사회적 배경은, 첫째로 세시 음식을 차려 먹음으로써 같은 민족으로서의 일체감을 강화, 결속해 준다는 사실을 들 수 있다. 한솥밥을 먹는다는 것이 물리적 의미를 초월, 같은 날 같은 때에 똑같은 재료로 만든 음식을 먹음으로써 동일 체험을 갖는다는 것은 민족 동질성을 강화시켜 주는 보이지 않는 민족 결속의 자세랄 수가 있다. 따라서 세시음식은 보이지 않는 민족 소속의 재확인이란 차원에서 재평가되어야 한다.[15]

이 시의 마지막 구절에 등장하는, "눈장에 텅납새의 ᄀ림자가 지는

14· 소래섭, 『백석의 맛: 시에 담긴 음식, 음식에 담긴 마음』, 178
15· 이규태, 『우리 음식 이야기』, 293. 강외석, 「백석 시에 나타난 음식과 사유의 관계 양상 연구」, 143 재인용

아츰 시누이 동세들이 욱적하니 흥성거리는 부엌으로 샛문틈으로 장
지문틈으로 끓는 맛있는 내음새가 올라오는" 무이징게국이 바로
이런 음식이다. 무이징게국의 냄새는 온 집을 가득 채우며 모든 이를
기대와 설렘으로 들뜨게 한다. 이 달짝지근한 냄새야말로 코와 입을
거처 영혼의 깊은 곳으로 각인되는 가족공동체의 따뜻함과 사랑의
상징인 셈이다.

　음식이 지닌 공동체성이 가장 확실하게 구현되는 곳은 가족공동체
인데 가족의 단위를 넘는 경우 그 공동체성은 마을과 지역으로 확대
된다. 백석의 음식에 관한 시들 중에서 가장 많은 부분을 차지하고
있는 것도 바로 여행을 통해 경험한 낯선 사람들과 그들이 먹는 음식
인데, 그것들이 시인의 상상력을 자극해서 백석은 「남행시초」, 「함주
시초」 등 여러 기행 시편들을 남겼다. 특정한 지역의 전통 음식은 그
지역의 토양이 키워낸 식재료에 기반을 둔 것으로서 그 지역 사람들
의식 속에 깊숙이 내면화되어 있다. 이런 점에서 신토불이라는 우리
의 전통사상은 단순히 관념이 아니라 오랜 역사 속에서 구현되고 실
천되어온 삶의 방식인 것이다. 백석의 시 중에서 유일하게 음식 그
자체를 제목으로 삼고 있는 「국수」는 개인―가족―지역으로 확대되는
음식의 공동체성을 가장 잘 보여주는 빼어난 작품이다. 여기서 국수
가 메밀로 만든 평양냉면이라는 것은 널리 알려져 있다. 이 시의 매
력은 국수를 만드는 전 과정, 그리고 그 국수의 기원, 그리고 먹는 모
습까지 국수에 관한 총체적인 모습을 그리고 있다는 점이다. 국수로
인한 이 모든 사람과 마을의 웅성거림과 설렘 그리고 환희에 가까운

미각적 즐거움은 사실 사람에 의해 촉발된 것이 아니다. 마을에 내린 눈이 이 모든 행위의 시발점이다. 이 시를 이해하는 데 가장 중요한 점은 이 시에 등장하는 국수는 인간들이 만들어 섭취하는 객체로서의 음식물이 아니라 스스로의 의지와 의식을 가지고 있는 독립된 주체라는 사실이다. 소래섭이 이 "국수는 살아있는 생물처럼 마을 사람들과 함께 살아가고 있다. 마을과 인간을 분리하기 어렵듯, 이 작품에서는 국수와 인간을 분리하기도 어렵다. 국수는 단순한 음식이 아니라 마을 사람들과 같이하는 어떤 존재로서 드러난다"[16]고 말하는 것도 바로 이 때문이다. 나아가 생태여성주의의 입장에서 백석의 시를 분석하는 이혜원이 백석은 "감각이나 대상에 대해 결코 우열의 차별을 두지 않았다. 음식조차도 일방적으로 소비되는 것에 그치는 것이 아니라 인간에게 기쁨을 주고 마음을 정화시켜주는 대상으로 인식된다"[17]고 말하는 것도 같은 맥락이다. 김지하가 밥 한 공기 속에 농부의 노고와 밥을 지은 수고를 포함하여 온 우주가 들어 있다고 한 것처럼 이 시의 국수도 자연이 베푸는 모든 것에 대한 하나의 상징으로 이해될 수 있다.

「선우사」에서 살펴본 것처럼 여기서도 국수는 온 마을 사람에게 스스로를 내어준다. 이 시 전편에 걸쳐 "오는가보다", "오는 것이다"라는 말이 다섯 번이나 반복되는 것도 국수가 자발적인 의지를 가지고

16· 소래섭, 『백석의 맛: 시에 담긴 음식, 음식에 담긴 마음』, 66

17· 이혜원, 「백석 시의 에코페미니즘적 고찰」, 149

스스로 오는 것임을 강조하기 위한 것이다. 이 시의 첫 4행에서 알 수 있는 것처럼 국수는 자기 스스로 정한 때에 자기만의 방식으로 인간들에게 오는 것이다. 여기에 등장하는 눈과 산엣새 그리고 토끼는 국수가 자신의 행차를 사람들에게 알리기 위해 미리 보낸 전령들인 셈이다. 이 귀한 손님이 온다는 소식에 제일 먼저 반응하는 사람은 애동들과 엄매이고, 이어서 온 마을을 "구수한 즐거움에 싸서 은근하니 흥성흥성 들뜨게" 한다. 국수는 마을 사람들에게 다른 두 경로를 통해 오는데 그 하나는 자연이 내어주는 것들이고 다른 하나는 사람들의 이야기와 역사 그리고 신화이다. 국수를 만들기 위해서는 우선 주 재료인 "예데까리밭"에서 자란 메밀이 있어야 하고 애동들이 잡아온 꿩과 엄매가 김치가재미에서 떠온 동치미국물이 있어야 한다. 그리고 물론 소기름불을 밝힌 부엌에서 국수를 내리고 요리하는 과정이 필요하다. 결국 한 그릇 국수는 이와 같이 자연의 온갖 산물과 인간의 노력이 합쳐서 만들어지는 것이다.

앞의 행들이 국수의 물리적 측면을 얘기하는 것이라면 이어지는 행에서 시인은 국수의 또 다른 측면, 즉 그것이 마을 사람들의 마음과 역사, 그리고 그 너머 신화와 전설 속에서 전해 내려온 것이라는 것을 얘기한다.

> 이것은 아득한 넷날 한가하고 즐겁든 세월로부터
> 실 같은 봄비 속을 타는 듯한 녀름볕 속을 지나서 들쿠레한 구시월
> 갈바람 속을 지나서

대대로 나며 죽으며 죽으며 나며 하는 이 마을 사람들의 의젓한 마
음을 지나서 텁텁한 꿈을 지나서

지붕에 마당에 우물든덩에 함박눈이 푹푹 쌓이는 여늬 하로밤

아배 앞에 그 어린 아들 앞에 아배 앞에는 왕사발에 아들 앞에는 새
끼사발에 그득히 사리워 오는 것이다.

이것은 그 곰의 잔등에 업혀서 길러났다는 먼 넷적 큰 마니가

또 그 집등색이에 서서 자채기를 하면 산넘엣 마을까지 들렸다는

먼 넷적 큰아바지가 오는 것같이 오는 것이다[18]

시인은 이 국수의 기원이 "아득한 넷날 한가롭고 즐겁든 세월"이라
고 말하는데 그때는 위의 인용구에서 보듯 동물과 인간이 구별 없이
어우러지던 전설과 신화의 시대로 거슬러 올라간다. 그리고 그 국수
가 봄, 여름, 가을 동안 사람들의 마음과 텁텁한 꿈을 거쳐 오는 것임
을 얘기한다. 백석이 여기에서 말하고자 하는 것은 이 음식이 마을의
역사만큼이나 오래된 것이고 할아버지와 아버지 아들로 누대를 걸쳐
내려온 것이라는 사실이다. 이 오래된 전통 음식은 공시적으로는 온
마을 사람을 연결하고[19] 통시적으로는 이 마을에 살았던 모든 사람과
현재 살고 있는 사람 그리고 미래의 자손들까지도 연결한다.

18· 백석, 「국수」, 148~149

19· 국수라는 음식이 혼자 먹는 음식이 아니라 어느 집에서 장만하든 온 마을 사
람들이 나누어 먹는 음식이라는 것은 백석의 「개」라는 작품에서 잘 표현되어 있다.
화자는 밤에 개가 짖는 소리를 반가워하는데 이는 사람들이 밤에 국숫집에 국수를
받으러 가기 때문이다. 화자의 아버지도 산 너머로 밤참 국수를 받으러 간다.

사발에 사리어 오는 국수에는 이 마을의 유구한 역사와 전통이 숨
쉬고 있다. 그리고 이 음식은 그곳의 자연과 사람의 긴밀한 상호작용
속에서 형성된 것이고 그렇기 때문에 서로를 반영하고 비춘다. 고형
진 교수의 "땅은 사람의 내면이자 의식이다. 그리하여 전통 음식에는
그것을 먹는 사람들의 마음과 의식이 담겨 있다. 국수의 맛에는 우리
민족의 마음과 의식이 투영되어 있는 것이다"[20]라는 주장이 바로 이
를 두고 하는 말이다. 따라서 "이 반가운 것"으로 불리는 국수가 좋
아한다고 열거되는 모든 것은 기실 이 마을 사람들이 좋아하는 것들
이다. "그지없이 고담하고 소박한 것"으로 시인이 정의한 국수의 특
성은 바로 이를 좋아하고 즐기는 이 마을 사람들의 심성이기도 하다.
자연과의 유기적 연관성 속에서 "의젓한 사람들이 살틀하니" 모여 살
며 즐기는 이 국수의 맛은 영원한 고향의 맛이다.[21]

「적경(寂境)」도 음식을 통한 가족의 사랑과 공동체의 돌봄이 두드러
지는 시이다.

신 살구를 잘도 먹드니 눈 오는 아츰
나어린 안해는 첫아들을 낳았다

20· 고형진, 『백석시 바로 읽기』, 101

21· 이 고향의 맛이 얼마나 사무치게 그리운 것인지는 강희진의 『유령』이라는 책
에 잘 나타나 있다. 탈북자들의 남한에서의 힘든 삶을 그리고 있는 이 소설에서 한
탈북자는 평양냉면 가게에 가서 냉면을 먹는데 거기에 백석의 이 시가 걸려 있어
서 읽는다. 이 탈북자는 냉면을 먹은 후 집에 가서 "고향이 그리워서"라는 유언장
을 남기고 자살한다.

인가 멀은 산중에

까치는 배나무에서 즞는다

컴컴한 부엌에서는 늙은 홀아비의 시아부지가 미역국을 끓인다

그 마을의 외따른 집에서도 산국을 끓인다.[22]

인가 멀리 산중에 사는 가족에게 눈 오는 아침 첫 아들이 태어나자 늙은 홀아비인 시아버지가 나이 어린 며느리를 위해 미역국을 끓인다. 신 살구를 잘 먹던 며느리와 그 며느리에 대한 시아버지의 사랑이 얼마나 큰지는 그가 몸소 끓인 미역국에 잘 드러나 있다. 그러나 이 시의 묘미는 여기서 그치지 않는다. 그 마을 외따른 집에서도 이웃이 산모를 위해 산국을 끓이는 것이다. 새로 태어난 아기는 그 집의 아기인 동시에 그 마을의 아기라는 의식 때문이다. 공동체의 새로운 구성원에 대한 사랑이 가족의 경계를 넘어 이웃에게서 구현되고 있는 것이다. 그리고 백석이 배나무에서 "즞는다"라고 재미있게 표현한 까치의 노래는 새로 태어난 아이에게 보내는 자연계의 환영인사다. 이 까치를 시 속에 포함시켜 백석은 까치도 이 마을공동체의 일원임을 시사하고 있는 것이다.

음식은 그 지역에 사는 사람들의 득성뿐만 아니라 시역공동제 역사성 또한 가장 잘 드러낸다. 그 지역의 전통 음식은 그 지역에 사는 사

22· 백석, 「적경(寂境)」 전문, 42

람들을 통해 대대로 전해 내려온 것이기에 그 음식 속에 지역의 역사가 고스란히 들어있는 것이다. 따라서 지금 여기 내 앞에 놓인 한 그릇의 음식을 거슬러 올라가면 이 지역에 살았던 모든 이의 숨결과 삶이 녹아 있다는 것을 실감할 수 있게 된다. 이런 사유가 잘 나타나 있는 작품이 「북신」이다. 서행시초에 들어있는 이 시는 백석이 평안북도를 여행하며 쓴 기행시 중 하나인데 여기서 북신은 영변군에 있는 마을이다. 이 거리에서 시인은 반가운 메밀내를 맡는데 여기서 그가 마주한 메밀국수는 「국수」에 묘사된 그의 고향 메밀국수와는 아주 다르다.

> 어쩐지 향산 부처님이 가까웁다는 거린데 국수집에는 농짝 같은 도야지를 잡어걸고 국수에 치는 도야지고기는 돗바늘 같은 털이 드믄드믄 백였다 나는 이 털도 안 뽑은 도야지고기를 물꾸러미 바라보며 또 털도 안 뽑은 고기를 시꺼먼 맨모밀국수에 얹어서 한입에 꿀꺽 삼키는 사람들을 바라보며 나는 문득 가슴에 뜨끈한 것을 느끼며 소수림왕을 생각한다 광개토대왕을 생각한다[23]

육수에 말아먹는 고향의 국수와는 달리 여기 사람들은 맨모밀국수에 도야지고기를 그대로 얹어 먹는다. 시인을 놀라게 하는 것은 이 돼지고기는 털도 제대로 뽑지 않아 돗바늘 같은 털이 박혀있고 게다가 사람들은 그것을 한 입에 꿀꺽 삼킨다. 이 거친 음식과 그 음식을

---

23. 백석, 「북신」, 126

먹는 사람들의 길들여지지 않은 투박한 태도는 이곳에 사는 사람들의 성품과 특성을 그대로 드러낸다. 이 시의 묘미는 이런 광경에 시인이 왜 "문득 가슴에 뜨근한 것을 느끼고" 소수림왕과 광개토왕을 생각하게 되었는가를 이해하는 것이다. 김춘식은 "백석에게 있어 향토성, 토속성은 그의 원체험적 공간에 해당한다. 그것은 그의 내면의 시간을 지배하고 규율하는 기원으로서 언제나 그 자신의 자아를 투여하는 최초의 거울이라고 할 수 있다"[24]고 주장하는데, 시인이 하고 있는 일이 바로 이 거친 메밀국수라는 음식 거울을 통해 자신과 민족을 들여다 보는 것이다. 민족은 근본적으로 같은 음식을 먹는 음식공동체이다. 따라서 이 투박하고 거친 사람들은 이곳을 호령하며 지배하고 살던 옛 조상의 후예들이고, 이 음식이 고구려인들이 먹었던 바로 그 음식이라는 데에 생각이 미치자 가슴이 뜨거워지는 것이다. 식민지 나라의 힘없는 자신의 처지와 너무나 다른 조상들의 지닌 "민족의 기개와 호방한 정신이 뜨겁게 솟구치는 것을 느"[25]끼게 되는 것이다. 그가 만주와 중원을 지배했던 고구려 절정기의 왕인 광개토왕과 소수림왕을 호명하는 이유가 바로 여기에 있다.

「북관」은 「선우사」와 함께 「함주시초」에 들어 있는데, 함경남도의 풍경을 그리고 있는 이 시도 그 중심에 "명태창난젓에 고추무거리를 막 칼질한 무이를 뷔벼 익힌" 음식이 자리하고 있다. 그 지역의 진통 음

24· 김춘식, 「사소한 것의 발견과 전통의 자각—백석의 시를 중심으로」, 249

25· 고형진, 『백석시 바로 읽기』, 303

식과 그 음식을 먹는 사람과 지역의 관계가 얼마나 긴밀한지 백석은 그 음식을 바로 북관이라고 칭하고 있다. 따라서 시인이 "이 투박한 북관을 끼밀고 있노라면"이라고 할 때 그가 씹고 있는 것은 단순히 질긴 명태창란젓이 아니라 이 맛 속에 깃든 북관의 자연과 사람들 그리고 그 유구한 역사이다.

> 시큼한 배척한 퀴퀴한 이 내음새 속에
> 나는 가느슥히 여진의 살냄새를 맡는다
>
> 얼근한 비릿한 구릿한 이 맛 속에서
> 까마득히 신라 백성의 향수도 맛본다[26]

위의 여섯 개의 형용사로도 다 표현할 수 없는 이 발효 음식의 맛 속에서 시인의 역사적 상상력은 이 땅의 오래된 주민인 여진의 살냄새와 신라 백성의 향수를 찾아낸다. 민족적 개념이라는 기준으로 보면 신라와 여진은 다른 종족이지만 시인의 상상력은 사람들이 이 지역에 세운 국가와 민족적인 경계를 뛰어넘는다. 인간 역사 위주의 관점에서 땅과 지역 중심으로 관점을 바꾸면 이 땅에서 꽃피운 문화와 음식은 나라에 상관없이 그 지역에서 면면히 유지되고 있는 것이다. "여기서 '신라'와 '여진'은 등가적인 것이다. 지금 생각으로는 우리 민

26· 백석, 「북관」, 81

족에 포함되지 않는 '여진'의 냄새를 화자가 맡을 수 있다는 것은, 그가 우리가 생각하는 민족의 경계를 초월하고 있다는 사실을 의미한다"[27]는 소래섭의 주장은 이런 의미에서 타당하게 들린다. 백석은 국가나 민족이라는 개념을 뛰어넘어 이 땅에 역사적으로 거주했던 모든 사람을 이 음식공동체의 일원으로 편입시켜 특정한 음식이 지닌 역사성을 크게 확대한다. 「북관」의 "문득 가슴에 뜨거운 것을 느끼고"에 상응하는 이 시의 "쓸쓸하니 무릎이 꿇어진다"는 구절의 의미는 "그 투박한 음식과 그런 음식을 만들고 먹었던 사람들에 대한 연민의 표출이고, 그 연민은 강한 애정에서 나오는 감정이다. 그것은 결국 우리의 문화와 인간에 대한 애정의 소산이다"[28]는 고형진 교수의 설명에 잘 나타나 있다.

음식이 개인과 가족, 그리고 나아가 지역과 나라와 민족을 가름하는 하나의 지표라면 이러한 특성은 타국에서 새로운 풍물과 음식을 대하게 될 때 두드러지게 부각된다. 백석이 만주를 여행하며 쓴 「안동」, 「수박씨, 호박씨」, 「두보나 이백같이」 같은 시에서 백석은 중국 사람들의 정체성을 그들이 즐기는 음식에서 발견하고 자신과의 차이점 혹은 공통점을 기술한다. 안동은 현재 중국 단둥의 옛 지명인데 이 거리에 들어서자마자 "콩기름 쫄이는 내음새"와 "섶누에 번디 삶는 내음새"가 시인의 후각을 사극해 여기가 이방 거리임을 실감케 한

---

27. 소래섭, 『백석의 맛: 시에 담긴 음식, 음식에 담긴 마음』, 229
28. 고형진, 『백석시를 읽는 다는 것』, 70

다. 이 시에서 콩기름을 졸여서 하는 요리와 삶은 번데기가 여기가 중국이라는 것을 시인에게 인식시키는 매개물이라면 시인이 움퍽움 퍽 씹고 싶은 "향내 높은 취향리 돌배"는 이 낯선 나라가 줄 수 있는 최고의 즐거움과 매력에 대한 상징으로 볼 수 있다. 「수박씨, 호박씨」 는 제목에서 드러나듯이 중국인들이 볶은 수박씨와 호박씨를 먹는 것을 보고 그것을 통해 그들의 심성을 들여다보는 시이다. "이 적고 가부엽고 갤족한 희고 까만 씨"를 먹는 사람들의 특성을 백석은 다음 과 같이 묘사한다.

> 수박씨 호박씨 입에 넣는 마음은
> 참으로 철없고 어리석고 게으른 마음이나
> 이것은 또 참으로 밝고 그윽하고 깊고 무거운 마음이라
> 이 마음 안에 아득하니 오랜 세월이 아득하니 오랜 지혜가 또 아득
> 하니 오랜 인정(人精)이 깃들인 것이다
> 태산(泰山)의 구름도 황하(黃河)의 물도 옛님군의 땅과 나무의 덕도
> 이 마음 안에 아득하니 뵈이는 것이다[29]

여기서 특이한 점은 중국 사람들을 백석이 "어진 사람"들로 정의한 다는 사실이다. 시인은 한국 사람들과는 달리 그들이 수박씨와 호박 씨를 먹는 것을 보고 그 어진 사람들의 행동과 마음을 배우고자 시인

29· 백석, 「수박씨, 호박씨」, 135

스스로도 그것들을 "입으로 앞니빨로 밝는다." 호박씨와 수박씨을 먹는 것이 "철없고 어리석고 게으른 마음" 때문인 것처럼 보이지만 백석은 이방인의 편견을 극복하고 이들이 이 보잘것없는 씨앗을 먹는 것은 그들의 옛 지혜와 오랜 인정에서 나온 행위임을 발견한다. 그리고 그런 행위 뒤에 오랜 세월에 걸쳐 형성된 그들의 "참으로 밝고 그윽하고 깊고 무거운 마음"이 깃들어 있음을 읽어낸다. 이어지는 행에서 그가 "오두미를 버리고 버드나무 아래로 돌아온 사람", 즉 도연명의 귀거래사 일화를 인용하고 있는 것은 가난한 선비의 지조와 절개를 상징하는 도연명이 이런 마음을 가장 잘 드러내기 때문이다. 백석에게 각 나라의 전통 음식은 그 민족의 특징적인 정서와 심정에서 나온 것으로서의 개별성을 가지지만 그것은 동시에 민족의 개념을 뛰어넘는 것이기도 하다. 그는 국가와 민족의 차이를 뛰어넘은 인류의 보편성을 가장 소박한 음식 속에서 발견해서 노래하는데 그 보편성의 바탕에는 "밝고 그윽하고 깊고 무거운 마음"이 자리하고 있다.

「두보나 이백같이」에서 음식을 둘러싼 민족공동체 의식과 그것을 뛰어넘는 초국가적 의식은 더 선명하게 드러난다. 정월 대보름 명절을 쓸쓸히 타국에서 맞으며 백석은 자신의 신세를 "옛날 두보나 이백 같은 이 나라의 시인도" 비슷한 상황을 겪었을 것이라고 상상한다. 고향에서의 맛있는 떡과 고기 대신 미른 물고기 한 토막을 앞에 놓고 초라한 식사를 하며 백석이 가장 그리워하는 것은 "맛스러운 떡국"이다. 그리고 이 떡국은 두보나 이백이 타관 주막이나 반관(식당)에서 먹었을 원소(중국에서 정월 대보름날 먹는 새알 모양의 전통 음식)와 유비된다. 한국의 떡국과 중국의 원소는 각기 수 세기에 걸쳐서 조상에서 자신에게 그리고 다시 후손에게 전해질 두 나라를 대표하는 명절 음식이다. 비록 음식의 종류는 다르지만 떡국과 원소는 마음이 맑은 시인들의 외롭고 쓸쓸한 마음을 달래주는 음식이라는 점에서 공통점을 가지고 있다. 명절 음식인 떡국과 원소를 통해 백석은 이 둘의 차이를 인정하면서도 이 명절 음식들이 시대와 민족을 뛰어넘어 모든 인간의 가장 보편적 정서인 "쓸쓸함"을 위안한다는 점에 주목한다. 그리하여 백석의 상상력 속에서 두보와 이백 그리고 백석이 하나의 음식공동체로 거듭나는 것이다. 이런 맥락에서 "백석 시에 나타난 연대의식은 민족의 고유한 정서를 넘어서서 우주적이고 보편적인 성격으로 나아간다. 즉 그가 지향하는 공동체, 혹은 타자는 민족 중심으로 수렴하지 않는다"[30]는 김진희의 주장은 설득력 있게 들린다. 백석의 이런 민주적 태도는 현대 거대 다국적 기업들이 도모하는 전 지구적 음식 제국주의[31]나 맥도날드로 대변되는 패스트푸드 업계가 획책하는 입맛의 단일화 내지 세계화와는 근본적으로 다르다. 바로 이런 점에서 음식에 관한 백석의 담론은 전 지구적 함의를 지니고 있다고 생각된다.

지금까지 음식이 타인과의 가장 친밀한 소통의 매개이고 그것이 자

30· 김진희, 「백석 시에 나타난 음식과 타자의 윤리」, 431
31· 초국가적인 거대 기업이 획책하는 음식 제국주의에 관해서는 Allison Carruth 의 *Global Appetites: American Power and the Literature of Food* (2013)을 참조하라. 이 책에서 Carruth는 미국의 음식 권력이 세계화에 차지하는 핵심적인 역할과 그것들이 다른 지역의 문화와 생태에 미치는 영향을 심도 있게 분석한다.

기 자신과 가족, 이웃, 마을공동체, 그리고 이를 넘어 나라와 민족공동체로 확장되는 것을 살펴보았는데 이는 공시적이고 수평적인 음식의 공동체성이다. 이런 공시적 특성 외에도 음식은 통시적 특성을 지니고 있다. 음식은 이전에 살았던 조상들과 후손을 연결하고 나아가 눈에 보이는 현실세계와 눈에 보이지 않는 영적인 세계를 연결하는 매개가 되기도 한다. 「오금덩이라는 곳」은 우리의 전통적인 속신의 세계가 잘 그려져 있는 시인데, 이는 우리의 삶이 단순히 눈에 보이는 것들과 사람들로만 구성되어 있는 것이 아니라 눈에 보이지 않는 존재와 세계들과의 끊임없는 상호작용이 일어나는 곳이라는 의식에 바탕을 두고 있다. 이런 생각이 가장 잘 드러난 시가 「마을은 맨천 구신이 돼서」인데 시인은 여기서 온 천하에 귀신이 있어서 자신은 "무서워 오력(오금)을 펼 수 없고" 심지어 "아무 데도 갈 수 없다"고 고백한다.[32] 이처럼 이 세상에 가득한 초월적 존재와의 소통의 매개도 다름 아닌 음식이다.

> 어스럼저녁 국수당 돌각담의 수무나무 가지에 녀귀의 탱을 걸고 나물매 갖추어놓고 비난수를 하는 젊은 새악시들
> ―잘 먹고 가라 서리서리 물러가라 네 소원 풀었으니 다시 침노 말아라[33]

32· 백석, 「오금덩이라는 곳」, 164
33· 백석, 앞의 시, 58

여기 나오는 여귀는 제사를 받지 못하는 귀신, 특히 미혼 남녀의 귀신이나 자손이 없는 귀신을 가리킨다. 이 여귀가 사람들에게 해를 끼친다고 믿었고 그래서 젊은 새악시들이 걸개그림을 걸고 갖은 나물을 차려 바치면서 이제 귀신에게 잘 먹고 가서 더 이상 오지 말라고 비는 내용이다. 여기서 나물매는 귀신을 달래기 위한 제물로서 죽은 자와 산 자를 연결하는 매개이고 이 시의 마지막 연, "여우가 우는 밤이면 / 잠 없는 노친네들은 일어나 팥을 깔이며 방뇨를 한다"에 나오는 팥은 이와는 정반대로 흉사나 악령을 막는 용도로 뿌리는 것이다. 이 세상과 영적 세계의 소통의 수단으로서 음식이 귀신을 달래는 데도 귀신을 쫓는 데도 사용된다는 것이 잘 나타나 있다.

「목구」는 죽은 자와 산 자의 매개로서 음식이 수행하는 중요한 역할을 선명하게 보여준다. 이 시의 제목인 목구는 제사를 지낼 때 음식을 올려놓는 제기이다. 따라서 이 시에서 목구는 제사상에 차리는 음식과 등가를 이루고 있어 둘을 동일한 것으로 보아도 별 무리가 없을 것 같다. 제사는 살아 있는 사람이 죽은 조상과 신령에게 바치는 의례인데 이 의례에 있어서도 음식이 가장 중요한 역할을 수행한다. 이 시의 3연, "구신과 사람과 넋과 목숨과 있는 것과 없는 것과 한 줌 흙과 한 점 살과 먼넷조상과 먼 훗자손의 거룩한 아득한 슬픔을 담는 것"[34]이라는 구절은 목구에 담긴 음식이 이 모든 것을 이어주는 매개물임을 분명히 한다. 박종덕은 "제사 음식은 단순한 음식의 차원이

34· 백석, 「목구」, 131

아니라, 역사의식의 복원이며 과거와 현대의 연대라는 의미에서 문화적 저항 담론의 중요한 기제로 작동한다"[35]고 주장한다. 목구에 담긴 음식을 매개로 산 자와 죽은 자가 소통한다는 백석의 사유는 김지하가 제상에 차린 음식을 신과 인간이 같이 먹는다고 하며 그렇기 때문에 제사가 식사요 식사가 제사라고 주장한 것과 맥을 같이 한다.

산 자와 죽은 자의 매개로서 음식의 중요성은 백석의 능란한 수사적 기법에 의해 한층 강화된다. 시인은 여기서 제사의 모든 과정을 제사를 드리는 사람들의 관점이 아니라 목구, 제기의 관점에서 기술한다. 이는 그가 「국수」에서도 사용한 기법인데 이를 통해 인간만이 모든 행위의 주체이고 음식은 그저 인간이 섭취하는 대상(물질)이라는 인간 본위적 관점을 해체한다.

> 한 해에 몇 번 매연 지난 먼 조상들의 최방등 제사에는 컴컴한 고방 구석을 나와서 대멀머리에 외얏맹건을 지르터맨 늙은 제관의 손에 정갈히 몸을 씻고 교우 우에 모신 신주 앞에 환한 촛불 밑에 피나무 소담한 제상 위에 떡 보탕 식혜 산적 나물지짐 반봉 과일 들을 공손하니 받들고 먼 후손들의 공경스러운 절과 잔을 굽어보고 또 애끊는 통곡과 축을 귀에 하고 그리고 합문 뒤에는 흠향 오는 구신들과 호호히 접하는 것[36]

35· 박종덕, 「백석 시에 나타난 음식과 무속의 호명 의미 고찰」, 409
36· 백석, 앞의 시, 131

음식이 담긴 제기가 후손들의 절과 잔을 굽어보고 귀신들과 호호히 접하는 모습은 이 모든 행위의 주인이 인간이 아니라 바로 음식(제기)임을 분명히 보여준다. 그리고 대대손손 내려오는 이 제의를 통해 계승되는 것은 수원 백씨 정주백촌의 혈통뿐만이 아니다. 그것은 이 시의 마지막 연에 잘 나와 있는 것처럼 "힘세고 꿋꿋하나 어질고 정 많은" 마음, 우리 민족의 근원적 정체성이다.

소통의 매개로서 음식은 사랑하는 사람과의 관계에서 최고의 빛을 발한다. 사랑하는 사람과 함께 하는 식사, 그 음식은 사랑하는 마음을 전달해주는 매개요 서로의 사랑을 타오르게 하는 연료이다. 백석의 시에 남녀 간의 사랑을 직접적으로 그리고 있는 시는 「나와 나타샤와 흰 당나귀」를 제외하면 찾기 힘들다. 그러나 백석이 연모했던 박경련의 고향인 통영을 수차례 걸쳐 찾아가 쓴 통영 시편들은 항구 통영의 대표적인 음식을 통해 강한 사랑의 감정을 그려내고 있다. 친구의 결혼식에서 그녀를 만난 그는 몇 달 후 발표한 「수선화」란 글에서 자신의 심정을 다음과 같이 기록한다.

남쪽 바닷가 어떤 낡은 항구의 처녀 하나를 나는 좋아하였습니다. 머리가 까맣고 눈이 크고 코가 높고 목이 패고 키가 호리낭창하였습니다. 그가 열 살이 못되어 젊디젊은 그 아버지는 가슴을 앓아 죽고 그는 아름다운 젊은 홀어머니와 둘이 동지섣달에도 눈이 오지 않는 따뜻한 이 낡은 항구의 크나큰 기와집에서 그늘진 풀 같이 살았습니다. 어느 해 유월이 저물게 실비 오는 무더운 밤에 처음으로 그를 안 나는 여러 아름다운 것에 그를 견주어 보았습니다.

따라서 시인에게 겨울에도 눈이 오지 않는 통영은 자신이 사랑하는 여인이 살고 있는 낭만적 고장이다. 「통영—남행시초 2」는 이런 통영을 찾아가는 시인의 들뜬 마음이 잘 나타나 있다. 통영장에 가서 시인은 "갓 한 닢 쓰고 건시 한 접 사고 홍공단 단기 한 감 끊고 술 한 병 받아"[37]드는데 여기서 갓은 멋을 부리기 위해 자신이 쓰는 것이라면 댕기를 만들기 위한 홍공단 옷감은 자신이 사랑하는 여인에게 줄 선물이라 생각된다. 이 낭만적인 여행에도 음식은 빠지지 않는다. 곶감을 한 접, 100개나 산 것은 자신이 먹기 위한 것이 아니라 선물이라는 것을 알 수 있는데 감은 백석의 고향인 정주에서는 자라지 않고 따뜻한 남쪽 지방에서 잘 자라는 과일이다. 따라서 감은 이 지역에서 자란 여인에게 친숙한 음식일 터이고 시인의 의식 속에 사랑하는 여인의 등가물이다.

「통영」이라는 같은 제목을 가진 두 편의 시에서도 음식과 음식에 관한 비유가 두드러진다. 통영에는 천희라는 이름을 가진 처녀들이 많다고 하면서 시인은 그런 처녀들을 "미역오리같이 말라서 굴껍지처럼 말없이 사랑하다 죽는다"[38]고 말한다. 통영에 관한 묘사 자체도 바다와 음식에 관한 이미지로 가득하다.

37· 백석, 「통영—남행시초 2」, 78
38· 백석, 「통영」, 27

바람맛도 짭짤한 물맛도 짭짤한

　　전복에 해삼에 도미 가재미의 생선이 좋고

　　파래에 아개미에 호루기의 젓갈이 좋고

　　…

　　집집이 아이만한 피도 안 간 대구를 말리는 곳

　　황화장사 령감이 일본말을 잘도 하는 곳

　　처녀들은 모두 어장주한테 시집을 가고 싶어한다는 곳[39]

　　이 넘쳐나는 풍성한 해산물들은 사랑하는 님을 만날 기대로 한껏 부풀은 사랑의 미각을 자극한다. 사랑을 찾는 시인의 여정은 구마산 선창에서 시작하여 반 나절 뱃길을 거쳐 그의 천희가 살고 있는 명정골로 점점 좁아지는데 백석은 이루어지지 못한 사랑을 예감한 듯 "내가 좋아하는 그이는 푸른 가지 붉게붉게 동백꽃 피는 철에 타관 시집을 갈 것 같다"[40]고 토로한다. 실제로 박경련은 백석의 친구 신현중과 결혼했고 시인은 「흰 바람벽이 있어」에서 그 실연의 아픔을 음식을 통해 아프게 그려낸다. "내 사랑하는 어여쁜 사람이 / 어늬 먼 앞대 조용한 개포가의 나지막한 집에서 / 그의 지아비와 마주 앉어 대구국을 끓여놓고 저녁을 먹는다 / 벌써 어린것도 생겨서 옆에 끼고 저녁

39·　백석, 「통영」, 67

40·　백석, 앞의 시, 68

을 먹는다"⁴¹ 「통영」에서는 시인의 기대와 설렘을 대변하던 대구가 여기서는 실연의 아픔을 떠올리게 하는 생선으로 변하고 만다. 사랑의 설렘에도 사랑의 아픔에도 음식이 자리하고 있다.

한국 문학뿐만 아니라 세계 문학을 통틀어서도 백석만큼 음식을 주 소재로 하여 음식이 지닌 다양한 의미를 탐구한 작가는 찾아보기 어렵다. 그에게 음식은 배고픔이라는 생리적 욕구의 충족을 넘어 정신적이고 영적인 의미를 지니고 있다. 백석이 특히 주목하는 것은 음식이 지닌 근본적인 공동체성인데 이는 음식이 기본적으로 자연과 인간이 함께 하는 의식 내지 의례의 성격을 띠고 있기 때문이다. 그에게 있어서 이런 공동체성은 자기 자신의 정체성에서 시작해 밥상에 함께 하는 식탁공동체―심지어 밥상에 오른 밥과 반찬도 이 공동체의 구성원이다―를 거쳐 가족과 친족공동체, 그리고 마을과 지역을 거쳐 민족과 국가공동체로 확산한다. 소래섭의 주장대로 "음식을 통해 '나'라는 주체를 이루는 모든 것과 외부 세계를 구성하고 있는 모든 것이 만나게 되는 것이다."⁴² 그의 시에 등장하는 수많은 전통 음식은 그 음식을 먹는 지역의 특성과 주민들의 성정이 반영되어 있어 강한 역사성과 민족성을 띠고 있다. 따라서 백석이 끊임없이 이런 전통음식들을 작품에서 호명하는 것은 일제 식민지하에서 민족의 정서와 역사를 지키고자 하는 일종의 저항으로도 볼 수 있나. 이런 점

41· 백석, 「흰 바람벽이 있어」.

42· 소래섭, 『백석의 맛: 시에 담긴 음식, 음식에 담긴 마음』, 32

에서 "모든 것이 훼손되어 이질화된 마당에 백석이 집요하게 매달린 것이 음식이라는 사실은 적어도 음식만큼은 그들의 뜻대로 변질되지 않을 것이라는 마지막 믿음이 숨어 있다"[43]는 강외석의 주장은 타당하게 들린다. 그러나 백석의 폭넓은 사고는 민족이나 국가의 차원에 머물지 않는다. 만주 시편에서 명확히 드러나는 것처럼 그는 그런 경계를 넘어 "음식"이 매개하는 보편적 인간성, 즉 우리 모두가 지구라는 생태계에서 비롯된 음식을 먹고 사는 음식공동체의 일원이라는 사실에 주목한다. 백석이 이런 인식을 바탕으로 드러내는 초국가적인 음식공동체 사상은 전 지구적 교역으로 온 세계가 하나의 음식공동체가 되어 가고 있는 현실에 비추어 볼 때 상당히 시대를 앞선 혜안이라고 생각한다. 무엇보다도 백석이 이런 음식공동체만이 누릴 수 있는 진정한 섭생과 그 섭생의 즐거움을 탁월하게 그려내고 있다는 점에서 그의 시는 섭생이 그 원래의 공동체성을 상실하고 즐거움이 아니라 염려가 되어 버린 지금 우리에게 많은 것을 시사한다.

43· 강외석, 「백석시의 음식 담론고」, 134

2장. 생명과 상생의 농업 그리고 음식

웬델 베리의 섭생의 경제학

음식과 섭생에 관한 웬델 베리(Wendell Berry, 1934~)의 사유는 음식을 먹는다는 행위가 농업적인 행위(an agricultural act)라는 말에 집약되어 있다. 스스로를 "자연보존론자, 농부, 야생지 옹호론자이면서 농본론자"[01]라고 정의하는 전업 농부이자 시인인 베리는 섭생의 문제를 단순히 음식을 먹는 행위 그 자체만이 아니라 음식물의 생산과 분배 그리고 섭취에 이르는 과정 전체를 일컫는다고 정의한다. 1977년 출판된 『*The Unsettling of America: Culture and Agriculture*』(미국 뒤흔들기: 문화와 농업) 이래 베리의 글을 관통하고 있는 커다란 주제는 현재 생태계의 위기는 농업의 위기이고 이는 또한 문화의 위기인 동시에 인간 정신의 위기라는 사실이다. 그가 이처럼 농업의 문제에 집착하는 데는 인간과 대지와의 관계에 바탕을 둔 농사야말로 모든 관계의 초석이며 이들을 이해할 수 있는 핵심적인 은유라고 믿기 때문이다. 먹이사슬을 통한 에너지의 전이가 모든 생명체가 삶을 이

01· 베리, 『*Bringing it to the Table: On Farming and Food*』, 67

어가는 근간임은 자명한 사실이다. 베리는 모든 생명체는 이처럼 끝없이 반복되는 먹고 먹힘의 관계 속에 있기 때문에 우리가 음식을 어떻게 생각하고 무엇을 어떻게 먹느냐 하는 문제가 우리 자신의 건강은 물론이고 지구 생태계의 운명을 좌우한다고 생각한다.

베리는 "먹는 것은 농업적인 행위로서 파종과 탄생을 시작으로 매해 반복되는 음식경제라는 드라마를 끝낸다"[02]고 주장한다. 베리의 요점은 음식이 공장에서 만들어지는 것이 아니라 땅에서 나온다는 엄연한 사실을 재인식하고 대지와 농부의 수고를 거쳐 우리의 입으로 음식이 들어오기까지의 전체 과정을 이해해야 음식의 소중함을 알 수 있다는 것이다. 현재의 영농산업(agribusiness)이나 음식산업은 우리를 음식의 근원에서 분리시키고 음식이 마치 공장에서 제조할 수 있는 공산품과 별반 다를 바 없는 것이라고 믿게 한다는 것이다.

베리는 우리가 섭생의 문제를 흙과 동식물과 인간 전체를 아우르는 하나의 큰 주제로 이해해야 한다고 강조한다. 달리 말해 섭생이 불가피하게 이 세상에서 일어나는 일이고 농사적인 행위임을, 그리고 어떻게 먹느냐에 따라 세상이 크게 달라진다는 사실을 이해해야 한다는 것이다. 또한, 우리가 음식을 책임감 있게 먹어야 하고 우리의 먹는 행위가 즐거운 것이어야 한다고 주장한다. 따라서 책임 있게 먹는다는 것은 이 복잡한 관계를 이해하고서 음식을 먹는다는 뜻인데 여기에서 섭생의 윤리적 문제가 대두된다. 그러나 현대 사회에

02· 베리, 『The Unsettling of America: Culture and Agriculture』, 145

서 대부분의 사람은 점점 더 수동적이고 무비판적이고 의존적인 단순 소비자가 되어 아무런 의식 없이 산업 사회가 제공하는 음식을 소비하고 있는 실정이다. 베리는 이런 사람들을 먹는 일이 땅과 연결되어 있다는 것을 알거나 상상하지 못하는 사람들로서, 문화적 기억 상실증을 앓고 있는 희생자라고 정의한다. 그들에게 있어 식품은 공장에서 나오는 여타 생산품과 별반 다를 것 없는 하나의 상품인 것이고, 그렇게 때문에 섭생은 자신과 공급자 사이의 상업적인 거래인 동시에 자신과 음식 사이의 식욕 충족을 위한 거래가 되고 마는 것이다. 따라서 책임 있게 먹어야 한다는 말은 음식과 섭생의 모든 주도권을 독점하려는 산업자본주의와 영농산업의 농간에서 벗어나 자기가 먹는 음식에 대한 선택과 권리를 회복하는 것이다. 이렇게 자주적이고 깨어 있는 섭생을 실천할 때에만 먹는 일은 즐거움이 될 수 있다. 베리는 먹는 즐거움의 가장 중요한 부분은 먹을거리의 원천인 생명과 세계를 정확히 인식하는 데에 있다고 주장한다. 산업 사회가 강요하는 무지에서 벗어나 즐거움을 누리면서 먹는 것은 우리와 천지만물이 이어져 있다는 사실을 가장 심오하게 표현하는 일이다. 이 장에서는 베리의 여러 산문, 특히 먹는 것에 관한 탁월한 에세이인 「The Pleasure of Eating」(섭생의 즐거움)과 섭생과 환경에 관한 글만 따로 모아 마이클 폴란이 편찬한 『Bringing it to the Table: On Farming and Food』(식탁에 올리기: 농사와 음식에 관해), 그리고 생태적 농업의 문제를 주로 다룬 「Mad Farmer」(미친 농부) 시 연작을 주로 논의할 것이다.

1934년 켄터키주 헨리 카운티에서 태어난 베리는 시인, 소설가이자 농부이다. 아버지 존 베리는 변호사이자 담배 제조자 협회의 임원인 농부였다. 1936년 가족이 켄터키 주 뉴캐슬로 이주하였고 1948년에 켄터키주 밀러스버그 군사학교에 입학하였다. 1957년 켄터키 대학에서 영문학 석사학위를 받은 후, 조지타운 칼리지와 스탠포드 대학에서 '서부문학의 학장'으로 불리는 역사학자이자 작가인 월리스 스테그너 문하에서 창작을 공부했다. 1960년부터 켄터키에서 농부 생활을 시작하였으며, 61년부터 1년간 구겐하임 재단 장학생으로 이탈리아와 프랑스에 거주하였다. 이후 뉴욕 대학에서 창작을 가르치고 1963년 켄터키 대학 영문과 교수로 재임하다 1977년 사임하였다. 베리가 대학을 떠난 것은 '대학이 오늘날 무슨 일을 하는가'에 대해 그가 기술한 미국 국유지 교부 대학(주립대학)의 역사에 잘 드러나 있다. 국가가 국유지를 교부하여 대학을 설립한 원래 목적은 농촌 지역의 발전과 농민의 필요 충족이었지만, 오히려 대학은 농촌공동체와 소농의 파괴에 동원되었다고 비판한다. 1964년 시 「1963년 11월 26일」을 발표했고 1965년 포트 로열에 마련한 농장 레인스 랜딩으로 이주했다. 그가 거주하는 이 지역은 개발업자들이 노변 탄광을 채취하고 나서 그대로 방치한 곳이었다. 베리는 땅 고르기, 담장 고치기, 건초 말리기, 말 돌보기, 우유 짜기, 사료 만들기, 퇴비 만들기 등의 육체노동을 하면서 버려졌던 공터가 작물을 생산하는 농경지로 변모하는 과정을 직접 경험하고 거기에서 회복과 치유의 상상력을 얻었다고 한다. 그래서 그의 생태학은 자신의 고향인 켄터키에 자리한 농장에서 농부로서의 삶에 근거한 인간과 자연, 특히 대지와의 관계에 관한 성찰을 주로 담고 있다.

베리는 1960년 첫 번째 소설 『*Nathan Coulter*』(내이썬 쿨터)를 출판한 이래로 2006년 『*Andy Catlett*』(앤디 캐틀렛)에 이르기까지 총 16권의 소설을 출판할 정도로 소설가로서도 뛰어난 재능을 보여주고 있다. 특히 그의 모든 소설 작품(장편 8편 및 단편 35편)과 일부 시 작품은 켄터키주의 작은 마을 포트윌리엄(Port William)이라는 허구의 마을을 공간적 배경으로 삼아 그 농촌마을과 마을 주민들의 변모 과정을 다양한 시각으로 담아내고 있다. 이런 점에서 종종 윌리엄 포크너에 비유되기도 한다. 이들 작품을 통해 베리는 제2차 세계대전 이후 급팽창한 농산업의 영향으로 농촌과 가족농이 파괴되고 소멸해가는 모습을 그려내고 있다. 1967년 출판한 그의 두 번째 소설 『*A Place on Earth*』(지구상의 한 곳)은 그의 대표작으로 여겨진다. 이후 1979년부터 2006년까지 여러 매체에 기고했던 에세이들을 골라 엮은 『식탁에 올리기: 농사와 음식에 관해』라는 책에서 그는 자본주의 경제에 예속된 산업농업에서 벗어나 농업의 독립성을 유지해야 한다고 역설한다. 베리는 농업이 자연과 인간의 중재 역할을 해야 한다고 말하면서 농장 안의 동식물이라면 가릴 것 없이 모든 생명에게 관심과 애정과 정성을 쏟으며 땅을 건강하게 이용하는 소규모 가족형 농장을 지지한다. 또한, 직접 땅을 일궈 본 농부답게 농법이 어떠해야 농업을 건실하게 뒷받침할 수 있는지에 대해서도 구체적으로 언급하고 있다. 마이클 폴란은 『식탁에 올리기: 농사와 음식에 관해』 서문에서 먹거리와 농사의 문제가 대두된 것은 1970년대였는데 이는 베리가 「The Last Whole Earth Catalog」(전 지구의 최후 목록)에 알버트 하워드 경(Sir Albert Howard, 1873~1947)의 서작을 미국인에게 소개하는 글을 실었을 때라고 했다. 베리는 1964년 영국의 이 농업 경제학자를 처음 접한 이후 큰 영향을 받았다. 실제로 베리의 농업에 대한 견해 중 상당 부분은 하워드의 주요 아이디어를 심화한 것으로 볼 수 있다. 하워드는 농업이 숲이나 대초원 같은 자연을 본보기로 삼아야 하며, 과학자와 농민과 의료 연구자는 "흙과 동식물과 사람의 건강 문제를 모두 하나의 큰 주제로" 재인식할 필요가 있다고 주장했다. 이 책의 3부인 「섭생의 즐거움」은 농사와 농장, 농부, 먹거리를 한 주제로 묶어주는 연결를 보여준다. 베리는 작가 노트에서 자신의 소설 속에서 사람들이 먹는 장면들을 먹거리만이 아니라 '식사'에 관한 것이기도 하다고 밝힌다. 먹거리가 혼자 먹을 수 있는 것이라면 식사는 가족이나 이웃, 심지어 낯선 길손을 불러 모아 여럿이 함께 하는 일이다. 가장 일반적인 형태로 보자면 식사는 환대나 베풂, 맞아들임, 감사와 관련이 있다. 그렇기 때문에 그는 그런 소설 장면 속에서 먹거리가 나름의 역사나 노고나 사귐이 있는 정황 속에 놓여 있다고 말한다.

1986년 『Home Economics』(가정 경제학)을 출간했는데 이 책에 실린 에세이들의 공통된 주제는 만물은 서로 통하고 우리는 전체적으로 어떤 규칙성, 즉 어떤 포괄적인 형태에 의존하며, 우리가 이해하는 건 극히 일부분일 뿐이라는 신념이다. 이 책의 제목은 학교에서 가르치는 교과목에서 빌려온 것인데 그가 이 제목을 택한 것은 경제란 개념이 가정, 세계, 생태계 그리고 가족의 개념으로부터 멀리 떨어져 있는 것이 아니기 때문이다. 1987년 켄터키 대학교에 복귀했으나 1993년에 다시 사임했다.

베리는 1957년 태냐 애믹스(Tanya Amyx)와 결혼하여 두 자녀를 낳았으며 현재에도 헨리 카운티에 살고 있다. 그는 게리 스나이더, A. R. 애먼즈와 함께 미국을 대표하는 생태시인으로 평가받고 있으며, 지속가능한 지구를 위해 헌신하는 1세대 환경운동가로서 1994년 잉거솔 재단의 T. S. 엘리엇 상, 1989년 래넌 문학상 논픽션 문학상 등을 수상했고 미국 국가인문학훈장(2010), 미국 데이튼 평화문학상 공로상(2013) 등을 받았으며 미국 예술과학아카데미 회원이다. 이외의 저서로는 『*Farming: A Hand Book*』(농사: 안내서, 1970), 『*Clearing*』(개간지, 1977), 『미국 뒤흔들기: 문화와 농업』(1977) 등이 있다.

베리가 2002년에 발표한 「자연보존론자와 농본주의자」의 다음 구절은 음식과 섭생이 왜 농업의 문제인지, 거꾸로 농업이 왜 음식과 섭생의 문제인지, 그리고 나아가 이것들이 왜 생태적 문제인지를 명확하게 밝힌다.

이를테면 자연보존론자가 왜 농사에 적극적인 관심을 가져야 하는 가? 그 이유야 많지만 가장 명백한 것을 들자면, 자연보존론자도 먹는 다는 사실이다. 먹거리에 관심이 있으면서 먹거리 생산에 관심이 없다 는 건 명백한 부조리다. 도시에 사는 자연보존론자는 자신이 농민이 아 니므로 먹거리 생산에 무관심해도 좋다고 생각할지도 모른다. 그러나 그리 쉽게 책임을 면제 받을 수 있는 것은 아니다. 왜냐하면 그들 모두 대리로, 즉 남을 시켜서 농사를 짓고 있기 때문이다. 누군가가 어딘가 에서 어떤 식으로든 그들을 위해 땅을 일구어 농사를 지어야만 그들이 먹을 수 있다. 자연보존론자가 먹거리에 대해 똑같은 책임이 있다는 사 실을 인정하고 함께 책임을 지려고 할 때, 먹거리 문제가 자연의 안녕 에 대한 그들 본연의 모든 관심사와 직결됨을 확인하게 될 것이다.[03]

우리 모두는 먹어야만 살고, 그 먹는 음식은 농부가 땅에, 넓게는 자연에 의지해 지을 수밖에 없기 때문에 이 모든 것은 별개의 문제가 아니라 뗄 수 없는 유기적 연관성을 맺고 있다. 그가 특히 문제로 삼 는 것은 음식을 대하는 우리의 식문화인데 베리는 현대 소비자본주 의 사회에서 음식은 단지 인간의 욕망을 채워주는 물질이자 도구로 전락하고 말았다고 비판한다. 그러나 음식은 단지 우리가 생존하기 위해 섭취해야 하는 영양분이 아니라 종교적이고 축제적이며 공동체 적인 특성을 지니고 있다.

03· 베리, 『*Bringing it to the Table: On Farming and Food*』, 69

자신의 고향 켄터키에서 40여 년간을 전업 농부로 살면서 시와 소설 그리고 산문 등의 다양한 글을 통해 베리가 말하고자 하는 주제의 핵심에 식량 생산의 주역인 농업이 자리하고 있다. 베리에게 있어 농업과 농부, 음식은 불가분의 관계를 맺고 있어 서로 떼어 생각할 수 없는 하나의 주제이다. 그에게 농업은 식량을 생산하는 일일뿐만 아니라 살기 위해서는 먹을 수밖에 없다는 주어진 삶의 조건 가운데서 우리가 자연과 관계를 맺는 가장 직접적이고 근원적인 방식이다. 이 농업은 생산 방식에 따라 다시 우리의 욕망 아니 욕망을 넘어 탐욕을 충족시키기 위해 자연을 황폐화시키고 착취할 것인가 아니면 자연과의 조화로운 상생을 도모할 것인가의 문제로 귀결된다. 베리의 경우 전자는 산업화의 논리에 바탕을 두고서 대규모의 경작지를 공장식으로 운영하는 영농산업이고 그 대척점에 서 있는 것은 자연을 척도로 삼아 그 지역의 생태계와 공동체의 특성을 좇아 농사를 짓는 전통적 농업이다. 평생에 걸친 베리의 싸움은 밀물처럼 쇄도하는 거센 영농산업의 소용돌이 속에서 전통 농업과 농업 지역공동체를 보호하고 지키는 것이다. 베리에게 이 일은 단지 농촌을 지키는 것에 그치는 것이 아니라 모든 생명의 원천인 땅을 지키는 것이요[04], 나아가 인류라는 종족의 지속을 담보하는 일이다.

베리는 경제를 우리가 이 땅 위에서 삶을 도모하는 방식이라고 정의하며 이를 농업이라고 하는 렌즈를 통해 조망한다. 그에게 있어 농

---

[04] 베리, 『The Gift of Good Land』, 73

업의 가장 중요한 평가 기준은 지속가능성과 건강인데 이때 건강은 우리 몸의 건강뿐만 아니라 생태계의 건강까지를 포함한다. 「살림을 새롭게 함」이란 글에서 베리는 "우리가 농사짓는 방식은 지역 생태계의 건강과 온전함에 영향을 끼치고, 농장은 지역 생태계의 건강에 복잡하게 의존하고 있다"[05]고 주장한다. 이는 건강한 생태계에서만 참된 농업이 가능하고 이런 농업을 통해서만 온전한 먹거리가 생산될 수 있다는 말이다. 현대의 영농산업은 무엇보다도 그 지역의 생태계와 토지, 농부, 그리고 지역공동체의 긴밀한 상호작용에 의해서만 가능한 농사를 극단적으로 단순화한 것이다. 이런 농업은 자연을 단순히 인간의 욕망을 충족시켜 주기 위한 물질의 저장소로 이해하는 것과 같은 의식에서 비롯된 것이다. 베리가 막대한 양의 자본과 기술을 투입해 그 땅이 가진 모든 것을 단기간에 뽑아내 최대의 이윤을 내고자 하는 이 제국주의적 경제학을 광산채굴에 비유하고 있는 것도 바로 이 때문이다. 이런 농업이 기록적인 수확을 가져오고 영농산업 종사들에게 엄청난 이윤을 가져다 줄 수는 있다. 그러나 문제는 이런 농법이 단기간은 가능할지 모르지만 장기적으로 지속가능한 것은 아니라는 점이다. 나아가 이 이윤은 지금 당장 눈에 띄지는 않지만 훨씬 더 심각하고 금전적 수치로 환산하기 어려운 표토의 상실, 살충제와 제초제 등의 화학약품 사용으로 인한 토양과 물의 오염, 지력을 빼앗긴 땅의 황폐화 등을 고려하지 않은 결과이다.

05· 베리, 『*The Way of Ignorance and Other Essays*』, 93

음식의 경제학이 지구 생태계의 건강 그리고 인류의 건강과 밀접한 관련을 맺고 있기에 베리는 동원할 수 있는 모든 언어를 써서 이런 반생태적이고 지속 불가능한 작금의 산업농이 지배하는 경제를 비난한다. "제국주의적 경제학", "난민의 경제학", "낭비의 경제학", "무지의 경제학", "전체주의적 경제학" 등의 다양한 용어로 정의되는 이 경제학의 뿌리는 허먼 달리(Herman E. Daly)가 『What Matters?: Economics for a Renewed Commonwealth』(무엇이 중요한가: 새로워진 연방국을 위한 경제학)의 서문에서 지적하듯이 아리스토텔레스의 크레마티스틱스(chrematistics)이다. 아리스토텔레스가 『정치학』에서 구분한 두 가지 대립적인 경제체제인 오이코노미아와 크레마티스틱스를 달리는 다음과 같이 설명한다.

오이코노미아는 장기간에 걸쳐 가정과 공동체를 위해 구체적인 사용가치가 있는 것들을 생산하고 분배하며 유지하는 과학 혹은 예술이다. 크레마티스틱스는 각 개개인들이 단기간에 돈이라는 형태로 추상적인 가치를 축척하는 것을 극대화하는 기술이다. 우리가 쓰는 "경제적"이란 말이 오이코노미아에서 비롯되었지만 현재 그 말의 의미는 크레마티스틱스에 훨씬 더 가깝다.[06]

현재 주도적인 식량 생산 방식인 산업농과 세계 경제, 세계 무역 기

06· 달리, 『What Matters?: Economics for a Renewed Commonwealth』, 10

구(WTO), 자유무역 그리고 신자유주의 배후에 자리하고 있는 것이 다름 아닌 단기간에 최대의 이윤을 추구하는 크레마티스틱스 경제학 이다. 경제에 관한 견해가 생태적 관계를 형성하기에 경제학과 생태 학은 깊은 관련을 맺고 있는데 환경과 공동체의 안녕과 건강을 개의 치 않는 이 약탈의 경제학이 불가피하고 난공불락의 추세로 득세하 고 있는 것이 현실이다. 이렇게 전도된 경제 개념을 바로 잡아 오이 코노미아의 진정한 의미가 실현되는 살림의 경제를 도모하려는 것이 베리의 목적이다.

베리가 『농사: 안내서』에서 제시하고 있는 "미친 농부"는 이런 영농 산업에 저항하는 농부의 전형으로서 베리 자신의 페르소나이기도 하 다. 이윤만을 추구하는 영농산업 종사자들의 눈에 전통적인 농법을 고수하는 이 농부는 시대에 뒤떨어진 "미친 사람"이지만 "미친 농부" 의 입장에서 보면 참으로 미친 사람들은 제 살을 파먹는 식의 농사를 짓는 영농산업 종사자들이다. 데이비드 갬블(David Gamble)은 이런 미친 농부를 "농부로서 진정한 소명에 대한 시적인 비전에 의해 추 동된 혁명가이다. 단지 곡물만을 신경 쓰는 사람이 아니라 온 자연의 생명을 염려하는 사람이요 자신의 소유뿐만 아니라 모든 소유를 뛰 어넘어 지속하는 지구를 사랑하는 사람이다"[07]라고 주장한다. 이렇게 본다면 이 "미친 농부"가 꿈꾸는 혁명은 『농사: 안내서』 제 2부의 제 사로 베리가 인용한 로버트 프로스트(Robert Frost)의 시 「Build Soil

---

07· 갬블, 「Wendell Berry: The Mad Farmer and Wilderness」, 42

양토를 일궈라」에 나오는 일인(一人) 혁명과 유사하다. "나는 그대에게 다가오는 혁명인 / 유일한 일인 혁명을 명한다. … // 우리가 아주 분리되어 있는 것은 아니다. 그래서 무리를 떠나 / 집으로 가는 것은 제 정신을 차린다는 말이다"는 구절은 미친 농부가 꿈꾸는 것이 다름 아닌 집단적 광기에 빠진 대다수 사람들을 그 망상에서 깨어나 제 정신에 이르도록 하려는 것임을 드러낸다. 「The Contrariness of the Mad Farmer」(미친 농부가 반대하는 것들)란 시에서 "내게 사과 따위는 없다. 만일 반대의 길이 나의 / 유산이고 운명이라면, 그럴지어다. 나의 임무가 / 출구로 들어가고 입구로 나오는 것이라면, 그럴지어다"[08]라는 시적 화자의 말은 프로스트 시의 변주로서 세상의 길과는 상반되는 반대의 길이 자신의 길임을 천명하는 것이다.

"미친 농부" 베리가 이처럼 단호하게 반대의 길을 가겠다고 주장하는 것은 현대의 주도적인 농업인 산업농이 이윤만을 추구하여 궁극적으로는 땅을 황폐화하고 나아가 사람들의 건강을 위협하는 죽음의 농사이기 때문이다. 제넷 굿리치(Janet Goodrich)는 이런 산업농을 생산을 위해 재생산을, 효율을 위해 품질을, 이윤을 위해 돌봄을, 글로벌 농산업을 위해 지역 농업을 희생하는 제도라고 규정한다.[09] 즉각적인 결과를 얻기 위해 수단을 가리지 않는 이 같은 농법은 단기적으로는 생산을 증대시켜 농산물 자체를 값싼 깃으로 민들고 장기적으

08· 베리, 『Farming: A Hand Book』, 44
09· 굿리치, 『The Unforseen Self in the Works of Wendell Berry』, 56

로는 대지의 불모를 초래하고 이농을 촉진시켜 농업 자체를 위협한다.[10] "미친 농부"의 다음 구절은 영농산업의 본질이 무엇인지를 예리하게 드러낸다.

신속한 이윤과 매년 연봉 인상과

유급휴가를 사랑해라. 기성 제품을

더 많이 원해라. 이웃을 사귀고

죽는 것을 두려워 해라.

그러면 네 머리에 창구멍이 날 것이고

네 미래에도 더 이상의 신비란

없을 것이다.

Love the quick profit, the annual raise,

vacation with pay. Want more

of everything ready-made. Be afraid

to know your neighbors and to die.

And you will have a window in your head.

Not even your future will be a mystery

any more.[11]

10· 베리, 『*A Continuous Harmony*』, 94, 김원중, 「대지의 청지기: 웬델 베리의 생태학적 이상」, 606~607

11· 베리, 『*Collected Poems*』, 151

단기간에 이윤을 극대화하고 그 결과로 해마다 연봉의 인상과 유급 휴가를 원하는 것이 산업 사회의 전형적인 논리인데 영농산업 종사자들은 이런 논리를 그대로 농업에 적용한다. 베리가 『*A Continuous Harmony*』(지속적 조화)에서 주장하는 것처럼 농업은 장기간에 걸친 헌신과 노동을 통해서만 익힐 수 있는 체험적인 지식이고 이런 점에서 과학이 아니라 예술에 더 가까운 것이지만[12] 이들은 이런 점을 철저히 무시하고 막대한 투자를 쏟아부어 농업을 산업으로, 농부의 노동을 자본으로 대치한다.

이런 경제가 바로 "삶이 이루어지는 장소에 대한 애정도 없고 삶이 이용하는 물자에 대한 존중도 없는 난민의 경제"[13]인 것이다. 난민의 경제에 있어 농업은 부품만 갈아 끼우면 되는 "경제 기계" 같은 것이다.[14] 그렇기 때문에 이런 영농산업은 농업을 가능하게 하는 토지나 농업공동체의 유지나 관리에는 전혀 관심을 가지지 않는다. 땅이야 어떻게 되든 개의치 않고 자신의 욕망만을 추구한다는 점에서 제국주의적 경제인 것이다. 베리는 2006년 행한 「In the Service of Hope」(희망을 위해서)라는 인터뷰에서 영농산업의 이런 특성을 명확하게 지적한다.

산업혁명 시초부터 산업 경제의 유일한 목적은 가능한 최대의 이윤

12· 베리, 『*A Continuous Harmony*』, 68
13· 베리, 『*The Way of Ignorance and Other Essays*』, 111
14· 베리, 『*A Continuous Harmony*』, 98

을 얻는 것이었다. 그것의 유일한 동기는 탐욕이었다는 말이다. 이 경제는 '진보'라고 부르는 일련의 혁신을 통해 스스로를 정당화한다. 그러나 그 진보는 가능한 가장 큰 이윤을 얻기 위한 것이다. 산업주의는 부와 권력의 집중을 위해 여태껏 고안된 가장 효과적인 체제이다. … 요즘 사람들이 미국의 제국주의를 얘기하고 있지만 진짜 제국주의적 권력은 세계 경제를 주관하고 있는 기업들이다. … 작금의 미국 정부는 이 기업 제국주의에 고용된 하인이다.[15]

농사를 산업으로 간주하고 이를 기업화하는 영농산업은 "농장을 공장으로 보며 농민이나 식물, 동물, 땅을 교체 가능한 부품이나 생산 단위로 보기"[16] 때문에 농사에도 동일한 산업적 가치를 부과한다.

1. 가격이 곧 가치이다.
2. 모든 관계가 다 기계적이다.
3. 인간이 활동하는 충분하고 결정적인 동기는 경쟁성에 있다.

베리는 「가족농의 옹호」에서 위 세 가지를 산업적 가치라고 지적하는데[17] 이는 영농산업이 추구하는 이윤의 극대화로 그대로 이어지는 원칙들이다. 위의 인용문에서 보듯 이런 산업적 가치가 가장 강력하다는 미

15· 밀러 & 보그트, 「In the Service of Hope—A Conversation with Wendell Berry」, 212

16· 베리, 『The Gift of Good Land』, 114~115

17· 베리, 『Home Economics』, 168

국의 국가적 권력을 넘어 세계 경제라는 제국주의적 권력이라는 모습으로 현재 우리의 삶을 지배하고 있는 것이다.

이런 농업의 산업화가 초래한 것은 토양침식, 토양압축, 땅과 물의 오염, 단일경작과 생태계 악화에 따른 병충해, 농촌 인구의 감소, 도시 환경의 악화 등 이루 헤아릴 수 없다. 지금까지 유례없던 경제발전을 가능하게 해준 것은 주지하다시피 값싼 석유와 제3개발 국가의 값싼 노동력이었다. 영농산업은 사실상 지속가능한 태양 에너지의 순환에 근거한 전통적인 농법을 버리고 화석연료를 퍼부어 농사를 지어온 것이다. 베리 코모너가 지적하는 것처럼 산업농은 "농장과 태양의 끈을 약화시키고 농토를 산업 기업의 식민지로 만들어 착취한다. 문화적 관점에서 보면, 이는 기계가 농민을 대체하고 에너지가 기능을 대신해 버리는 결과이다."[18] 이런 탐욕과 무지로 망가지고 있는 생태계와 인간 삶을 베리는 T. S. 엘리엇의 『황무지』를 연상시키는 종말론적 불의 이미지로 그려낸다.

> 세상에서 살려고 하면서 세상을 불태우는 것은 잘못이다
> 더불어 평화롭게 살기 위해 전쟁을
> 하는 것만큼이나, 탐욕의 과학으로
> 땅을 망치는 것만큼이나, 혹은 패스트푸드니
> 값싼 음식을 요구해서 몸의 건강과 즐거움을

18· 베리, 『*The Gift of Good Land*』, 130~131

망치는 것만큼이나 잘못이다―왜 그런지는 묻지 마라.

Burning the world to live in it is wrong

As wrong as to make war to get along

And be at peace, to falsify the land

By science of greed, or by demand

For food that's fast or cheap to falsify

The body's health and pleasure—don't ask why.[19]

여기서 불타고 있는 세계는 물론 탐욕으로 불타고 있는 인간 내면의 객관적 상관물이다. 인류는 온갖 산업과 편의를 위해서 지하에서 석유를 비롯한 화석연료를 채굴해서 문자 그대로 온 세상을 불태우고 있다. 농부의 노동 대신 석유라는 에너지를 집중적으로 투입해 농사를 짓는 산업농도 마찬가지인데 "우리가 산업적인 먹이사슬을 이용해 먹거리를 해결한다면 엄청난 석유를 먹고 사는 것이나 마찬가지이다"라는 베리 커머너의 지적은[20] 그 심각성을 잘 보여준다. 실제로 현재 미국에서는 곡물 1갤런을 생산하기 위해 석유 5갤런을 쓰고 있다.[21] 베리는 현대 산업 사회를 지탱하는 이 화석연료를 "우리의 경제 장작(economic pyre)"이라고 부르는데, 그는 이 장작이 "오래된 바위에서 화석 불(fossil fire)과 빛과 연기라는 반(反)생명을 끌어낸다.

19· 베리, 『Leavings』, 22

20· 폴란, 『In Defense of Food』에 인용되어 있음, xi

21· 리프킨, 『육식의 종말』, 270

그것은 권력으로 불타지만 파멸로 남게 될 것이다"[22]라고 말하는데 이는 엘리엇의 『황무지』 3부에 나오는 자신의 욕망을 정화할 불을 피우기 위한 장작과는 확연하게 대비되는 것이다.

이런 자기 파괴적인 낭비의 경제가 파멸에 이를 것이라는 것은 자명한 이치이다. 「농업 문제에 대한 농업적 해결책」이라는 글에서 베리는 이런 산업경제의 하수인인 영농산업은 다음 세 가지 이유 때문에 실패할 수밖에 없다고 진단한다.

1. 산업농은 지나치게 단순한 방식이다.
2. 쓰레기를 양산한다.
3. 보완 시스템이 부족하다.[23]

이를 부연하면 농사는 주변 환경과의 긴밀한 상호작용에 의해서만 가능한데 산업농은 이를 무시하고 토지를 공장으로, 땅을 원료로, 그리고 동물을 기계로 취급해 소위 말하는 과학적 방법을 농업에 적용한다. 나아가 참된 농업의 기초는 만물의 유기적 순환인데 영농산업은 이런 순환적 고리를 무시하는 농법으로서 엄청난 화학물질을 남용하기 때문에 토지와 지하수의 오염, 표토의 상실 등의 심각한 문제를 야기한다. 그리고 이런 기업농은 생산과 이윤의 극대화를 위해 대

22· 베리, 앞의 책, 23
23· 베리, 『The Gift of Good Land』, 116~120

규모 농장에 한 가지 작물만 재배하는 단일 작물 재배를 선호하기 때문에 병충해나 기상이변이 생길 경우 이에 대처할 보완책이 없다. 단일작물 재배와 더불어 가장 반생태적인 관행으로 비난의 대상이 되고 있는 것이 바로 공장식 축산이다. 공장식 축산을 지배하는 원리도 결국 효율성인데 이를 위해 축산업자들은 감금, 집중, 분리라는 세 가지 원칙을 가축사육에 적용한다. 집단사육은 가축들을 살아있는 생명이 아니라 상품을 생산하기 위한 기계로 간주하지 않고서는 불가능한데 여기에서 비롯되는 비인간적인 처사와 도를 넘은 항생제와 성장호르몬의 남용 등은 곧바로 동물학대로 이어지고 그렇게 사육된 육류는 우리의 건강을 심각하게 위협한다. 대규모 단일경작이 농약에 대한 내성을 키운 병균의 온상이 되는 것과 마찬가지로, 동물공장은 항생제에 대한 내성을 가진 병원균의 온상이 된다.[24] 베리는 이런 축산업이 일자리를 창출한다며 정부가 지원해주는 것을 "정치적 뇌질환"이라고 신랄하게 비판한다.

이런 파괴적인 농사에 대한 베리의 대안은 지속가능한 농업인데 이를 위해 가장 중요한 것은 살림(husbandry)과 청지기(steward) 정신을 실천하는 것이다. 살림은 베리 자신의 말을 빌면 "우리와 우리가 사는 장소와 세계를 보존 관계로 이어주어 생명을 지속시키는 모든 활동이다. 우리를 지속시켜 주는 생명의 그물망에 있는 모든 가닥이

24· 베리, 『*Bringing it to the Table: On Farming and Food*』, 12

서로 계속 이어져 있도록 해주는 일이다."[25] 진정한 농부는 산업농에 의해 단편화, 추상화된 것을 다시 연결하는 사람이다. 베리가 "추상화는 마귀의 작업이다"[26]라고 하며 전문적인 지식만을 내세워 지역의 특성을 무시한 채 일괄적인 기업농을 장려하는 떠돌이 전문가들을 비난하는 것도 바로 이 때문이다. 지속가능한 농업은 무엇보다도 지역의 자연과 지역 경제의 특성을 중시하는 농업이다.

자연이

최고의 농부다. 자연은

땅을 보전하고 비를 보존하기

때문이다. 자연은 토양을 깊게 하며

아무것도 낭비하지 않는다. 게다가 자연은

다양하며 질서정연하다.

자연은 땅 위에서

우리의 어머니이자 선생이고 최종 재판관이다.

Nature is

The best farmer, for she

Preserves the land, conserves

The rain; she deepens soil,

25· 베리, 『The Way of Ignorance and Other Essays』, 93
26· 베리, 『The Gift of Good Land』, 278

Wastes nothing; and she is

Diverse and orderly.

She is our mother, teacher,

And final judge on earth.[27]

영농산업 경영자와는 달리 진정한 농부는 자연을 모델로 삼아 모든 것을 지키고 보전한다. 특히 그가 가장 중요시하는 것은 농사를 가능하게 해주는 토양의 비옥함을 유지하는 것인데 이는 자연 아닌 곳에서 농업이 있을 수 없기 때문이다. 미친 농부가 "한 해의 수확이 전부라면, 그는 우박이 내릴 때마다 자신의 목을 따야할 것이다"[28]라고 말하거나 "자신을 비하하고 땅을 약화시킨 대가로 많은 수확을 냈다면, 그는 아무것도 얻지 못한 것이다. 이전보다 훨씬 나쁜 상황에서 이듬해 봄에 다시 모든 것을 새로 시작해야 하기 때문이다"[29]라고 말하는 것도 농업을 훨씬 큰 자연 전체라는 맥락에서 이해하기 때문에 가능한 얘기이다. 땅을 망치면서 최대의 이윤을 내는 농사는 땅을 학대하고 겁탈하는 것과 다름없다. 농업을 통한 먹거리의 생산과 유통이 경제의 문제라면 우리가 어떤 음식을 어떻게 먹을까 하는 문제는 윤리의 문제라고 할 수 있다. 그러나 이 두 문제는 사실상 섭생이라는 커다란 주제의 뗄 수 없는 부분이다. 건강한 먹거리의 생

27· 베리, 『*A Timbered Choir: The Sabbath Poems 1979-1997*』, 142

28· 베리, 『*Farming: A Hand Book*』, 58

29· 베리, 앞의 책, 59

산이라는 농업의 바탕에서만 생태적 섭생도 가능한 것이다.

섭생에 관한 베리의 견해는 우리가 음식을 책임감 있게 먹어야 하고 우리의 먹는 행위가 즐거운 것이어야 한다는 말에 응축되어 있다. 그에게 먹는다는 것은 근본적으로 식탁 위에 차려진 음식을 먹는 단순한 행위가 아니라 파종부터 재배와 수확 및 가공 유통에서 섭취까지를 아우르는 포괄적인 행위이다. 베리는 농업과 마찬가지로 섭생의 문제도 "흙과 동식물과 인간의 모든 문제를 하나의 큰 주제"[30]로 이해해야 한다고 강조한다. 달리 말해 먹는 행위가 불가피하게 이 세상에서 일어나는 일이고 농사적인 행위임을, 그리고 우리가 어떻게 먹느냐에 따라 세상이 크게 달라진다는 사실을 이해해야 한다는 것이다. 따라서 책임 있게 먹는다는 것은 이 복잡한 관계를 이해하고서 음식을 먹는다는 뜻인데 여기에서 섭생의 윤리적 문제가 대두된다. 그러나 현대 사회에서 대부분의 사람은 점점 더 수동적이고 무비판적이며 의존적인 소비자가 되어 아무런 의식 없이 산업 사회가 제공하는 음식을 소비하고 있다. 베리는 이런 사람들을 먹는 일과 땅이 연결되어 있다는 것을 알거나 상상하지 못하는 사람들로서 문화적 기억상실증을 앓고 있는 희생자라고 정의한다. 그들에게 있어 식품은 공장에서 나오는 여타 생산품과 별반 다를 것 없는 하나의 상품인 것이고 그렇기 때문에 십생은 자신과 공급자 사이의 상업적인 서래인 동시에 자신과 음식 사이의 식욕 충족을 위한 거래에 불과한 것

30· 베리, 『*Bringing it to the Table: On Farming and Food*』, 11

이 되고 만 것이다. 책임 있게 먹어야 한다는 말은 따라서 음식과 섭생의 모든 주도권을 독점하려는 산업자본주의와 영농산업의 농간에서 벗어나 자기가 먹는 음식에 대한 선택과 권리를 회복하는 것을 의미한다. "책임 있게 먹어야 하는 이유 중 하나는 자유롭게 살기 위해서"[31]라는 그의 말도 이런 맥락에서 이해되어야 한다. 먹는 즐거움의 가장 중요한 부분은 산업 사회가 강요하는 무지에서 벗어나 먹을거리의 원천인 생명과 세계를 정확히 인식하는 데에서 나온다. 이럴 때에만 섭생이 우리와 천지만물이 이어져 있다는 사실을 가장 심오하게 표현하는 일이 될 수 있으며 포괄적인 즐거움이 될 수 있다.

베리가 얘기하는 참된 섭생은 "과일을 먹으니 / 내 몸이 지구와 하나이다"[32]라는 말에서 보듯 자신의 몸이 지구와 하나가 되는 것을 체험하는 것이다. 이런 섭생은 자기가 먹는 음식이 어디에서 비롯되고 어떻게 자랐고 어떻게 조리되었는가를 알 때에만, 즉 그가 말하는 섭생의 전 과정을 온전히 이해할 때 가능한 것이다. 영농산업은 철저히 이런 과정을 은폐하고 숨겨 우리를 수동적이고 무지한 소비자로 만든다. 이런 소비자들이 구입하는 식품은 "가공되고 착색되고 빵가루가 입혀지고, 소스로 덮이고, 그래비가 뿌려지고, 갈리고, 걸쭉하게 되고, 물기를 빼고, 섞이고, 예쁘게 꾸며지고, 살균 처리되어서 뭔지도 모르는 맥빠진 물질이다."[33] 도무지 그 효능과 기능을 알 수 없는

31· 베리, 『*What Are People For*』, 147

32· 베리, 『*Farming: A Hand Book*』, 58

33· 베리, 『*Bringing it to the Table: On Farming and Food*』, 230

첨가물과 그 원재료의 모습을 상상할 수 없을 정도로 처리되고 화장을 한 음식물이 건강한 음식이라고 슈퍼마켓의 진열대 최고 자리를 차지하고서 소비자의 선택을 유혹하고 있는 것이다.[34] 대규모 슈퍼에서 값싸게 음식을 사는 것은 영농산업이 자행하는 무지의 마케팅에 소비자가 속아 넘어가는 셈이다. 원래 형태를 알아볼 수 없을 정도로 가공된 식품을 사서 먹는 소비자는 생물학적 실제로부터 유배되고 만다. 「A Letter」(편지)라는 시에서 베리가 "도시는 땅을 망각해버렸다"고 탄식하고 그렇기 때문에 "그들은 속이 부패하고 나서야 / 땅을 다시 기억하게 될 것이다"[35]라고 얘기하는 것도 이 때문이다. 베리가 『The Art of the Commonplace』(일상적인 것의 예술)의 서문에서 강조하고 있는 것처럼 음식은 우리가 살아갈 에너지를 제공해주는 단순한 연료가 아니라 우리와 지구 사이에 존재하는 가장 구체적이고 친밀한 연관성이다.[36] 베리도 "음식 생산의 진짜 문제는 땅, 식물, 동물과 사람들 사이의 복잡하며 상호 영향을 주고받는 관계 속에서 일어난다"[37]고 주장하여 섭생의 총체적이고 유기적인 연관성을 강조한다.

베리가 얘기하는 섭생의 가장 아름답고 완벽한 모습은 『해나 쿨터』에서 크리스마스를 맞아 온 가족과 친척, 나아가 마을에 사는 이웃들을 다 초청해서 함께 하는 펠트너 집안의 식사 장면에서 찾아볼 수

34· 폴란, 『In Defense of Food』, 39~40

35· 베리, 『Farming: A Hand Book』, 102

36· 베리, 『The Art of the Commonplace』, 18

37· 베리, 『The Gift of Good Land』, 269

있다. 이렇게 모인 16명이 기다란 식탁에 둘러앉아 즐기는 만찬은 왜 식사가 근본적으로 공동체적인 것이고 땅과 동식물, 사람들 간의 관계인지를 분명하게 보여준다.

팬트너 부인은 손님이 있을 때 아니면 절대 쓰지 않는 최고의 식탁보와 훌륭한 접시 및 은제 식기들을 펼쳐 놓았다. 그리고 식탁에는 마침내, 우리가 오랫동안 장만한 햄과 칠면조와 드레싱이, 노릇한 껍질을 쓴 굴 냄비 요리가 차려져 있었다. 예쁜 유리 대접에 담은 크랜베리 소스도 있었다. 으깬 감자와 그레이비, 깍지콩과 흰강낭콩, 옥수수 푸딩, 따끈한 롤빵도 있었다. 식당 벽 나지막한 찬장 위에는 케이크 받침에 우리가 만든 여러 개의 예쁜 케이크가 층층이 놓여 있었고 휘핑크림과 곁들어 나올 커스타드 한 주전자가 있었다. 먹는 건 말할 것도 없고 손을 대기도 아까울 정도로 음식들은 훌륭해 보였건만, 우리는 물론 먹었다. … '음식'이 특별히 더 좋아서 찬사들이 대단했다. 그 중에서도 잭 아저씨의 찬사가 최고였다. 남들이 하는 찬사에 조금씩 보탰을 뿐인데도 그랬다. 그는 그런 음식에 몹시 굶주렸던 사람처럼 상당히 음미하며 먹었고, 그런 그를 본다는 건 즐거운 일이었다. … 이런 그의 말은 식탁에 쏟아져 내리는 축복같았다.[38]

이 소설의 배경이 1941년 크리스마스임을 생각하면 이 식탁에 차려

38· 베리, 『*Bringing it to the Table: On Farming and Food*』, 198~199

진 거의 모든 음식은 팰트너 집안 사람들이나 그 이웃들이 직접 재배한 것들이고 이런 식재료로 해나와 팰트너 부인 그리고 집안의 요리사 네티 베니언이 요리한 것들이다. 쏟아져 내리는 축복 같은 칭찬을 늘어놓는 잭은 사실 부인과 사별한 후 자칭 "독신생활"을 하고 있는 사람인데 이런 소외되고 외로운 사람도 이 식탁에 초대받는다. 이 장면에서 두드러지는 것은 훌륭한 요리의 성찬이 아니라 이런 음식을 만드는 데 들인 사람들의 정성과 이에 대한 감사이다. 육체적인 배부름을 넘어 서로의 사랑과 애정, 결속, 하나 됨을 확인하는 데서 비롯되는 긴밀한 유대감과 정신적 풍요가 모든 사람을 감싸고 있다. 백석이 그리고 있는 우리의 전통적인 명절날의 풍경처럼 공동체의 구성원들이 함께 모여 하는 이 장면은 왜 식사가 문화의 원천이고 즐거움인지를 잘 보여준다.

그러나 작금의 식사는 이런 본연의 즐거움이 심각하게 훼손되었는데 베리는 이는 무엇보다도 이런 공동체를 파괴한 전 지구적 무역과 자유 시장 원리 때문이라고 주장한다. W. S. 머윈 (Merwin)의 「Some Last Questions」(마지막 몇몇 질문)을 상기시키는 「Questionaire」(설문지)에서 "자유 시장과 세계 무역의 성공을 위해 / 당신은 얼마나 많은 독극물을 먹을 준비가 되어 있습니까? / 당신이 선호하는 독극물은 무엇입니까?"[39]라고 우리에게 묻는다. 그의 이 질문은 농산물의 자유로운 거래를 통해 전 세계적으로 유통되는 음식이 독극물에 다름 아님을 역설한다. 음식물 자체의 재배 과정에서 투입된 수많

39· 베리, 『Leavings』, 14

은 농약은 물론이거니와 장기간의 보존과 운송을 위해 각종 화학물질의 사용이 불가피하기 때문이다[40]. 시와 산문에서 과격한 언어 사용을 절제해온 베리가 여기서 거의 독설에 가까운 말을 내뱉고 있는 것은 독자를 향한 것이라기보다는 영농산업의 주체들을 향한 것임이 분명하다. 인용한 구절에서 베리가 쓰고 있는 "선호하다(prefer)"라는 단어는 소비자가 이런 독극물에 무지하고 그렇기 때문에 아무런 선택도 할 수 없다는 점을 역설적으로 얘기한다. 제대로 된 음식과 독극물이 든 음식 중에서 하나를 선택하는 것이 아니라 모두 다 오염된 식품 중에서 하나를 선택하는 것은 진정한 의미에서의 선택이 될 수 없기 때문이다. 「섭생의 즐거움」에서 베리는 음식의 생산자에서 식품산업의 고객으로 전락하여 음식과 땅의 관계를 잊은 무기력하고 수동적인 소비자를 희생자라고 주장하는데[41], 이는 소비자가 독극물에 오염된 음식을 먹을 수밖에 없기 때문이다.

농업을 순전히 경제적인 기준으로만 파악하여 경쟁과 기술의 혁신이 모든 문제를 해결해줄 거라고 믿는 영농산업은 생산의 극대화를 가져와 음식의 잉여를 초래한다. 그러나 문제는 이런 잉여가 음식을 생산할 수 있는 근원, 즉 토양과 농촌공동체를 훼손하고서 얻어진 것이라는 점이다. 베리가 「척도로서의 자연」에서 주장하는 것처럼 식량은 가장 중요한 경제적 산물이지만 잉여가 있을 정도로 과잉 생산된

40· 식품산업에 만연한 독극물의 사용에 관해서는 제인 구달, 게리 매커보이, 게일 허드슨의 『희망의 밥상』 86~91을 참조하라.

41· 베리, 『The Gift of Good Land』, 146

경우 가장 하찮은 산물이 되고 만다.[42] 그러나 더 심각한 문제는 이런 식량의 잉여가 음식물을 값싼 것으로 만들어 그 가치를 떨어뜨릴 뿐더러 작금의 농사짓는 관행, 즉 영농산업이 충분히 먹고 남을 만큼 식량을 생산해내기 때문에 식량 걱정을 전혀 할 필요가 없다고 생각하게 만든다는 점이다. 베리는 우리가 산업농의 덫에서 벗어나 음식에 대한 자신의 주권을 확립하고 윤리적 섭생을 하기 위한 방안으로 7가지 방안을 제시하는데 요약하면 다음과 같다.

1. 먹거리 생산에 가능한 한 참여하라. 이를 통해 에너지의 아름다운 순환을 체험할 수 있다.
2. 음식을 직접 조리해라. 이를 통해 음식의 품질을 관리할 수 있다.
3. 먹거리의 원산지를 확인하고 집에서 가장 가까운 곳에서 생산된 먹거리를 사라.
4. 지역의 농부나 텃밭 주인 과수원 주인과 직거래를 하라.
5. 먹거리 생산의 경제와 기술을 공부하라.
6. 모범적인 농사나 텃밭 가꾸기를 연구하라.
7. 먹거리 종(種)이 생기고 자라는 과정을 직접 관찰하거나 경험을 통해 배워라.[43]

42· 베리, 『*What Are People For*』, 206
43· 베리, 『*The Gift of Good Land*』, 149~150

이 7가지 방안의 핵심은 음식과 자신과의 친밀하고 직접적인 관계를 회복하라는 것이며 이를 위해 먹거리의 생산과 요리에 참여하고 로컬 푸드 운동에 동참하며 직거래를 실천하라는 것이다. 이런 행위를 통해서만 영농산업이 획책하는 먹거리와 농사 사이의 분리와 여기에서 비롯되는 전례 없는 외로움을 극복하고 연관성을 회복하여 미학적이고 윤리적인 섭생을 할 수 있는 것이다.

먹는 행위에 대한 미학적이고 윤리적인 차원이 고려되어야 진정한 섭생이 가능한데, 섭생의 미학과 윤리학은 둘 다 정치학과 떼어 놓고 생각할 수 없다. 베리의 글이 영농산업에 대한 비판을 넘어 강력한 정치적 메시지를 지니고 있는 것도 바로 이 때문이다. 현재 지배적인 식품 생산과 유통 체제하에서 사람들은 점점 더 수동적이고 무비판적이고 의존적인 소비자가 되어 갈 수 밖에 없고 급기야는 식품 산업의 바람대로 식탁에 묶인 채 식품공장에서 뱃속까지 바로 통하는 튜브로 먹거리를 받아먹는 사람이 될 위험에 처해 있다. 매트 본조(Matt Bonzo)의 주장처럼 거대 기업농과 기술이 농부를 농장에서 쫓아낸 것처럼 식품 산업은 패스트푸드와 조리 식품의 보급을 통해 이제 사람들을 부엌에서 밀어내고 있다. 그리고 이로 인해 가정의 붕괴가 심화될 것임은 자명하다.[44] 「A Speech to the Garden Club of America」(미국 정원 클럽에서 행한 연설)이라는 시에서 베리는 이런 가정의 붕괴는 나아가 우리 몸의 건강과 즐거움의 손상으로 이어질 거라고 경고한

---

[44] 본조, 「And for This Food, We Give Thanks」, 47

다.[45] 자신이 먹는 음식이 어디서 누구에 의해 어떻게 재배되고 만들어진 것인지에 대한 무지 때문에 사람들은 음식을 먹으면서도 기쁨을 향유하는 것이 아니라 이 음식을 먹어도 될지 어떨지 염려하는 사람이 되고만 것이다. "알지 못하고 먹는 것은 감사 없이 먹는 것과 같다"[46]라는 베리의 말이 바로 이를 두고 하는 말이다. 이어지는 "세상과 다른 사람들에게 감당할 수 없는 경비를 지불하고서 얻은 음식에 대해 어찌 신에게 감사할 수 있단 말인가?"[47]라는 그의 지적은 음식을 먹는 행위가 영적이고 문화적인 모든 의미를 상실하고 단순히 상업적 거래로 전락하고만 현 섭생의 서글픈 현실에 대한 항변이다.

「Prayer After Eating」(식후기도)은 이와 대조적으로 진정한 섭생이 어떠해야 하는지를, 그리하여 베리가 주장하는 책임 있게 먹는다는 것이 무엇인지를 잘 보여준다.

> 눈과 잎에 생기를 불어넣은
> 빛을 받아들였으니
> 먹는다는 생각과 행위의 짧은 광휘 속에서
> 먹는 것을 찬양함으로
> 내 머리가 밝아지게 하소서.
> 먹는 것에 합당한 사람이 되게 히소서.

45· 베리, 『Leavings』, 22
46, 47· 그럽스, 『Conversations with Wendell Berry』, 116

I have taken in the light

that quickened eye and leaf.

May my brain be bright with praise

of what I eat, in the brief blaze

of motion and of thought.

May I be worthy of my meat.[48]

여기서 시인은 무엇보다도 자신이 먹는 음식의 원천이 햇빛임을 명시한다. 나아가 그 빛이 자신뿐만 아니라 나뭇잎에도 생기를 불어넣는다고 노래해 인간과 자연의 모든 생명체가 지구라는 행성의 궁극적 에너지인 태양에 의존하여 살아가는 동료피조물이라는 의식을 드러낸다. 이어지는 "내가 먹는 것을 찬양함으로 네 머리가 밝아지게 하소서"라는 구절은 음식을 먹는 즐거움, 즉 섭생의 미학적인 차원을 잘 표현하고 있다. 여기서 아름다운 섭생은 단순히 육체적 배고픔이라는 욕망의 충족뿐만 아니라 정신적이고 영적인 차원까지도 포함한다는 사실에 주목할 필요가 있다. "내가 먹는 것에 합당한 사람이 되게 하소서"라는 마지막 행은 섭생의 윤리학을 잘 보여주는 구절인데, 이는 모든 생명은 다른 생명체의 희생이자 주검이기에 이를 인지하고 감사하면서 책임감 있게 먹어야 한다는 베리의 사상을 잘 요약하고 있다.

음식과 섭생에 관한 베리 사상의 핵심은 우리가 먹는 음식이 땅에서 나오는 것이고 그렇기 때문에 땅과 농업, 음식, 인간이 불가분의

48· 베리, 『*The Country of Marriage*』, 12

관계를 맺고 있다는 것이다. 그러나 이 모든 것을 하나하나 분리해서 아무 연관이 없다고 믿게 만드는 것이 베리가 비판하고 있는 산업농과 식품기업의 전략이다. 이들에게 과거와 미래는 안중에도 없고 중요한 것은 오직 현재이고 그 현재가 그들에게 가져다줄 최대의 이윤뿐이다. 따라서 그들은 모든 농사의 바탕인 땅의 비옥함과 자신들이 생산해 낸 음식을 먹는 사람들의 건강, 나아가 그들의 영농방식이 초래하는 지구생태계의 파괴와 오염 따위는 전혀 개의치 않는다. 이런 점에서 그들의 경제학은 근시안적인 약탈과 낭비의 경제학에 다름 아니다. 왜 일시적으로 경제를 강화하기 위해 자연에 영구적으로 생태적, 문화적인 손상을 가해야 하는가라는 의문이 이런 산업경제에 대해 베리가 제기하는 궁극적인 질문이다.[49] 이와는 대조적으로 베리가 주장하는 참된 농업과 섭생의 경제학은 살림의 경제학이다. 이 살림의 경제학은 시간적으로는 과거와 현재 미래를 연결하고 공간적으로는 대지와 음식 그리고 인간을 연결한다. "사람들은 섭생이 아주 단순한 문제라고 생각하지만 나는 40년 동안 섭생이 실제로는 아주 복잡한 문제라는 것을 설명하려 애를 써왔다. 섭생은 식탁 훨씬 이전부터 시작되는 것이며 심지어는 농사 전에도 답해야 할 여러 질문들이 있다"[50]는 그의 말은 농업과 섭생을 눈앞에 보이는

49· 베리, 『*It All Turns on Affection: Jefferson Lecture and Other Essay*』, 20

50· 달튼, 「Rendering Us Again in Affection: An Interview with Wendell Berry」, 200

것으로만 분절화하고 단순화한 산업농과 식품업자들을 비판하면서 진정한 섭생이 지닌 다층적인 의미를 잘 보여준다. 「농업의 미래」에 나오는 "탈구되고 잘못된 교육을 받은 소비 사회가 받아들이기 힘들고 그런 사회의 애완견 경제학자들이 믿으려들지 않겠지만 음식의 미래는 땅의 미래와 구별될 수 없고 또 땅의 미래는 인간이라는 종의 미래와 구별될 수 없다"[51]는 구절이 베리의 입장을 선언적으로 요약하고 있다.

현재 음식에 관한 가장 저명한 저술가인 폴란이 음식에 관한 자신의 아이디어 중 베리에게서 나오지 않은 것은 거의 없다고 한 데서 보듯 지속가능한 농업과 친환경적인 섭생 분야에 있어 베리의 영향력은 지대하다. 1990년대 들어 음식에 관한 담론이 활발하게 전개되었지만 지속가능한 농업과 생태적인 섭생에 관한 베리의 견해는 상대적으로 크게 확산되지는 못했다. 이는 지역공동체 내에서 소규모 자립 가족농에 바탕을 둔 그의 지역중심적이고 농본주의적 개념이 지역뿐 아니라 국가들의 경계 자체가 거의 무의미해져서 우슐라 하이제(Ursula Heise) 같은 학자가 지역 의식(sense of place)이 아니라 행성 의식(sense of planet)을 얘기해야 한다고 하는 현 상황에서 과연 이런 비전이 실현될 가능성이 있는가에 대한 회의 때문이라 생각된다. 나아가 전 세계가 급속한 도시화로 인해 농업인구가 급격히 감소하고 농촌공동체가 와해된 상황에서 그가 주장하는 소규모 자영농

51·   베리, 『*It All Turns on Affection: Jefferson Lecture and Other Essay*』, 90

에 바탕을 둔 경제가 얼마나 현재의 주도적인 경제에 대한 대안이 될 수 있을지도 의문이다. 여기에다가 지역공동체를 넘어 국가적, 혹은 국가를 넘어 국제적 차원의 기구에 대한 베리 자신의 개인적 불신이 더해져 그의 생태적 섭생에 관한 혜안은 조직적인 운동으로 발전하지 못하고 각 개인의 음식 선택 시 지침으로 활용되는 수준에 머물고 있다. 그러나 최근 들어 안전한 먹거리에 대한 관심과 이를 실천하기 위한 로컬 푸드 운동과 직거래, 협동조합 등의 확산은 베리의 사유가 하나의 대안적 방안으로 자리매김할 수 있는 새로운 가능성을 시사한다. 우리가 몸을 지니고 있는 한 섭생은 누구도 피할 수 없는 삶의 조건이다. 아울러 우리가 무엇을 어떻게 먹느냐 하는 것이 우리 자신의 건강뿐만 아니라 생태계 전체의 건강과도 직결되어 있는 문제이다. 지속가능한 농업과 생태적 섭생을 강조하는 저술을 통해 베리는 영농산업과 대기업에 내준, 아니 보다 엄밀한 의미에서는 찬탈당한 음식에 대한 주권을 되찾아 음식을 먹는 즐거움을 회복하고 이를 통해 생태계의 건강을 도모하려 하는 것이다.

음식 전쟁

3—— 육식과 채식 그리고 그 너머의 담론

이 장에서는 육식과 채식을 둘러싼 섭생의 문제를 한강의 『채식주의
자』와 루스 오제키의 『나의 고기의 해를 중심으로 살펴본다. 두 작가
모두 우리의 섭생과 문화 속에 내재되어 있는 육식의 의미를 다양한
측면에서 탐구한다. 고기는 여성과 동물을 연결해주는 상징
이다. 따라서 고기는 여성과 동물을 통제하려는 욕망, 나아
가 자연과 인간이 아닌 것들을 지배하려는 인간의 욕망이 구
현되는 곳으로 문화적, 도덕적 가치의 풍향계라고 할 수 있
다. 리프킨이 『육식의 종말』에서 주장하는 것처럼 육식이야
말로 가부장적이고 남성중심문화의 상징인 동시에 오늘날 지
구 생태계의 존속을 위협하는 가장 큰 요소이다. "동물의 고기에
대한 인간의 욕망이야말로 지금 인류의 미래를 위협하고 있는 거의
모든 환경 피해의 저변에 있다"는 피터 싱어의 말은 심각한 지구 환경
파괴가 바로 이 고기의 생산과 소비를 위해 자행되고 있다는 말이다.
거대 공장식 가축사육은 잉여 옥수수와 항생제와 성장촉
진제 등 수많은 화학물질의 사용에 의해서만
가능하고 그렇기 때문에 인류의 건강과 지구
건강을 훼손한다.

루스 오제키

한강은 육식과 채식의 의미
를 철저히 영혜라는 여성
의 개인적인 차원에서 다
루고 있을 뿐 채식이 지닌
전 지구적인 생태적 의미
는 탐구하지 않고 있다. 그녀
는 "인간이 폭력이 없는 결백한
존재로 살 수 있느냐"는 보다 철학적이

한강

고 존재론적 문제를 타두로 이를 인간 삶의 근원적 조건
인 섭생을 통해 천착한다. 고기의 섭취 여부를 두고 한 가족에게 일어
난 문제를 통해 육식의 정치학을, 그리고 그 배후에 있는 가부장적이
고 남성중심적인 사회가 동물과 여성에게 가하는 폭력의 구조를 그녀
만의 섬뜩하고 그로테스크한 언어로 형상화 한다.

오제키는 미국산 고기의 일본 시장 개척을 소재로 한 소설을 통해 세계
화 시대에서 초국가적인 고기의 유통, 특히 이를 위해 미국의 공장식
가축농장에서 사육된 고기의 오염과 문제점을 탐구한다. 특히 DES
라는 성장호르몬의 부작용을 적나라하게 파헤쳐 그 심각성을 고발한
다. 그녀에게 고기는 초국가적 경제 질서에서 미국의 힘의 대변자요 경
제적 문화적 식민화의 첨병이다. 그녀는 환상과 거짓으로 포장된 "고
기"를 홍보하는 미디어의 문제점과 글로벌 신자유주의와 소비자본주
의라는 거대한 시스템의 문제를 파헤친다.

1장. 채식을 넘어 식물 되기

한강의 전복적 생태여성주의

　여성과 식물을 동일선상에 놓고 여기에서 나오는 담론, 특히 여성의 몸과 음식에 관한 사유를 천착해온 한강은 『채식주의자』에서 육식을 거부하는 여주인공을 통해 섭생의 문제를 본격적으로 다룬다. 작가는 '무엇을 어떻게 먹느냐' 하는 것이 단지 기호의 문제나 생존을 위한 어쩔 수 없는 생리적인 현상이 아니라 그 뒤에는 문화적이며 정치적, 경제적인 이해와 이데올로기가 자리하고 있다는 것을 말하고자 하는 것이다. 육식을 거부하는 것은 단지 고기 덩어리를 입 속으로 넣지 않겠다는 섭생의 문제가 아니라 수천 년을 이어온 남성중심문화를 거부하는 지극히 정치적인 행위이다. 자연과 여성이 흔히 동일시되어 왔고 각기 인간중심주의와 남성중심주의에 의해 착취되어 왔다면 동물은 자연과 여성의 경계에 위치해 위 둘에게 의해 착취되어 온 것이다. 어느 날 갑자기 육식을 거부하는 영혜의 행위가 단순히 섭생 선택의 문제가 아니라는 것은 주변 식구들의 반응에서 여실히 드러난다. 주인공이 육식을 거부하는 순간 영혜는 가족들조차 이해할 수 없는 존재로 전락하고 만다. 고기 먹기를 거부하는 딸의 뺨을 때리고 억지로 고기를 입에 밀어 넣는 아버지와 가족들의 행위는 가축들에게 그들이 원하지 않는 여러 사료와 호르몬을 강제로 주입하는 것과 다름없는 행위이다. 가부장적인 사회가 여성에게 기존의 가치에 순응하도록 가하는 폭력과 인간이 자신의 유익을 위해 동물들에게 가하는 폭력은 모두 계층적이고 차별적인 이데올로기에서 나오는 것이다. 이어지는 영혜의 자해는 결국 가부장적, 남성중심적 사회에서 채식을 선택하는 것은 자해행위에 다름 아님을 웅변적으로 보여준다. 채식은 거식으로 이어지고, 그녀는 결국 남편에게서도 버림받은 저주받은 타자가 되어 정신병원에 감금되는 신세가 되고 만다.

영혜의 육식거부가 꿈에 의해 유발된 것이라는 사실이 흥미롭다. 이는 그녀의 무의식 깊은 곳에 감추어진 살생에 대한 두려움, 즉 고기를 먹기 위해서는 동물을 죽여야 한다는 사실에서 비롯된 것으로 추정된다. 고기가 어떤 동물의 몸이라는 인식, 그리고 그 몸을 먹는다는 죄책 말이다. 그녀가 육식을 거부하고 채식을 고집하는 것은 "동물적 공격성으로 넘쳐나는 세상에서 그녀가 식물적 평화"[01]를 원하기 때문이다. 남성위주의 사회에서 고기가 주로 성별을 구분하고 지위와 계층을 정한다는 사실을 감안하면 영혜의 행위는 남성(동물) 세계에서 여성(식물) 세계로의 패러다임의 전환을 촉구하는 것으로 볼 수 있다. 신수정의 주장대로 그녀에게 채식은 죽고 죽이는 실생의

01· 우찬제, 「섭생의 정치경제와 생태윤리」, 63

반복에서 벗어나 정신적 안식을 취할 수 있는 유일한 대안이다.[02] 이는 한강 소설의 여러 주인공들이 동물적 폭력성에서 벗어나 부드러운 식물 되기를 꿈꾸는 것과 같은 맥락이다. 채식주의는 "자연을 회복시키고 인간과 동물의 관계를 다시 신성하게 만들며 우리 존재를 새롭게 하기 위한 혁명적 행동"[03]이기 때문이다. 생명을 죽이는 섭생이 아니라 생명을 잉태하고 키우는 광합성을 하는 식물이 되려는 영혜의 꿈은 이런 점에서 기존의 인간중심적이고 가부장적인 사회에서는 전복적인 꿈일 수밖에 없다. 이 장에서는 한강의 『채식주의자』와 『내 여자의 열매』가 중점적으로 논의될 것이다.

한강(韓江, 1970~)은 광주광역시에서 태어났다. 아버지 한승원과 오빠 한동림은 소설가이고 문학평론가인 홍용희와 결혼하여 대표적인 문인가족을 이루고 있다. 유년시절 소설가인 아버지의 영향으로 집에는 항상 책이 많아 다양한 책을 읽게 되었으며 해가 지는지 모를 정도로 책에 빠져 지냈다. 1993년 연세대학교 국문학과를 졸업하고 1994년 『서울신문』에 『붉은 닻』으로 등단하게 된다. 등단한 이후 『여

02· 신수정, 「한강 소설에 나타나는 '채식'의 의미-『채식주의자』를 중심으로」, 190
03· 신수정, 앞의 논문, 207

수의 사랑』(1995), 『검은 사슴』(1998), 『내 여자의 열매』(2000), 『채식
주의자』(2007), 『소년이 온다』(2014), 『눈 한송이가 녹는 동안』(2015)
등 꾸준히 작품을 발표해오고 있다. 그녀는 1995년 『한국일보』가 뽑
은 우수 소설가로 선정된 바 있으며 1999년 『아기부처』(1999)로 제
25회 한국소설 문학상을 수상하고 2000년에는 문화체육관광부에
서 오늘의 젊은 예술가상을 수상하였다. 당대의 작가들과 달리 진중
한 문장과 웅숭깊은 세계인식을 지니고 있는 작가로서 2005년 「몽고
반점」이란 작품으로 제 29회 이상문학상 대상을 수상하고 2010년 제
13회 동리문학상을 수상하는 등 현재 대한민국에서 가장 인정받는
여성 소설가 중 한 명이다. 2015년도에는 『눈 한송이가 녹는 동안』으
로 제 15회 황순원 문학상을 수상하였다. 현재 서울예술대학교 문예
창작학과 교수로 재직 중이다.

그녀는 인간과 삶에 대한 근원적 질문을 던지며 현 인류가 직면해
있는 문제들을 냉철하게 비판하는 작품을 써오고 있다. 1980년 5월,
열 살 남짓이던 어린 아이였던 그녀가 광주에 있었던 것이 인간에
대한 질문에 탐닉하게 된 계기가 되었다. 민주화 열기가 날로 치솟
아 오르던 5월 18일 민주화 운동 시기에 그녀는 신군부가 정권 장악
을 시도하려는 것을 간접적으로 경험하게 된다. 그 당시 그곳에서 광
주 민주화 운동을 간집직으로 체험하면서 그녀가 느낀 것은 신군부
에 대한 분노라든지 증오 같은 것이 아니었다. 인간이 어떻게 인간에
게 이런 일을 저지를 수 있는가? 인간은 이토록 잔인한 존재인 것인
가? 그런데 그런 죽음을 무릅쓴다는 건 또 어떤 일인가? 라는 끊임없

는 의문이었다. 이러한 경험을 토대로 인간에 대한 질문과 삶에 대한 의문들이 늘어갔고 한강은 이런 죽음에 이르는 존재론적 상처 또는 주체의 파열과 같은 주제를 그녀만의 독특한 시선으로 그려낸다. 상처와 아픔이 있는 인물의 시선을 따라가다 보면 그것이 단순히 인간만의 문제에서 그치는 것이 아니라 동시물의 문제로까지 넓어지게 된다. 섣불리 화해하거나 치유하는 것을 잘하지 못한다는 작가의 말처럼 그녀의 작품 속에서 이런 상처는 쉽게 치유되지 않고 여전히 상처로 남는다. 문학평론가 허윤진은 "작가는 상처와 치유의 지식 체계를 오랜 시간 동안 기록해 온 신비로운 사관(史官)"이라고 평한 바 있다.

한강의 작품 『내 여자의 열매』와 『채식주의자』(2007)에서는 그녀가 꾸준히 문제시해온 삶의 의문과 문제들을 생태주의와 연결하여 탐구한다. 작품 안에서 영혜는 육식이 본질적으로 살육이라는 것을 인지하고 죄의식 때문에 육식을 거부한다. 인간 자신의 존엄성을 해치는 육식공동체가 되어버린 사회에서 벗어나려고 한다. 작가는 고기를 권하는 사회 속에서 소외당하는 채식주의자의 불행한 삶을 통해 육식이 수반하는 필연적인 야만성과 잔혹성을 알면서도 포기하지 않는 인류에게 강한 도전장을 던지고 있다. 『채식주의자』는 데보라 스미스(Deborah Smith)가 번역하여 『The Vegetarian』이란 제목으로 영국에서도 출간되었다. "초현실주의에 뿌리를 둔 폭력적이고 관능적인 소설"이라는 긴 제목의 기사로 뉴욕 타임즈에 실리며 호평을 받고 있다. 또한, "난폭한 내용을 다루는 감성적 문체에 숨이 막혔다"고 말하고

"독자가 단 한 줄도 힐끗 훑고 지나가게끔 두지 않는다"며 찬사를 보내고 있다. 이런 호평에 힘입어 2016년 맨부커 인터내셔널 상을 수상하였다.

『채식주의자』는 엄밀한 의미에서 보면 채식주의자에 관한 글이 아니다. 한강의 관심은 그가 평생 천착한 주제인 인간의 폭력성, 특히 "인간이 결백한 게 가능한가?"라는 문제이다. 이는 그가 인터뷰에서 "『채식주의자』의 주제가 채식인 것은 아니고요. 인간이 결백한 게 가능한가? 하는 물음이 그 소설의 시작이었어요"[04]라는 말에 잘 나타나 있다. 여기서 중요한 것은 그가 인간의 결백성의 문제를 다루면서 세상에 만연한 여러 폭력 중 섭생의 문제를 선택한 까닭이다. 여기에는 크게 두 가지 이유가 있다는 생각이 드는데, 첫째는 음식과 섭생은 인간이 생명을 유지하기 위한 불가피한 삶의 조건인 동시에 자신의 주변, 그리고 세계와 맺는 가장 근원적인 관계이기 때문이다. 우리가 먹는 모든 음식은 다른 존재의 몸이라는 점에서 섭생은 살생이라는 가장 심각한 폭력 없이는 불가능하다. 둘째는 무엇을 먹어야 하고 먹지 말아야 하는지의 문제는 한 개인이 처한 사회의 문화적 가치

04· 한강, 「자신보다 소설이 더 중요하다고 말하는 작가_소설가 한강을 만나다」

와 규범에 의해 정의되고 규정된다는 점에서 그런 가치에 반하는 개인에 가해지는 폭력의 구조가 가장 잘 드러나기 때문이다.

『채식주의자』는 작가의 따르면 1998년부터 약 3년간에 걸쳐 작가 스스로가 실행한 채식주의자로서의 삶의 경험에 기초하고 있다. 이 소설은 표제작인 「채식주의자」, 「몽고반점」, 「니무불꽃」이리는 3편의 단편으로 구성되어 있는데 이 단편들은 각각 독립적인 작품인 동시에 서로 긴밀하게 연결되어 있다. 「채식주의자」의 화자는 영혜 남편이고, 「몽고반점」은 영혜의 형부, 「나무불꽃」은 영혜 언니의 관점에 의해 서술된다. 영혜의 육식거부로 촉발된 사건과 거기에서 유발된 문제를 다루고 있는 이 단편들은 영혜 자신의 서술은 철저히 배제된 채 주변 인물들에 의해 그려진다. 영혜는 끝까지 아무 말도 하지 않는다. 목소리를 남기지 않은 채 철저히 타자가 되는 것이다. 한강이 이런 독특한 서술 구조를 택한 것은 다분히 전략적인 것으로 추정된다. 이는 무엇보다도 채식주의자로 살기로 했다는 이유로 인해 미친 여자로 간주되고 정신병원에 감금된 영혜의 진술이 지닌 치명적인 결함, 즉 아무도 그녀의 이야기를 신뢰하지 않을 것이기 때문이다. 나아가 이는 남성중심 사회에서 침묵을 강요당하고 말없는 존재로 살아가야 하는 여성의 위치를 강조하기 위한 것으로도 생각된다.

「채식주의자」 초반을 지배하는 것은 평범과 상식이 통용되는 평온한 세계이다. 이런 평범함에 대한 강조는 주인공 영혜의 육식거부로 빚어질 광란의 사태가 얼마나 심각한 것인가를 드러내기 위한 장치이다. 영혜의 남편이 그녀를 아내로 맞은 것도 그는 "과분한 것을 좋아하지 않는" 사람이고 따라서 "세상에서 가장 평범한 여자로 보이는 그녀와 결혼한 것은 나에게 자연스러운 선택이었다"[05]라는 말에서 보듯 그녀가 전혀 "특별한 사람"[06]이 아니었기 때문이다. 소설은 이런 지극히 평범한 여자가 채식을 하게 되자 세상에서 가장 평범하지 않은 사람으로 취급된다는 점을 사실적으로 그려낸다. 따라서 여기서 문제가 되는 것은 도대체 고기를 먹지 않겠다는 한 인간, 나아가 한 여성의 행위가 무엇이기에 모든 사람의 분노와 공분을 사고 결국 그 여성을 파멸로 이끄는가 하는 점이다.

이 지극히 평범한 여인에게 있어 가장 평범하지 않은 점은 그녀가 브래지어 착용을 싫어한다는 사실이다. 그녀는 "답답해서, 브래지어가 가슴을 조여서 견딜 수 없다"[07]라고 변명하지만 이는 그녀가 사회의 통상적인 규범과 상식에서 벗어날 수 있는 성격의 소유자임을 보여주는 단초이다. 이 소설에서 영혜의 브래지어 착용 거부와 고기 섭취 거부는 불가분의 긴밀한 연관을 맺고 있다. 이 둘 모두를 관통하는 이유는 "답답해서"라는 영혜의 말에 그대로 잘 드러나 있다. 가슴을 가리는 브래지어가 여성의 몸에 대한 가부장적이고 남성중심적인 사회의 통제와 억압의 상징이라면 고기는 이런 남성들이 지닌 권력과 힘의 상징이다. 브래지어가 아이를 양육하고 키우는 생명의 원천인 가슴을 성적 욕망의 대상으로 페티시화하고 그것을 타인의 시

05· 한강, 『채식주의자』, 10
06· 한강, 앞의 책, 9
07· 한강, 앞의 책, 12

선으로부터 가려야 할 어떤 것으로 만들어 통제하려는 메커니즘이라면, 육식은 가부장적인 가치의 상징인 고기라는 음식을 통해 인간의 가장 기본적인 삶의 조건인 섭생으로 여성의 몸을 통제하려는 장치이다. 브래지어가 여성의 몸 외부를 억압하는 것이라면 육식은 여성 몸 내부를 통제하는 수단인 셈이다. 공적인 자리에서 가슴을 드러내는 행위는 개인적인 기호 선택의 측면이 강한 육식거부보다 훨씬 더 심각한 "도발"인 것이고 그래서 사회로부터 격리되고 정신병원에서 파멸에 이르게 되는 것이다.

남편 회사 사장이 주최한 회식은 이 두 가지 거부가 동시에 일어난 경우로 영혜의 이런 행위에 대한 일반 사회의 반응이 적나라하게 드러난다.

아내는 약간 달라붙는 검은 블라우스를 입고 있었는데, 두 개의 젖꼭지가 분명하게 윤곽을 드러내고 있었다. 의심할 바 없이, 그녀는 브래지어를 하지 않았다. 사람들의 눈을 살피려고 고개를 돌렸을 때 나는 전무 부인과 눈이 마주쳤다. 태연을 가장한 그녀의 눈이 호기심과 아연함, 약간의 주저가 어린 경멸을 드러내고 있는 것을 나는 알아보았다.[08]

...

"저는 안 먹을게요."

아주 작은 목소리였으나 좌중의 움직임이 멈췄다. 의아한 시선들을

08· 한강, 『채식주의자』, 29

한 몸에 받은 그녀는, 이번에는 좀더 큰 소리로 말했다.

"저는, 고기를 안 먹어요."[09]

...

"배고프지 않으세요? 거의 드시지 않았잖아요?"

사장 부인이 화사한 사교적 톤으로 아내를 염려했다. 아내는 웃지도, 얼굴을 붉히지도, 머뭇거리지도 않은 채 대답 없이 그 여자의 우아한 얼굴을 마주보았다. 그 응시가 좌중의 기분을 끔찍하게 만들고 있었다.[10]

브래지어를 하지 않은 영혜에 대한 사람들의 반응은 전무 부인이 보인 "호기심과 아연함, 그리고 약간의 주저가 어린 경멸"에 집약적으로 표현되어 있다. 특히 여기서 주목할 것은 "아연함"과 "경멸"이라는 단어이다. 이는 영혜의 행위가 다른 사람을 아연케 만들 정도로 충격적이라는 말이고 따라서 그녀의 행위는 여성의 품위를 떨어뜨리며 경멸받아 마땅하다는 것이다.

고기를 먹지 않는 영혜에 대한 참석자들의 반응에서 가장 두드러지는 것은 우리 사회에서 육식 여부가 정상과 비정상을 가르는 척도라는 사실이다. 처음에 그들은 영혜의 배고픔을 염려하며 걱정 어린 시선을 보낸다. 그러나 이런 시선은 영혜가 자신의 의지를 굽히지 않고 남편의 출세가 달려있는 그 중요한 지리에서도 결연히 "지는 안 먹을

09· 한강, 앞의 책, 30
10· 한강, 앞의 책, 33

게요" 그리고 "저는 고기를 안 먹어요"라고 선언하는 순간 급변하고 만다. 이런 태도 변화의 원인은 그녀의 고기 섭취 거부가 무엇보다도 그들을 불편하게 만들기 때문인데 이는 "저는 아직 진짜 채식주의자와 함께 밥을 먹어본 적이 없어요. 내가 고기를 먹는 모습을 징그럽게 생각할지도 모를 사람과 밥을 먹는다면 얼마나 끔찍할까. 정신적인 이유로 채식을 한다는 건, 어찌됐든 육식을 혐오한다는 거 아녜요? 안 그래요?"[11]라는 말에 잘 드러나 있다. 나아가 이 구절은 육식을 하는 사람들도 육식이 용인되는 공동체의 시선을 벗어나 국외자의 시선으로 보면 자신들이 "고기를 먹는 모습이 징그럽게" 보일 수 있다는 의식을 지니고 있음을 잘 보여준다. 그들이 영혜를 "의아한 시선"으로 바라보며 "끔찍한 기분"을 느끼는 것은 바로 영혜가 거기에 모인 좌중들로 하여금 스스로를 들여다보게 하는 거울이기 때문이다.

채식 혹은 채식주의자들에 대한 사람들의 불편함은 육식은 인간의 본능이요 채식은 그런 본능을 거슬리는 행위라는 생각에서 나온 것이다. 이는 "얼마 전에 오십만 년 전 인간의 미라가 발견됐죠? 거기에도 수렵의 흔적이 있었다는 것 아닙니까. 육식은 본능이에요. 채식이란 본능을 거스르는 거죠. 자연스럽지가 않아요"[12]라는 말에 적나라하게 드러나 있다. 우리의 식문화에 육식이 얼마나 깊이 침윤되어

11· 한강, 『채식주의자』, 32
12· 한강, 앞의 책, 31

있는지는 영혜가 고기 섭취를 거부하고 나서 냉장고에서 꺼낸 온갖 육류의 목록이 잘 보여준다.

> 샤브샤브용 쇠고기와 돼지고기 삼겹살, 커다란 우족 두 짝, 위생팩에 담긴 오징어들, 시골의 장모가 얼마 전에 보낸 잘 손질된 장어, 노란 노끈에 엮인 굴비들, 포장을 뜯지 않은 냉동만두와 내용물을 알 수 없는 수많은 꾸러미들. 부스럭거리는 소리를 내며 아내는 커다란 쓰레기봉투에 그것들을 하나씩 주워 담는 중이었다.[13]

거의 냉장고 전부를 들어내는 것 같은 이 많은 고기들은 이것들을 다 빼고 나면 도대체 무엇을 먹고 살 수 있을지 의아하게 만들 지경이다. 여기서 한 가지 주목할 점은 영혜가 생각하는 고기는 소와 돼지, 닭과 같은 육고기뿐만 아니라 물고기까지도 아우른다는 점이다. 이 엄청난 고기 목록은 실제 우리의 식생활 대부분을 차지하는 것은 육식이고, 육식은 다른 생명의 죽임 없이는 불가능하다는 점에서 기본적으로 우리의 식사가 다른 생명체의 희생에 의존하고 있는 폭력의 구조라는 것을 여실히 드러내는 것이라고 하겠다.

영혜의 평범함에 대한 한강의 강조는 역설적으로 우리 사회에서 육식이 얼마나 평범한 일상사로 받아들여지는지를 반승하고 있다. 꿈이라는 형식을 통해 자신의 트라우마가 드러나기 전까지 영혜도 이

---

[13] 한강, 앞의 책, 16

육식공동체의 일원으로서 당연하게 육식을 즐기고 남편을 위해 고기 요리를 하고 심지어 정육점용 네모난 칼을 들고 닭을 잡는 행위도[14] 서슴지 않았다. 한강은 이를 통해 영혜가 이 사회의 규범인 육식문화에 순응하기 위해서는 자신 또한 그 억압과 압제의 메커니즘을 받아들여야 했음을 얘기한다. 우미영이 「주체화의 역설과 우울증적 주체」에서 밝히고 있는 것처럼 가부장적 육식문화에서 "여성의 경험 자체가 이미 가부장적 상징질서에 의해 오염된 것이라면, 그런 경험에 의해서 만들어진 여성상이 투명할 수는 없"[15]는 것이다. 따라서 영혜가 본인 스스로 육식을 즐기고 남편을 위해 고기 요리를 한 것은 영혜의 복종이 주디스 버틀러(Judith Butler)가 주장하는 복종(subjection), 즉 복종이 주체화의 과정인 동시에 종속의 과정[16]임을 잘 보여준다.

주체적이고 자율적이지 않은 이런 여성으로서의 주체(성)는 기실 자신의 진정한 정체성에 반하는 것이기에 여러 가지 억압과 통제를 통해서만 지킬 수 있는 것이다. 문제는 그 억압과 통제가 너무나 강해 평상시에는 전혀 그런 것들을 인지하지 못한다는 사실이다. 그 평정한 삶의 균열이 영혜가 꾼 꿈에 의해 촉발되었다는 사실은 여러 의미에서 사뭇 의미심장하다. 꿈은 근본적으로 무의식의 언어이고 그렇기 때문에 의식의 그물코인 언어가 개념으로 형상화해내지 못한 한 개인의 의식의 바닥을 길어 올린다. 남편을 위해 고기 요리를 서

14· 한강, 『채식주의자』, 25

15· 우미영, 「주체화의 역설과 우울증적 주체」, 454

16· 버틀러, 『The Psychic Life of Power: Theories in Subjection』, 445

두르다 영혜는 칼에 손을 베게 되고 식칼의 이가 나가게 된다. 베인 손가락에서 피가 흐르고 떨어져나간 식칼 조각은 남편의 입에 넣은 불고기에서 발견되어 한바탕 소동이 일어난다. 그러나 여기에서 주목해야 할 것은 이런 소동에서 영혜가 보이는 반응이다. "그냥 삼켰으면 어떨 뻔했어? 죽을 뻔했잖아!"라며 "일그러진 얼굴로 날뛰는 당신 '남편'"을 영혜는 마냥 우두커니 바라본다. 육식을 하기 위해 고기를 칼로 썰고 그 와중에 피가 나고 (이 경우에 고기의 피가 아닌 영혜 자신의 피) 고기를 삼키는 실제 섭생의 모든 행위가 여기에 압축적으로 나타나 있다. "손가락을 입에 넣자 마음이 편안해졌어. 선홍빛의 색깔과 함께. 이상하게도 그 들큼한 맛이 나를 진정시키는 것 같았어"[17]라는 그녀의 말에서 보듯 영혜가 보이는 반응은 완전히 예상을 뛰어넘는다. 이어지는 다음 구절은 이런 영혜의 반응을 이해할 수 있는 실마리를 제공한다.

> 왜 나는 그때 놀라지 않았을까. 오히려 더욱 침착해졌어. 마치 서늘한 손이 내 이마를 짚어준 것 같았어. 문득 썰물처럼, 나를 둘러싼 모든 것이 미끄러지듯 밀려나갔어. 식탁이, 당신이, 부엌의 모든 가구들이, 나와, 내가 앉은 의자만 무한한 공간 속에 남은 것 같았어.[18]

17· 한강, 앞의 책, 26
18· 한강, 앞의 책, 27

이 순간은 지금까지 자신을 "둘러싸고" 있었던 육식문화와 그 가치들이 "썰물처럼" 빠져나가 처음으로 그녀 자신의 본 모습을 대면한 시간이다. 영혜가 마침내 만연한 육식문화라는 프레임에서 빠져나와 외부자의 눈으로 육식을 바라보게 된 것이다.

「채식주의자」에서 영혜는 모두 6번의 꿈을 꾸는데 모두 이탤릭체로 표시되어 있다. 그녀가 고기를 먹지 않기로 결심한 이유는 그녀의 남편은 전혀 이해할 수 없는 꿈 때문인데 이 연속적인 꿈은 모두 육식과 밀접한 관련을 맺고 있다. 앞서 인용한 꿈은 순서상으로는 두 번째이지만 실제로는 가장 먼저 일어난 사건을 그리고 있고 꿈 전체를 이해할 수 있는 단초를 담고 있는데 그것이 바로 꿈 마지막에 나오는 *"다음날 새벽이었어. 헛간 속의 피웅덩이, 거기 비친 얼굴을 처음 본 건"*이라는 구절이다. 여기서 헛간은 이 작품에서 도살장과 정육점 등으로 의미가 변주되고 피웅덩이는 물론 생명, 죽음, 도살의 이미지와 연관된다. 따라서 "헛간 속의 피웅덩이"는 도살의 현장이자 육식문화의 은유임이 분명하다. 영혜는 마침내 처음으로 바로 이 육식문화의 거울을 통해 자신을 들여다볼 수 있게 된 것인데 거기에 비친 얼굴은 작품 속에서 밝혀지는 것처럼 바로 자신의 얼굴이다. 이 소설에서 영혜는 육식문화의 대표적인 피해자이지만 동시에 엄밀한 의미에서 그녀 또한 육식문화의 가해자이고 공모자이기도 하다. 바로 이 점을 한강은 집요하게 천착하고 있고 이를 올바로 인식해야만 육식과 채식, 나아가 인간의 섭생에 관한 그녀의 비전을 제대로 파악할 수 있다.

영혜가 육식을 거부하게 된 것은 첫 번째 꿈을 꾸고 난 이후인데 이 꿈에서 영혜는 그간 육식을 즐겨 온 자신의 얼굴을 정면으로 마주하게 된다. 이 얼굴이 낯선 동시에 익숙하다는 그녀의 상반된 진술은 육식을 해 온 자신의 모습을 그녀 스스로가 받아들일 수 없음을 잘 보여준다.

얼어붙은 계곡을 하나 건너서, 헛간 같은 밝은 건물을 발견했어. 거적때기를 걷고 들어간 순간 봤어. 수백 개의, 커다랗고 시뻘건 고깃덩어리들이 기다란 막대들에 매달려 있는 걸. 어떤 덩어리에선 아직 마르지 않은 붉은 피가 떨어져 내리고 있었어. 끝없이 고깃덩어리를 헤치고 나아갔지만 반대쪽 출구는 나타나지 않았어. 입고 있던 흰옷이 온통 피에 젖었어.

...

내 입에 피가 묻어 있었어. 그 헛간에서, 나는 떨어진 고깃덩어리를 주워 먹었거든. 내 잇몸과 입천장에 물컹한 날고기를 문질러 붉은 피를 발랐거든. 헛간 바닥, 피웅덩이에 비친 내 눈이 번쩍였어.

그렇게 생생할 수 없어. 이빨에 씹히던 날고기의 감촉이. 내 얼굴이, 눈빛이, 처음 보는 얼굴 같은데, 분명 내 얼굴이었어. 아니야, 거꾸로, 수없이 봤던 얼굴 같은데, 내 얼굴이 아니었어. 설명할 수 없어. 익숙하면서도 낯선... 그 생생하고 이상한, 끔찍하게 이상한 느낌을.[19]

19· 한강, 『채식주의자』, 18~19

이 꿈은 붉은 피가 떨어지는 도살장에서 시작해 얼굴에 대한 혼란으로 끝난다. 여기서 도살장은 육식문화를 즐기는 세상에 대한 은유이고, 그렇기 때문에 이 안에 갇힌 영혜가 반대편 출구를 찾지 못하는 것은 이 육식문화에서 빠져 나오기가 얼마나 지난한가를 잘 보여준다. 옷과 손, 입 등에 붉은 피를 묻힌 채 두려워하는 "나"는 육식문화에 빠진 자신의 초상화이기에 "끔찍하게 이상한 느낌"으로 다가올 수밖에 없는 것이다.

지금까지 『채식주의자』에 대한 연구는 영혜가 육식문화의 피해자라는 관점에서 주로 논의되어 왔고 이러 관점에서 영혜의 육식거부가 주로 어린 시절 어른들의 강요에 의해 자기를 물은 개고기를 먹게 된 경험에서 비롯된 혐오감 혹은 트라우마에서 기인한 것이라는 것이 일반적인 주장이다. 그러나 이 이 작품에 깊이 스며든 영혜의 깊은 죄의식과 극단적인 행동은 무엇보다도 영혜가 자기 스스로도 육식이라는 폭력의 가해자라는 깨달음과 자책에 의한 것이라는 점을 고려해야 온전히 설명될 수 있다. 아홉 살인 어린 영혜를 흰둥이가 문 사건에 아버지가 보이는 반응은 단순히 징계 혹은 복수를 넘어 더할 나위 없는 잔인함을 보인다. 고기를 더 부드럽게 하기 위해 두들겨 패서 죽이지 않고 오토바이에 매달아 동네를 일곱 바퀴 돌게 해서 죽이는 것은 도를 넘은 것이고 "네가 고기를 안 먹으면, 세상사람들이 널 죄다 잡아먹는 거다"[20]라는 영혜 엄마의 말에서 잘 드러나는 것처럼

20· 한강, 『채식주의자』, 60

먹고 먹히는 정글의 법칙을 그대로 보여준다. 그런데 여기서 간과하지 말아야 할 것은 이 모든 과정에 영혜가 보이는 반응이다. 영혜는 꼼짝하지 않고 문간에 서서 "점점 지쳐가는, 헐떡이며 눈을 희번덕이는 흰둥이를" 지켜본다. "번쩍이는 녀석의 눈과 마주칠 때마다 난 더욱 눈을 부릅떠, 나쁜 놈의 개, 나를 물어?"[21]라는 영혜의 말은 죽을 고통을 당하는 개에 대한 최소한의 연민도 없이 무자비한 복수의 정념을 드러낸다. 잔인한 극에 가까운 이 한 바탕 소동은 결국 죽인 개의 고기로 만든 탕으로 벌인 동네잔치에서 절정에 이른다.

> 그날 저녁 우리 집에선 잔치가 벌어졌어. 시장 골목의 알 만한 아저씨들이 다 모였어. 개에 물린 상처가 나으려면 먹어야 한다는 말에 나도 한입을 떠 넣었지. 아니, 사실은 밥을 말아 한 그릇을 다 먹었어. 들깨냄새가 다 덮지 못한 누린내가 코를 찔렀어. 국밥 위로 어른거리던 눈, 녀석이 달리며, 거품 섞인 피를 토하며 나를 보던 두 눈을 기억해. 아무렇지도 않더군. 정말 아무렇지도 않았어.[22]

바로 얼마 전까지 자신들이 키우던 개로 차린 이 육식의 향연에 영혜도 동참하게 되는 것이다. 처음에는 "개에 물린 상처가 나으려면 먹어야 한다는 말에 나도 한입을 떠 넣었지"라는 말에서 보듯 어른들의

21· 한강, 앞의 책, 52
22· 한강, 앞의 책, 53

권유에 머뭇거리며 한 입을 떠 넣었을지 모르지만 이어지는 "아니, 사실은 밥을 말아 한 그릇을 다 먹었어"라는 고백에서 보듯 영혜 스스로도 적극적으로 참여한 것이다. 따라서 육식에 대한 영혜의 죄의식은 바로 이 유년시절의 경험에서 비롯된 것이고 "아무렇지도 않다"고 되뇌는 그녀의 말은 오히려 "아무렇지도 않다"는 말의 진정성을 부정하고 영혜의 의식에 깊은 외상의 흔적, 원형적인 트라우마로 각인되는 것이다.

육식 사회의 가장 큰 특징 중 하나는 그 구성원 전체에게 예외를 인정하지 않는 무차별적인 강요이다. 육식은 인간의 본능이며 건강을 유지하기 위해서는 반드시 필요하다는 논리를 바탕으로 구성원 모두에게 이를 강제하고 여기서 벗어나려는 자들은 철저히 국외자로 취급한다. 이는 무엇보다도 육식이 단순히 다른 존재의 살인 고기를 먹는 섭생의 의미를 넘어 깊은 사회문화적 의미를 지니고 있기 때문이다. 제레미 리프킨이 『육식의 종말』에서 주장하고 있는 것처럼 육식은 남성의 힘과 권력의 상징이다. 고기를 획득하고 통제하며 그 고기를 섭취함으로 남성들은 "그 짐승의 맹렬한 힘, 당당한 체력, 남성다움과 일체를 이루어 영생을 얻고자 했다."[23] 이렇게 획득한 힘을 바탕으로 남성들은 고기의 시혜자로서 여성들을 통제하고 지배해 온 것이다. 이런 의미에서 "고대의 육식 신화 및 육식 관습은 남성 지배를 존속시키고 성별과 계급 조직을 구축하는 데 이용되었다"[24]는 리프킨

23· 리프킨, 『육식의 종말』, 16
24· 리프킨, 앞의 책, 12

의 주장은 상당한 설득력을 지닌다. 고기를 거부하는 것은 바로 이런 가부장적 가치에 대한 반란이며 거절인 셈이다. 육식 자체가 지닌 구조적인 폭력에 다시 여성에 대한 차별적이고 위계적인 폭력이 더해져 이중으로 여성을 억압하는 것이다.

  영혜 언니의 집에서 일어난 아버지의 폭력은 고기의 섭취가 곧 가부장적인 가치의 수용이며 이의 거부는 남성의 권위에 대한 거부라는 점을 분명하게 보여준다. 언니의 집들이를 축하하러 온 가족이 모인 단란한 회식자리에서 고기를 먹지 않겠다는 영혜를 온 가족은 회유와 설득, 협박, 호통 등의 모든 수단을 동원하여 고기를 먹어야 한다고, 먹어야 살 수 있다고 고기를 강권한다. 부정과 모정, 자매간의 형제애까지 총동원되어 영혜에게 고기를 먹이려들고, 이를 완강하게 거부하는 영혜의 모습은 애처롭다 못해 거의 처연하기까지 하다. "아버지, 저는 고기를 안 먹어요"[25]라는 영혜의 말은 가부장적 모든 권위와 그 첨병인 "고기"를 거부한다는 말이고 이런 점에서 자존적인 한 인간으로서의 그녀의 독립 선언문이라 할 수 있다. 그러나 "순간 장인의 억센 손바닥이 허공을 갈랐다"[26]는 구절에서 보듯 이 말은 가부장적이고 남성중심주의자의 전형인 아버지로서는 전혀 감당할 수 없는 도전이다. "뺨에서 피가 비칠 만큼" 세게 딸을 때리고서도 성이 차지 않은 아버지는 집안의 온 남자식구들로 하여금 영혜를 붙들게 하

25· 한강, 『채식주의자』, 49
26· 한강, 앞의 책, 49

고 그녀의 입을 벌려 탕수육을 강제로 밀어 넣는다.

> 입을 굳게 다문 채 아내는 신음소리를 냈다. … "으음…… 음!" 고통
> 스럽게 몸부림치는 아내의 입술에 장인은 탕수육을 짓이겼다. 억센 손
> 가락으로 두 입술을 열었으나, 악물린 이빨을 어쩌지 못했다. … 아내
> 의 입이 벌어진 순간 장인은 탕수육을 쑤셔 넣었다. 처남이 그 서슬에
> 팔의 힘을 빼자, 으르렁거리며 아내가 탕수육을 뱉어냈다. 짐승같은 비
> 명이 그녀의 입에서 터졌다. … 이를 악문 채, 자신을 지켜보고 있던 사
> 람들의 눈을 하나씩 응시하다가, 아내는 칼을 치켜들었다. "말려……"
> "피해!" 아내의 손목에서 분수처럼 피가 솟구쳤다. 흰 접시 위로 붉은
> 피가 비처럼 쏟아졌다.[27]

이 무차별적인 아버지의 폭력에 영혜가 할 수 있는 유일한 저항은
신음과 자해뿐이다. 육식 여부를 놓고서 아버지와 딸이라는 천륜도
인간으로서 지녀야 할 최소한의 배려도 물거품처럼 사라져버린다.
형부의 시선으로 기술된 「몽고반점」에서 "장인이 반항하는 처제의 뺨
을 때리고, 우격다짐으로 입 안에 고깃덩어리를 밀어 넣은 것은 아무
리 돌아봐도 부조리극의 한 장면처럼 믿기지 않는 것이었다"[28]는 형
부의 증언이 이 사건의 참혹함을 단적으로 요약한다.

27· 한강, 『채식주의자』, 50~51
28· 한강, 앞의 책, 81

문제의 핵심은 도대체 고기를 먹는 것이 무엇이고 고기를 먹지 않겠다는 것이 무슨 의미이기에 그 앞에서 가족 구성원 사이에 이런 처절한 사건이 발생하느냐 하는 점이다. 고기 앞에서 아버지와 영혜는 더 이상 부모와 자식, 혹은 한 인간과 또 다른 인간이기를 그치고 약육강식의 전쟁터에 몰린 짐승이 되고 만다. 형부의 말을 다시 빌면 "모든 사람이 – 강제로 고기를 먹이는 부모, 그것을 방관한 남편이나 형제자매까지도– 철저히 타인, 혹은 적이었을 것이다".[29] 영혜의 언어는 인간의 말이 아니라 "짐승 같은 비명"으로 대체되고, 그녀의 입에서는 으르렁거리는 신음소리가 새어 나온다. 가족을 응시하는 그녀의 눈은 "흡사 궁지에 몰린 짐승"의 눈처럼 "불안정하게 희번덕"인다.[30] 영혜의 이 눈은 오토바이에 매달린 채 죽어가던 흰둥이의 눈과 섬뜩하게 겹친다. 영혜의 입에 억지로 고기를 넣으려는 아버지의 행위는 루스 오제키의 『나의 고기의 해』에 적나라하게 묘사된 바와 같이 공장식 가축농장에서 동물들에게 온갖 원치 않는 사료와 살충제, 호르몬을 투입하는 장면과 유사하다. 인간중심문화에서 동물이 당하는 고통과 가부장적이고 남성주의적인 사회에서 여성이 당하는 고통은 서로 긴밀히 연관되어 있다. 영혜가 죽을힘을 다해, 아니 자해를 해가면서 끝까지 거부하는 것이 바로 이런 차별적 사유에 기초한 폭력이다. 영혜의 저항은 이런 면에서 다른 생명체의 목숨을 죽어 그

29· 한강, 앞의 책, 82
30· 한강, 앞의 책, 81

살을 먹는 육식문화와 남성과 여성을 차별화하고 가부장적인 가치를 규범화해 여성을 억압하는 남성중심문화를 동시에 겨냥하고 있는 것이다. 바로 이 점을 고려할 때에만 고기를 먹지 않겠다는 영혜의 행동에 대해 터무니없을 정도로 사람들이 과민한 반응을 보이는 이유를 이해할 수 있다.

『채식주의자』에서 고기는 단순한 고기가 아니다. 고기는 어떤 존재의 몸이라는 인식 아래 이 소설에서 동물과 여성은 당혹스러울 정도로 동일시된다. 육식이 지니는 성 정치적 함의를 탐구한 캐럴 아담스(Carol Adams)는 『프랑켄슈타인은 고기를 먹지 않았다』에서 "가부장제는 인간(동물) 관계 속에 내재되어 있는 성별체계이고"[31] "고기는 가부장제의 상징"[32]이라고 주장한다. 페미니즘 입장에서 채식과 육식의 문제를 논하는 아담스는 나아가 "여성과 동물간의 연관성"과 "상호 중첩되어 있는 억압"[33]에 주목한다. 이런 사고체계에서 "'고기'는 여성억압을 표현하는 용어가 되고, 여성은 '고기 덩어리'"[34]로 비하되며 동물의 몸과 여성의 몸은 착취와 소비의 대상이 되고 만다. 이런 점에서 최훈의 지적처럼 "포르노그래피나 성매매가 여성의 몸을 대상화하고 상품화하는 것처럼 육식은 동물을 대상화하고 상품화하는

31· 아담스, 『프랑켄슈타인은 고기를 먹지 않았다』, 20
32· 아담스, 앞의 책, 74
33· 아담스, 앞의 책, 25, 80
34· 아담스, 앞의 책, 95

것이다."[35] 붉은 고기와 남성의 성욕과 밀접한 상관성은 "오랫동안 신화와 전통에서는 붉은 고기에서 흘러내리는 피를 '체력, 공격, 정열, 성욕'의 상징으로 여겼다. 이것들은 모두 쇠고기를 먹는 사람들이 탐하는 덕목"[36]이라는 리프킨의 말에 잘 나타나 있다. 따라서 고기를 먹지 않겠다는 것은 가부장제의 바탕인 남성성을 부인하는 것과 다름없다. 영혜의 아버지가 사위인 화자에게 "내가 면목이 없네"[37]라고 전례 없던 사과까지 하는 것도 바로 이 때문이다. "많은 남성들은 고기를 먹지 못하는 것을 여성에 대한 폭력의 구실로 삼고 있다. 그들은 고기를 먹지 못하는 것을 자신의 남성다움에 대한 부정으로 받아들이기 때문에 배우자에 대한 구타도 서슴지 않는다"[38]는 리프킨의 지적은 이런 폭력이 가부장제 남성의 보편적 특질임을 드러낸다. 어릴 적부터 영혜가 당한 아버지의 폭력은 "열여덟살까지 종아리를 맞"는 것을 거쳐 종내는 결혼 후 뺨을 "피가 비칠 만큼 세게 맞"[39]는 사건으로 이어지는데 이 모든 폭력의 이유는 영혜가 "온순하나 고지식해 아버지의 비위를 맞추지 못"[40]했기 때문이라는 언니의 말에 잘 나타나 있다. 결국 가부장적인 사회에서 여성의 선택은 "아버지의 비위", 아버지의 가치를 따를 것인가 아니면 폭력의 희생자가 될 것인가 양자

35· 최훈, 「여성주의와 채식주의」, 211
36· 리프킨, 『육식의 종말』, 285
37· 한강, 『채식주의자』, 38
38· 리프킨, 앞의 책, 292
39· 한강, 앞의 책, 49
40· 한강, 앞의 책, 191

택일로 귀결된다.

고기에 대한 거부는 곧바로 성에 대한 거부로 이어진다. 고기를 통해 얻은 정력과 남성성은 여성에 대한 성적인 욕망과 그 해소에 대한 갈망으로 이어질 수밖에 없는 것이다. 리언 래퍼포트는 『음식의 심리학』에서 음식과 섹스의 관계에 주목하며 이는 "암묵적으로든 노골적으로든 일생을 통해서 지속적으로 나타난다"고 하며 그렇기 때문에 "나는 그녀를 먹었다"라는 표현에서 보듯 "성적 쾌락과 음식을 통한 쾌락은 동일한 언어로 표현된다"[41]고 주장한다. 음식의 섭취를 통해 얻는 쾌락과 성적 쾌락이 서로 뗄 수 없는 깊은 연관성을 지니고 있다는 점은 영혜가 육식을 거부함과 동시에 남편과 잠자리를 거부하게 되는 데서 잘 나타난다.

> "……냄새가 나서 그래."
>
> "냄새?"
>
> "고기냄새. 당신 몸에서 고기냄새가 나."
>
> …
>
> "……땀구멍 하나하나에서"[42]

방금 샤워를 했는데 무슨 냄새가 나느냐고 어처구니없다는 듯이 항

41· 래퍼포트, 『음식의 심리학』, 67

42· 한강, 『채식주의자』, 24

변하는 남편에 대한 영혜의 답변은 이 냄새가 단지 고기의 냄새만이 아니라는 것을 일러준다. 근접해서야 인지 가능한 가장 본능적이고 친밀한 감각인 냄새는 성과 음식의 가장 중요한 요소로서 둘을 매개한다. 영혜에게 있어 이 냄새는 바로 육식의 냄새이자 가부장적인 아버지의 냄새이다. 이찬규·이은지의 지적대로 이 냄새는 바로 "남성이 타자에게, 그리고 다른 동물들에게 저지르는 폭력의 냄새다. 따라서 남편의 잠자리 요구를 거부하는 아내는 그런 폭력에 저항하는 주체적 의지를 보여주고 있"는 것이다.[43] 영혜의 잠자리 거부는 다시 배우자 강간이라는 폭력으로 이어진다. "격렬하게 몸부림치는 아내에게 낮은 욕설을 뱉어가며, 세 번에 한번은 삽입에 성공했다. 그럴 때 아내는 마치 자신이 끌려온 종군위안부라도 되는 듯 멍한 얼굴"[44]로 이 폭력을 견딘다. 고기를 억지로 입을 벌려 집어넣은 아버지처럼 남편은 강제로 영혜의 몸을 벌려 자신의 욕망을 배설하는 것이다. 가부장적인 가치를 유지하기 위한 여성에 대한 폭력의 사슬은 장인에서 사위로 이어진다. 이 폭력에 의해 영혜는 아내에서 종군위안부로 급격한 신분의 격하를 겪는다. 이 끔직한 경험은 다시 폭력의 희생자가 감내해야 하는 자기비하와 모멸감으로 이어진다. 이를 감내하는 영혜의 "멍한 얼굴"은 어릴 적 아버지의 폭력을 "어떤 저항도 하지 않았고 다

43· 이찬규·이은지, 「한강의 작품 속에 나타난 에코페미니즘 연구-『채식주의자』를 중심으로」, 53

44· 한강, 앞의 책, 40

만 그 모든 것을 뼛속까지 받아들"[45]인 어린 영혜 모습의 복사판이다.

영혜가 가족과 사회에서 온갖 폭력을 당하고 비정상적인 여자로 취급받아 결국 정신병원에 감금되는 것을 감내하면서도 끝까지 육식을 거부하는 것은 고기를 먹는 것은 결국 "고기"로 대변되는 자기 자신을 먹는 것이고 육식의 폭력성을 답습하는 것이라고 생각하기 때문이다. 육식의 메커니즘에 눈뜨게 된 영혜에게 있어 "고기"는 단순히 단백질 덩어리가 아니라 다른 존재의 살인 동시에 생명인 것이다. 영혜의 마지막 꿈은 이런 인식을 명확하게 보여준다.

> 손목은 괜찮아, 아무렇지도 않아, 아픈 건 가슴이야. 뭔가가 명치에 걸려 있어. 그게 뭔지 몰라. 언제나 그게 거기 멈춰 있어. 이젠 브래지어를 하지 않아도 덩어리가 느껴져. 길게 숨을 내쉬어도 가슴이 시원하지 않아.
>
> 어떤 고함이, 울부짖음이 겹겹이 뭉쳐져, 거기 박혀 있어. 고기 때문이야. 너무 많은 고기를 먹었어. 그 목숨들이 고스란히 그 자리에 걸려 있는 거야. 틀림없어. 피와 살은 모두 소화돼 몸 구석구석으로 흩어지고, 찌꺼기는 배설됐지만, 목숨들만은 끈질기게 명치에 달라붙어 있는 거야.[46]

이렇게 보면 육식은 한 존재가 다른 존재의 생명을 먹는 가장 잔인

---

45. 한강, 『채식주의자』, 191

46. 한강, 앞의 책, 60~61

한 폭력에 다름 아니다. 고기가 지니고 있는 모든 영양소와 세포 조직은 소화되고 배설되지만 그 고기를 자기 몸으로 지니고 있었던 존재들의 "목숨들"은 소화되지 않고 영혜의 몸속에 끝까지 달라붙어 있는 것이다. 리프킨 또한 "살코기를 먹는 것은 곧 그 영혼이 인간 존재 속에서 살아가는 것을 의미했다"[47]고 하여 이런 주장을 뒷받침한다. 영혜의 꿈에 나타나서 그녀로 하여금 고기를 안 먹도록 만든 얼굴들은 바로 살육된 목숨들의 얼굴인 것이다.

형부와 나눈 직접적인 대화가 들어있는 「몽고반점」에서 영혜의 육식거부 이유는 보다 명시적으로 드러난다. 영혜가 꿈속에서 본 얼굴들은 도살된 동물들의 얼굴인 동시에 자신의 얼굴, 그것도 자신의 뱃속 얼굴이다.

> "고기 때문이라고 생각했어요."
>
> 그녀는 말했다.
>
> "고기만 안 먹으면 그 얼굴들이 나타나지 않을 줄 알았어요. 그런데 아니었어요."
>
> ...
>
> "그러니까……이제 알겠어요. 그게 내 뱃속 얼굴이라는 걸. 뱃속에서부터 올라온 얼굴이라는 걸"[48]

47· 리프킨, 『육식의 종말』, 30
48· 한강, 앞의 책, 142~143

그 얼굴이 고기의 얼굴이 아니라 자신의 뱃속 얼굴이라는 이 자각은 영혜 자신이 육식문화의 가해자이자 피해자임을 고스란히 드러낸다. 이 얼굴은 고기를 먹는 자신의 뱃속에 내재된 얼굴이기 때문에 그 배와 내장을 다 비워내기 전까지는 벗어날 수 없는 얼굴이다. 이는 육식문화 사회에 태어난 이상 그 누구도 이런 폭력의 구조에서 자유로울 수 없다는 말로서 육식문화 전체에 대한 강력한 고발이라 할 수 있다. 영혜의 육식거부는 단순히 다른 생명을 먹는 인간의 섭생 조건, 그 본원적인 폭력에 대한 거부라고 할 수 있는데 이런 점에서 영혜는 인간의 폭력적 섭생이라는 카르마를 지고 가는 속죄양 같다.

영혜가 육식을 그치고 채식을 고집하는 것은 무엇보다도 이런 구조적인 폭력의 업보에서 벗어나기 위한 것이다. 이는 동물에 대한 폭력에 기초하고 있는 육식 습관을 포기하는 것으로서 자기 안에 내재화되어 있는 동물성을 제거하고 식물성을 자기 몸 안에 구현하는 행위로 구체화된다. 이 과정은 육식 중지—채식 이행 —거식—식물 되기의 순서로 진행된다. 동물성 제거는 우선 고기 섭취를 중지하여 자신의 몸에 각인된 육식의 흔적을 지우는 것이다. 이를 위해 영혜는 우선 냉장고의 모든 고기를 버리는 "제정신이 아니고 완전히 맛이 간 미친 여자"가 되고 만다. 이후 영혜의 음식은 남편이 경멸해 마지 않는 "상춧잎과 된장, 쇠고기도 조갯살도 넣지 않은 말간 미역국, 김치가 전부"[49]인 식단으로 바뀌고, 이런 영혜를 남편은 "자기중

---

49. 한강, 『채식주의자』, 20

심적"이고 "비이성적인" 여자로 낙인찍는다. 우찬제는 "기존의 육식 습관을 포기하고 채식주의자가 되어가는" 이 과정을 "채식주의 신체 (vegetarian body)"라는 개념을 도입해 설명한다. 그에 의하면 이 개념은 "여성 억압과 동물 억압에 대한 윤리적, 도덕적 주장을 환기하면서 현재 과학(의학) 연구가 밝혀주고 있는 채식의 이점들(예컨대 질병 예방)의 실체"[50]를 포괄한다. 이 과정은 다른 말로 하면 고기와 피로 물든 육식의 몸을 벗고 채식의 몸으로의 변모이다. 『채식주의자』의 권미에 실린 허윤진의 다음 해설은 이 점을 예리하게 지적하고 있다.

"자신을 포함한 인간의 야수성을 감지하기 시작하면서 그녀는 처벌의 한 형태로 '자기파괴'를 선택한다. 사람들은 농담처럼 '남의 살'이 맛있다고 한다. 하지만 그녀는 '남의 살'을 베어먹고 물어뜯는 식육의 행위가 지닌 파괴력에 전율한다. 그녀는 자신의 생존을 위해서 다른 생명체를 먹는 것에 대한 모종의 죄의식에 시달리고 있는 듯하다. 그녀는 자신의 세포 하나하나를 이루고 있을 '남의 살'을 몸피에서 덜어낸다."[51]

여기서 주목할 말은 "인간의 야수성", "식육의 행위가 지닌 파괴력", 그리고 "모종의 죄의식"이다. 육식의 거부는 그녀의 몸에서는 이 모든 폭력의 자취를 덜어내고, 그녀의 정신과 의식에서는 차별적

---

50. 우찬제, 「섭생의 정치경제와 생태윤리」, 66
51. 한강, 앞의 책, 232

억압과 착취의 문화를 제거하는 행위라고 할 수 있다.

『채식주의자』라는 제목과는 달리 기실 이 책에서 채식에 관한 서술
이나 채식 장면은 거의 등장하지 않는다. 영혜의 채식은 가족들도 인
정하는 바와 같이 다이어트나 건강을 유지하기 위한 일반적인 채식
과는 확연히 다르다. 그녀의 채식은 육식의 폭력성을 벗어나기 위해
그녀가 할 수 없이 선택한 섭생법이다. 여러 학자들이 주장하듯이 육
식은 계급적이고 채식은 평등주의에 가까우며[52], "농작물 경작에 토
대를 둔 경제와 여성 권력 간에 상관성이 있고, 가축이나 동물에 기
반을 둔 경제와 남성권력 간에 상관성이 있다."[53] 아담스 또한 "고기
가 남성을 위한 음식이고, 채소가 여성을 위한 음식이라고 가정하는
것은 중요한 정치적 결과들을 수반한다. 본질적으로 육식이 남성문
화와 개인주의문화의 척도이고, 우리 사회가 채식을 거세 또는 여성
성과 동일시하기 때문이다"[54]라고 주장한다. 이런 관점에서 영혜의
채식은 위계적 질서와 차별적 가치를 바탕으로 한 남성문화의 상징
인 육식에서 벗어나 상대적으로 평등하고 여성적인 섭생으로의 전환
이라고 할 수 있다. 영혜에게 채식은 동물에 대한 폭력에서 벗어나는
동시에 여성에 대한 남성의 폭력에서도 벗어나는 길인 셈이다. 그리
고 이 지점에서 채식주의와 페미니즘의 연관성은 자연스럽게 드러난

52· 리프킨, 『육식의 종말』, 287

53· 샌데이, 『*Female Power and Male Dominance: On the Origins of Sexual Inequality*』, 65~66

54· 아담스, 『프랑켄슈타인은 고기를 먹지 않았다』, 34

다. 신수정의 지적처럼 "인간 폭력과 동물 폭력의 관계, 아동 학대와 동물 학대의 관계, 여성 구타와 동물 학대의 관계"[55]에 대한 재고가 그 바탕에 자리하고 있는 것이다. 채식은 "자연과 여성, 동물 등 현대가 배제하고 억압해온 영역들의 자기 몫을 회복하기 위한 타자의 윤리학이기도 하다. 그런 의미에서 채식은 '혁명'이라고 할 만하다"[56]는 신수정의 지적은 타당하게 들린다.

채식이 지닌 이런 혁명적인 성격에도 영혜의, 나아가 한강의 결백에의 의지는 채식에서 끝나지 않는다. 육식이 지닌 폭력성에 비할 바는 아니지만 채식 또한 엄밀한 의미에서는 식물의 생명을 빼앗는 행위라는 것은 부인할 수 없는 사실이다. 정신병원에 갇혀 언니가 가져다주는 "과일이나 떡, 유부초밥" 같은 것으로 음식을 "숙제하는 아이처럼 말없이 씹어삼키는"[57]것만으로 이 문제가 해결되지는 못한다. 이런 점에서 영혜가 채식을 거쳐 음식 모두를 거부하는 거식으로 나아가는 것은 당연한 귀결이다. 한강이 한 인터뷰에서 "극단까지 갔을 때 만나게 될 어떤 지점을 보고 싶었어요. 영혜의 삶은 투쟁 같은 양상이잖아요. 모든 걸 토해내고 불화하니까요. 비정상적이고 극단적인 방법이지만, 결코 대안이 될 수 없지만 그것을 한번 보여주고 싶었죠. 결백하게 살고자 하는 의지조차 관철하지 못하게 폭력을 행사하는, 그런 것들을 얘기하고 싶었던 거구요."[58] 영혜의 거식은 무엇보다도 자기 안에

55, 56· 신수정, 「한강 소설에 나타나는 '채식'의 의미─『채식주의자』를 중심으로」, 197

57· 한강, 『채식주의자』, 157

58· 「한강에 부는 바람」

있는 동물을 비워내는 행위이다. 다음 구절은 그녀의 거식이 동물의 몸에서 벗어나 식물이 되려는 의지적 행위임을 분명히 보여준다.

> 목말라. 물 줘…… 나 내장이 다 퇴화했다고 그러지. 그치.…… 나는 이제 동물이 아니야 언니…… 밥 같은 거 안 먹어도 돼. 살 수 있어. 햇빛만 있으면…… 그게 무슨 소리야. 네가 정말 나무라도 되었다고 생각하는 거야? 식물이 어떻게 말을 하니, 어떻게 생각을 해……언니 말이 맞아…… 이제 곧, 말도 생각도 모두 사라질 거야 금방이야.[59]

물을 제외한 모든 음식을 거부하며 영혜는 "재해 지역의 기아 난민" 처럼 말라간다. 영혜가 원하는 것은 밥이 아니라 햇빛이라는 이 인용문의 말은 영혜의 거식이 일반적인 거식이 아니라 식물이 되려는 것이고 이는 궁극적으로는 무로 돌아가고자 하는 자기 소멸을 지향하고 있다는 것을 알려준다. 이런 점에서 영혜의 거식은 궁극적인 자기 비움, 해체의 전략이다. 동물의 몸을 벗고 광합성을 하는 식물이 되려는 소망을 품고 영혜는 형부의 말처럼 "마치 광합성을 하는 돌연변이체의 동물"[60]로 하루하루를 견딘다.

이런 영혜의 거식은 일반적인 거식과는 확연하게 구별된다. 래퍼포트의 주장처럼 "일반적인 거식증은 딸을 자신의 대리인으로 간주하

59· 한강, 『채식주의자』, 186~187
60· 한강, 앞의 책, 110

고 자기가 이루지 못한 야망을 이루게 하려는 어머니에 대해 딸이 반항한 데서 비롯된 질환이다."[61] 그리고 그 바탕에는 "남성 우월주의와 신체적 성숙에 따른 상실감에 대한 거부와 저항"[62]이 자리하고 있다. 매기 헬위그(Maggie Helwig)도 「Hunger」(배고픔)란 글에서 여성들의 섭식 장애의 문제를 다루면서 신경성거식증(anorexia nervosa)은 일종의 저항 행위로서 그 저변에는 음식과 죄에 대한 동일시가 놓여있다고 주장한다. 음식을 거부하고 해골처럼 삐쩍 말라가는 것은 무엇보다도 "내게 '먹으라고' 주어진 것은 충분하지 않고, 실제가 아니고(not real), 진짜가 아니며(not true) 받아들일 수 없는 것이다"[63]는 것을 강력하게 선언한다고 주장한다. 헬위그의 주장은 영혜에게도 그대로 적용될 수 있다. 영혜에게 주어진 것, 즉 동물의 몸인 고기와 그 고기가 상징하는 가부장적인 폭력은 진짜가 아니고 받아들일 수 없는 것이라는 말이다. 이런 점에서 거식은 "'아무것도 먹지 않는' 것이 아니라 오히려 적극적으로 욕망의 궁극적 대상, '무(공허)'를 원하는 것이다"는 지젝의 지적은 일리가 있는 듯하다.[64] 영혜의 신경성거식증이 특이하다는 점은 "김영혜씨 같은 경우는 정신분열증이면서 식사를 거부하는 특수한 경우예요 … 음식을 거부하는 이유 자체가

61· 래퍼포트, 『음식의 심리학』, 103

62· 래퍼포트, 앞의 책, 98

63· 헬위그, 「Hunger」, 227

64· 지젝, 『성관계는 없다』, 43, 정미숙, 「욕망, 무너지기 쉬운 절대성—한강 연작소설 『채식주의자』의 욕망분석」, 27 재인용

불분명하고, 약도 전혀 효과를 내지 않습니다"[65]라는 담당의사의 말에도 잘 나타나 있다. 그러면서 의사는 대부분의 정신분열증 환자와는 달리 영혜는 "의식을 놓고 있는 것이 아니라 오히려 의식을 어딘가에 집중하고 있다"[66]고 의아해 하는데, 그녀의 의식은 다름 아닌 식물 되기에 맞추어져 있다.

식물 되기에 대한 영혜의 과도한 집착은 그녀가 다른 무엇보다도 잡아먹고 잡혀 먹히는 육식의 세계와는 달리 식물의 세계는 비폭력적인 평등의 세계라고 생각하기 때문이다. "언니…… 세상의 나무들은 다 형제 같아"[67]는 그녀의 말이 웅변적으로 이를 대변한다. 우미영은 "영혜의 채식과 거식은 단순한 육식의 기피가 아니라 자기징벌"이며 "자기를 지우기 위해 스스로 선택한 방법이라고 할 수 있다. 거식은 자기 소멸을 위해 그녀가 선택한 극단적인 자기 부정 행위인 것이다"[68]라고 주장한다. 영혜의 거식이 물론 자기 부정과 자기 소멸적인 요소를 지니고 있긴 하지만 이런 개인적인 차원을 넘어 인류의 육식 자체 나아가 섭생 자체에 대한 심각한 질문을 던지고 있는 측면 또한 고려되어야 한다.

나무들이 똑바로 서 있다고만 생각했는데……이제야 알게 됐어, 모두

65· 한강, 『채식주의자』, 171
66· 한강, 앞의 책, 209
67· 한강, 앞의 책, 175
68· 우미영, 「주체화의 역설과 우울증적 주체─한강의 소설을 중심으로」, 464

두 팔로 땅을 받치고 있는 거더라구. 봐, 저거 봐, 놀랍지 않아?[69]

내가 물구나무 서 있는데, 내 몸에 잎사귀가 자라고, 내 손에서 뿌리
가 돋아서……땅속으로 파고들었어. 끝없이, 끝없이…… 응, 사타구니
에서 꽃이 피어나려고 해서 다리를 벌렸는데, 활짝 벌렸는데……[70]

나무들은 모두 거꾸로 서서 두 팔로 땅을 바치고 있고 (이는 비유적
으로 이 세상을 지탱하고 있는 것이 식물임을 말한다고 볼 수 있는데,
먹이사슬적인 측면에서도 식물은 가장 밑에 위치해 있다) 수액을 밀
어 올려 잎을 키우고 꽃을 피우는 것이다. 영혜가 나뭇가지처럼 삐쩍
마른 몸으로 물만 먹으며 물구나무를 서는 것은 자신의 채식과 거식
이 육식문화와는 거꾸로 반대의 길을 가려는 그녀의 모습을 형상화하
여 보여준다. 위의 둘째 인용문은 거의 같은 내용이 두 번 반복되는데
한 번은 영혜가 꿈에서 하는 독백을 언니가 엿들은 내용이고, 두 번째
는 영혜 자신이 언니에게 하는 고백이다. 이는 식물 되기에 대한 영혜
의 열망이 얼마나 강력한지 그것이 자신의 의식적인 그리고 무의식적
인 영역 모두에서 일어나고 있다는 것을 보여주는 증거이다.

광합성을 하는 식물 되기에 대한 영혜의 열망은 다른 존재를 잡아
먹는 존재에서 잡아먹히는 존재, 다른 존재의 먹이가 되겠다는 자

69· 한강, 앞의 책, 179
70· 한강, 앞의 책, 156, 180

기 소멸에의 욕망에 다름 아니다. 그리고 이는 소화기관의 퇴화 등을 포함한 물리적 존재의 소멸뿐만 아니라 자신의 내면을 구성하고 있는 모든 것의 소멸까지도 포함한다. 이런 식물 되기의 과정은 『채식주의자』의 선도적 작품이라고 할 『내 여자의 열매』에 훨씬 더 구체적으로 묘사되어 있다. 육식문화의 가부장적 사회의 가치가 여성의 몸에 가하는 충격은 원인을 모르는 멍으로 구체화되어 나타난다. 그 멍은 "보이지 않는 사슬과 묵직한 철구"[71]가 그녀를 "움쭉달싹하지 못하게"[72] 얽어맸기 때문에 생긴 것인데, 여기서 사슬과 철구가 가부장적 규범이 여성의 몸에 가하는 억압과 폭력의 상징임은 두 말할 나위가 없다. 멍이 이 소설의 주인공 아내의 몸에 나타난 억압의 징표라면 "나쁜 피"와 "낭종"은 그녀 내부의 오염을 말하는 표식이다.

> 떠나서 피를 갈고 싶어, 라고 아내는 말했다... 혈관 구석구석에 낭종처럼 뭉쳐 있는 나쁜 피를 갈아내고 싶다고, 자유로운 공기로 낡은 폐를 씻고 싶다고 아내는 말했다. 자유롭게 살다가 자유롭게 죽는 것이 어릴 적부터의 꿈이었다고.[73]

여기서 말하는 나쁜 피는 가부장적 가치에 오염된 피이자 육식문화에 필연적인 학살과 살인이라는 폭력의 피라고 할 수 있다. 따라서

71· 한강, 『내 여자의 열매』, 225
72· 한강, 앞의 책, 225
73· 한강, 앞의 책, 224

영혜가 그처럼 물을 간절히 원하는 이유는 물은 광합성의 핵심 요소 중의 하나이며 생명을 키우는 젖줄이며 이 물로서만 폭력의 나쁜 피를 씻어낼 수 있기 때문이다. 영혜의 식물 되기는 이런 맥락에서 여성의 몸에 새겨진 상처의 멍을 식물성과 광합성의 상징인 몽고반점으로 전환하려는 노력이다.

영혜가 꿈의 언어, 한쪽으로 기울어진 이탤릭체의 언어로만 말한다는 것은 가부장적 사회는 여성에게 언술 주체로서의 지위를 박탈하고 침묵을 강요당한다는 것을 잘 보여준다. 이는 우미영의 주장처럼 "언어가 상징을 통해 형성된 지배적 이데올로기의 세계라는 점을 감안할 때" 영혜가 "결국 지배 이데올로기의 사회 속에서 스스로의 위치도 영역도 확보하지 못한 존재"[74]라는 말이다. 그렇기 때문에 이 소설에서 그녀의 이야기는 남편과 형부, 언니의 서술 속에 인용으로만 제시되고, 그녀 자신의 얘기는 동물 같은 신음과 비명 같은 아무도 이해하지 못하는 언어로 표현된다. 들뢰즈의 "중얼거림의 주체란 유명론적인 이름, '나'라고 말하는 습관일 뿐이고, 실은 그 내용물이 하나도 없는 익명의 우리, 누군가, 혹은 그것"[75]이라는 말은 영혜의 중얼거림에도 그대로 적용된다. 영혜가 자신의 꿈을 표현하는 부분에서 '얼굴'의 주체가 자신인지 아닌지를, 본적이 있는지 없는지를 혼돈스러워하는 것도 이런 중얼거림의 득성과 관련이 있다. 게다가 점차

74· 우미영, 「주체화의 역설과 우울증적 주체—한강의 소설을 중심으로」, 469

75· 서동욱, 『차이와 타자』, 240

짐승의 소리처럼 표현되는 영혜의 발화는 한귀은의 주장처럼 "아르토가 말한, 숨결로서의 말, 가공되지 않은 날 상태의 탈통사적인 기호를 연상시키는데, 이 또한 로고스에서 멀어져 가는 영혜의 증상 중 하나이다."[76] 게다가 이런 언어조차 영혜 자신의 언어라기보다는 남성중심적인 가부장적 가치에 의해 이미 오염된 언어이다. 이런 점에서 영혜의 식물 되기 과정에서 "식물이 어떻게 말을 하니, 어떻게 생각을 해……언니 말이 맞아…… 이제 곧, 말도 생각도 모두 사라질 거야"[77]라고 하여 말과 생각조차 잊게 될 것이라는 영혜의 말은 특별한 주목을 요한다. 여기서 영혜가 자신이 식물이 되면서 사라지게 될 말과 생각은 물론 가부장적이고 남성중심의 사고와 언어일 것이다. 그리고 이는 나아가 위계적 차별적 사고에서 비롯된 폭력과 육식문화의 소멸을 말한다. 이런 언어 너머 영혜가 식물 되기의 자기소멸과 침묵을 통해 말하려고 하는 언어는 "세상의 나무들은 모두 형제 같아"[78]라는 영혜의 말에서 보듯 차별과 폭력이 없는 평등의 언어이다. 이찬규·이은지 또한 "탈—서열화와 그에 대한 평등한 우의가 식물 되기의 동기로 작동한다"고 하며 "자연에는 인간세계와 다르게 제도적인 억압이나 착취가 없다"[79]고 주장한다.

　지금까지 살펴 본 것처럼 육식과 채식은 단지 내 입속에 무엇을 넣

76· 한귀은, 「외상의 (탈)역전이 서사—한강의 『채식주의자』 연작에 관하여」, 294

77· 한강, 『채식주의자』, 186~187 재인용

78· 한강, 앞의 책, 175

79· 이찬규 · 이은지, 「한강의 작품 속에 나타난 에코페미니즘 연구—『채식주의자』를 중심으로」, 60~61

을 것인가의 문제가 아니다. 거기에는 수렵문화에 바탕을 둔 육식문화와 경작에 바탕을 둔 채식문화, 그리고 이들이 표상하는 세계관이 반영되어 있다. "경작문화는 성장과 재생, 수렵문화는 도살과 죽음이 기본 특성이라"[80]는 조지프 캠벨(Joseph Campbell)의 주장처럼 영혜가 육식을 거부하고 채식을 고집하는 것은 도살과 죽음, 폭력의 세계에서 성장과 재생이라는 자연의 생명주기로의 귀환으로 볼 수 있다. 리프킨도 『육식의 종말』에서 유사하게 "육식 문화를 초월하는 것은 우리 자신을 원상태로 돌리고 온전하게 만들고자 하는 징표이자 혁명적인 행동"이라며 이를 통해 우리는 "자연을 회복시키고 인간과 소의 관계를 다시 신성하게 만들며 우리 존재를 새롭게"[81]할 수 있다고 주장한다. 신수정의 아래 주장은 『채식주의자』에 나타난 채식의 의미와 중요성을 잘 요약하고 있다.

> 채식을 한다는 것은 단순히 취향의 문제가 아니라 한 사회의 미래와 관련된 정치적 운동의 차원과 연관되며 이제까지의 패러다임을 넘어서는 새로운 인류학적 비전을 제시하는 행위이기도 하다. 무엇보다도 그것은 자연과 여성, 동물 등 현대가 배제하고 억압해온 영역들의 자기 몫을 회복하기 위한 타자의 윤리학이기도 하다. 그런 의미에서 채식은 '혁명'이라고 할 만하다.[82]

80· 리프킨 『육식의 종말』, 282 재인용
81· 리프킨, 앞의 책, 351
82· 신수정, 「한강 소설에 나타나는 '채식'의 의미−『채식주의자』를 중심으로」, 197

이런 점에서 영혜에게 있어 육식거부와 채식은 육식문화의 가해자인 동시에 피해자라는 폭력의 사슬에서 벗어나 평등과 상생의 생태계 구성원으로서 다른 생명을 키우는 존재(식물)로의 변신에 다름 아니다. 환언하면, 그녀의 몸에 지닌 "태고의 것, 진화 전의 것, 혹은 광합성의 흔적 같은 것"[83]인 몽고반점을 지구 모든 생명체의 양식을 공급하는 광합성의 모판으로 만드는 것이다.

한강은 이 소설에서 육식과 채식의 의미를 철저히 영혜라는 여성의 개인적인 차원에서 다루고 있을 뿐 채식이 지닌 전 지구적인 생태적 의미는 탐구하지 않고 있다. 육식이 현대 환경위기의 주범이라는 사실은 리프킨을 비롯한 여러 학자들에 의해 심도 있게 논의된 바 있는데, 이는 "동물의 고기에 대한 인간의 욕망이야말로 지금 인류의 미래를 위협하고 있는 거의 모든 환경 피해, 즉 삼림 소멸, 표토의 상실, 청정수 부족, 대기오염과 수질오염, 기후변화, 생물다양성 감소, 사회적 부정의, 공동체 파괴와 새로운 전염병의 창궐 등의 저변에 있음이 뚜렷해졌기 때문이다"[84]라는 피터 싱어의 말에 고스란히 드러나 있다. 영혜의 저항이 육식과 채식을 넘어 거식으로 그리고 나아가 비현실적이고 환상적인 식물 되기로 발전하는 이유가 여기에 있다. 그러나 채식도 엄밀한 의미에서는 식물의 생명을 빼앗아 먹는 것이기에 섭생이 지닌 근본적인 폭력성에서 벗어나 있는 것은 아니다. 이런

83· 한강, 『채식주의자』, 101
84· 싱어, 『죽음의 밥상』, 338

점에서 한강은 섭생의 지닌 근원적인 폭력성의 문제, 피할 수 없는 살생이라는 삶의 조건에 주목하지만 이 폭력에서 벗어날 수 있는 해결책은 제시하지 못하고 있다. 이 문제에 대한 답은 같은 문제를 궁구한 김지하나 게리 스나이더의 사상에서 찾아 볼 수 있다.

2장. 육식, 글로컬 시대의 판도라
루스 오제키가 '고기'를 통해 들여다 본 세상

　한강이 『채식주의자』와 『내 여자의 열매』를 통해 육식의 문제를 개인과 그 개인을 둘러싼 가족 간의 갈등을 통해 부각시키고 있다면 루스 오제키(Ruth Ozeki, 1956~)는 글로벌 마켓을 두고 행해지는 전 지구적인 고기의 생산과 유통에 초점을 맞추고 있다. 한강이 육류의 섭생 자체와 그 뒤에 내재되어 있는 가부장적인 가치를 문제 삼는 반면 오제키는 고기의 생산과 유통 그리고 소비의 전 과정에 주목한다. 특히 공장사육과 이에 수반되는 항생제와 성장촉진제, 특히 DES라 불리는 다이에틸스틸베스트롤(diethylsotilbestrol)의 오용과 남용이 가져오는 심각한 부작용을 신랄하게 고발한다. 성장을 촉진하기 위해 쓰인 이 약물은 가축뿐만 아니라 유산을 방지한다고 알려져 산부인과 의사들이 사람에게도 처방하였는데 이 소설의 주인공인 제인 타가키-리틀 자신도 이 약물의 피해자(DES daughters) 중의 한 명이다. 이 약물은 여자 아이들의 자궁을 뒤틀리게 해 정상적인 임신을 불가능하게 만든다. 미국산 쇠고기를 일본 소비자에게 팔기 위해 기획된 「My American Wife」(나의 미국 주부)라는 다큐멘터리의 제작을 위해 미국 전역 중산층의 가정을 방문하는 도중 제인이 눈뜨게 되는 것은 미국 사회 전체를 장악하고 있는 차별과 착취의 구조이다. 특히 여성과 동물, 대지와 자연, 유색인종, 가난한 자들에 대한 차별이 전경화된다. 오제키는 이런 약자들의 착취에 의존하여 자신들의 이익을 추구하는 다국적, 초국가적 기업들과 이들 배후에 자리 잡은 이원론적이며 서열화된 의식―인간>동물, 남성>여성, 성인>어린아이, 백인>유색인종―에 문제를 제기한다.

오제키는 우리가 먹는 "고기" 나아가 음식이 어떤 과정을 통해 생산되며, 처리되고, 상품화되고, 유통되는지를 저널리스트의 열정으로 파헤쳐 동물에 대한 인간의 잔인함과 학대를 고발하고 나아가 독자들에게 육식에 대한 숙고와 윤리적 각성을 촉구한다. 그녀는 이를 통해 고기가 결국 남성다움, 남성중심주의라는 이데올로기에 심각하게 침윤되어 있고, 그렇기 때문에 고기를 먹는 행위가 단순한 음식의 섭취가 아니라 성 정치적 행위라는 것을 설파한다. 쉐릴 피쉬 (Cheryl J. Fish)의 주장에 의하면 "이 소설은 고기를 먹고자 하는 욕망은 문화적, 지적, 생물학적, 그리고 습관적인 조건의 결합에 의해 야기됨을 보여준다."[01] 채식 위주의 동양에서 육식은 서구화, 근대화의 상징이었다는 점을 상기한다면 이는 서양중심주의로의 추수로도 볼 수 있다. 이런 점에서 오제기의 『*My Year of Meats*』(나의 고기의 해)

---

[01] 피쉬, 「The Toxic Body Politic: Ethnicity, Gender, and Corrective Eco-Justice in Ruth Ozeki's *My Year of Meats* and Judith Helfand and Daniel Gold's *Blue Vinyl*」, 56

는 탈식민주의, 생태여성주의적인 논의와 환경정의(environmental justice), 독극물 담론(toxic discourse) 등이 복합적으로 제시되어 있는 작품으로 볼 수 있다. 특히 지역과 세계의 경계가 허물어진 글로컬 시대에 식품의 생산과 소비 패턴을, 그리고 이런 문제가 지구 생태계와 인간의 몸에 미치는 영향 등을 다각적으로 조망해 보게 한다. 여기서는 루스 오제키의『나의 고기의 해』를 주로 살펴볼 것이다.

　루스 오제키는 코네티컷(connecticut) 주, 뉴 헤븐(New Haven)에서 미국인 인류학자 아버지와 일본인 어머니 사이에서 태어났다. 그녀는 메사추세츠 주 노스햄턴에 있는 명문 여자 대학인 스미스 칼리지에서 영문학과 아시아학을 공부했다. 아시아 지역을 광범위하게 여행한 그녀는 일본 정부 지원비를 받으며 나라(Nara)에 있는 나라 대학교에서 일본 고전 문학을 배웠다. 일본에 있는 동안, 교토의 번화가의 술집에서 일하기도 했다. 일본 전통 가면극인 노를 공부하며 가면을 조각하기도 했다. 그녀는 영화감독과 작가로 활동한 경력을 가지고 있고 대표작으로 영화로는 「Body of Correspondence」(상응하는 몸, 1994), 「Halving the Bones」(뼈를 반으로 나누기, 1995)가 있으며 소설에는『나의 고기의 해』(1988),『*All over Creation*』(모든 창조물 위에, 2003) 그리고『*A Tale for the Time Being*』(시간존재를 위한 이야기,

2013) 등이 있다.

오제키는 1985년 뉴욕으로 돌아가 공포 영화 세트와 소품을 디자인하고 미술감독으로 영화 경력을 쌓기 시작했다. 몇 년 뒤 그녀는 텔레비전 산업으로 방향을 바꾸고 일본 기업에 대한 다큐멘터리 스타일의 프로그램을 연출하며 자신의 영화를 만들기 시작했다. 「상응하는 몸」으로 샌프란시스코 영화제에서 뉴 비전 상을 수상했는데 이 작품은 PBS(미국공영방송)에서 방영되었다. 수상 경력에 빛나는 자서전 영화인 「뼈를 반으로 나누기」는 그녀 할머니의 유해를 일본에 가져다주는 여정을 담은 이야기로 선댄스 영화제, 현대 미술관, 몬트리올 세계 영화제와 마가렛 미드 영화제에서 상영되었다. 지금도 전 세계의 대학교, 박물관에서 상영되고 있다.

영화 제작자에서 소설가로 변모한 오제키는 1988년 그녀의 데뷔작인 『나의 고기의 해』 출간 즉시 대 성공을 거두어 『뉴욕 타임스』의 주목할 만한 책에 선정되었고 국제적 명성을 얻어 11개 언어로 번역되었다. 더불어 기리야마 상(Kiriyama Prize)을 포함한 여러 상을 수상하였고 비평가들로부터 긍정적인 평가를 얻게 된다. 두 번째 소설인 『모든 창조물 위에』는 아이다호에 있는 가족과 환경 운동가 그룹을 통해 유전자 조작 식품(GMO)에 초점을 맞추고 있는 작품이다. 그녀의 가상 죄근 소설인 『시간존재를 위한 이야기』는 맨부커 상과 전미 도서 비평가 서클 상(National Book Critics Circle Award) 최종 후보명단에 들어갔으며 LA 타임스 북 어워드와 메디치 북 클럽 상을 받았다. 그것은 2011년 일본의 지진과 쓰나미 여파로 캐나다의 태평양

북서부 해안으로 쓸려온 신비한 일기의 이야기를 다루고 있다. 도쿄에서 문제아인 한 학생이 쓴 일기가 루스라는 이름의 소설가에 의해 발견된다. 일기를 쓴 16세 소녀의 삶을 복원하는 과정을 통해 오제키는 "허구로부터 실제를, 환경에서 자아를, 현재에서 과거를 분리시키는 투과성의 막" 문제를 탐구한다.

오제키는 브루클린 선(禪) 센터와 연관을 맺고 있는데 2010년에 정토종에서 서품을 받았다. 그녀는 2006년 모교인 스미스 대학에서 명예박사 학위를 받았으며 2015년 문예창작학과의 엘리자베스 드류 석좌교수가 되었다. 선불교의 사제로 있는 그녀에게 육식이란 지독하게도 고통스러운 주제일 것이다. 첫 번째 작품인 『나의 고기의 해』를 쓸 당시 그녀는 방송 작가 생활을 하면서 방송의 진정성을 고민하게 되었고 미국산 육류에 대한 진실을 알게 되었다. 이렇게 오염된 고기에 대한 우려와 공포가 이 작품을 쓴 주된 계기였다고 한다. 이 소설 속에서 주인공 제인은 고기에 관한 다큐멘터리를 촬영하면서 직접 고기를 생산하는 가축공장을 방문하게 되고 동물들에게 항생제, 성장호르몬 등 온갖 약물을 주입하고, 플라스틱이나 시멘트 등을 사료로 먹이는 미국 축산 산업의 진실을 알게 되고, 그것을 아시아 시장에 팔기 위한 미디어의 기만과 술책을 고발한다. 가축에게 가해지고 있는 학대들은 단순히 동물에서 끝나는 것이 아니라 여성과 아이들에게까지 이어지고, 그런 점에서 육식의 문제는 기호의 문제가 아니라 인류 자체의 생존이 걸려 있는 중차대한 문제라는 것을 얘기한다.

『나의 고기의 해』에서 오제키는 "고기"라는 렌즈를 통해 우리가 살고 있는 세상을 들여다본다. 이를 통해 드러나는 세상은 그야말로 비밀의 뚜껑이 열린 판도라의 상자이다. "고기가 메시지(Meat is the message)"[02]라는 후렴처럼 반복되는 구절에 대한 해설이자 변주가 이 소설의 주된 내용이다. 이 소설에서 "고기"는 단순히 짐승의 살이 아니다. 그것은 오제키의 예리하고 포괄적인 렌즈 아래서 의미의 증폭을 통해 초국가적 자본주의의 첨병이자, 경제 식민주의와 (탈)민주의의 첨병이요, 남성다움과 가부장적인 가치로, 그리고 나아가 이 세상의 모든 서열화된 가치의 아래쪽에 위치한 자연, 동물, 여성, 유색인종, 어린아이의 상징으로 등장한다.

이 소설에서 작가의 분신과도 같은 제인 타가키 리틀(Jane Tagaki-Little)은 비프-엑스(BEEF-EX)라는 미국 소고기 로비 단체가 일본에 소고기를 팔기 위해 제작을 지원하는「나의 미국 주부」라는 다큐멘터리 제작팀에 합류하게 된다. 그녀는 이 프로그램에 적합한 "미국 주부"를 찾아 미국 전역을 다니면서 공장식 농장에서 사육된 미국산 육류가 사람들의 건강을 심각하게 훼손하고 있다는 사실에 눈뜨게 된다. 그리고 이 과정에서 수익을 위해서라면 여하한 수단과 방법도 가리지 않는 초국가적 기업과 무엇이든지 아름답고 그럴 듯하게 꾸며

02· 오제키, 『*My Year of Meats*』, 7

대는 미디어가 결탁하여 사실(혹은 진실)을 얼마나 치명적으로 왜곡하는지를 발견하게 된다. 제인은 이 소설에서 우리들 대부분이 일상생활의 여러 측면에서 우리도 모르게 위험에 노출되어 있다는 사실을 밝혀낸다. 이 중에서도 우리가 생존하기 위해 먹어야만 하는 음식, 특히 여러 화학물질과 DES를 포함한 호르몬으로 오염된 고기를 둘러싼 문제가 가장 치명적인 위험이라는 것을 발견한다.

DES가 이 소설에서 아주 높은 비중을 차지하고 있기 때문에 작품을 제대로 이해하기 위해서는 우선 DES에 관해 좀 더 자세히 알아볼 필요가 있다. DES는 비스테로이드계 합성 여성호르몬으로 1938년 영국인 찰스 도즈(Charles Dodds)에 의해 개발되었는데 식물과 동물에서 추출해낸 여성호르몬이다. 이런 이유로 자연호르몬이라 불리며 각광을 받았지만 그 효능은 자연호르몬보다 세 배나 강력하다. 처음 개발된 이래 수탉의 화학적 거세를 돕고 가슴살을 암탉 가슴살처럼 풍부하게 키울 수 있다는 사실이 알려지면서 양계산업에서 광범위하게 쓰였다. 이후에 소에 주입되면 소의 성장을 촉진하여 단 시간 내에 도축 가능한 상태에 이르게 한다는 사실이 밝혀져서 소를 키우는 데도 활발히 이용되었다. 이 합성 호르몬은 DES 가축뿐만 아니라 유산과 조산의 예방에 탁월한 역할을 한다는 이유로 임산부에게 처방되기도 하였다. 그러나 DES가 유산 예방에 아무런 도움이 되지 못하며 더 나아가서 여성의 질 종양과 생식기 기형, 남성의 발기부전 및 불임의 원인이 된다는 사실이 밝혀졌다. 그리하여 1979년에 인간을 포함한 가축에 그 사용이 전면 금지 되었다.

그러나 이 호르몬은 제약회사들과 미디어 등에 의해 유산을 방지하고, 갱년기 증상을 완화하며, 수유를 하지 않는 엄마의 젖을 마르게 하고 '모닝 에프터' 피임약으로, 소녀들로 하여금 너무 키가 크게 자라지 않도록 하는 "기적의 약"으로 선전되었다. 그리하여 1949년부터 1971년까지 4백만에서 6백만 명의 임산부들이 이 약을 처방받았고 그들에게서 태어난 아이들은 생식기 기형이 생기고 딸들에게는 나팔관 기형으로 임신을 못하게 되었는데 이 소설의 주인공 제인도 여기에 해당한다.[03] 효과가 없다는 것이 1953년에 밝혀졌는데도 제약회사가 아주 공격적으로 선전을 하고 의학 저널과 대중적인 출판사가 공격적으로 광고를 하였기 때문에 계속 처방되었다.[04] 이런 점에서 DES는 온갖 화학물질과 호르몬으로 오염되었는데도 건강하고 몸에 좋은 고기라고 말하는 미국산 고기와 유사하다.

공장식 가축사육은 동물의 본성에 철저히 반하는 비인간적인 행위일 뿐더러 소들을 수많은 바이러스와 질병의 위험에 노출시킨다. 이런 집단사육을 가능하게 해주는 것은 다름 아닌 항생제를 포함한 수많은 화학약품과 단기간 내에 최대한 소를 살찌우게 하는 여러 성장호르몬이다. 제인이 미국 축산업의 실태를 조사한 후 내린 다음 결론은 DES가 얼마나 엄청난 변화를 몰고 왔는지를 잘 보여준다.

03·   체, 「Boundaries and Border Wars: DES, Technology, and Environmental Justice」, 791~792
04·   체, 앞의 논문, 795

DES는 미국에서 육류의 얼굴을 바꾸었다. DES와 항생제처럼 다른 약품을 사용하여 농부들은 동물들을 마치 자동차나 컴퓨터 칩처럼 조립라인에서 처리할 수 있게 되었다. 방목은 비효율적인 것이 되었고 그래서 수만 두의 감금된 소가 여물통에서 살이 찌워지는 감금 비육장 사업체나 공장식 농장에 자리를 내어 주었다. 이것이 규모의 경제였다. 이것이 어디에서나 일어나고 있었는데 이는 미래의 물결이며 과학과 거대 기업의 결탁이었다.[05]

그러나 공장식 가축사육의 근간으로 자리한 이 합성 여성호르몬은 그것에 지속적으로 노출되는 고기 생산업자와 소비자, 그리고 유산을 방지하기 위해 이 호르몬을 투여 받은 여성들에게 치명적인 부작용을 초래한다. 이 소설은 자신들의 이익을 위해 이러한 부작용을 숨기거나 은폐하는 거대 기업과 이에 동조하는 미디어의 기만적 행위뿐만 아니라 생명체의 메커니즘에 대한 인간 지식의 한계와 과학과 기술에 대한 맹목적인 신뢰의 위험성을 동시에 폭로한다.

DES가 소와 인간 여성 둘 다에게 투여되었다는 사실에서 짐작할 수 있듯이 오제키는 이 소설에서 여성과 소, 그리고 여성의 몸과 소의 몸, 즉 소고기를 동일시하는 가부장적인 가치를 신랄하게 비판한다. 소에 대한 사람들의 태도와 여성을 대하는 남성의 태도가 자신들만의 유익을 위해 상대를 착취하는 억압적 행위임을 밝혀낸다. 「나의

05· 오제키, 『*My Year of Meats*』, 125

미국 주부」는 행복한 미국인 가정주부와 그녀가 요리하는 건강하고 맛있는 고기 요리를 일본 가정주부들에게 소개하는 데에 프로그램의 목적을 두고 있다. 그러나 "고기가 메시지이다"라는 프로그램의 모토가 말해주듯 이것은 육류산업 국제 로비 단체인 비프-엑스가 일본에서 미국산 고기 판매 촉진을 위해 하나부터 열까지 연출하는 쇼에 불과하다. 제작사는 이 쇼의 대본에서 일본 가정주부들이 중산층 혹은 그 이상의 계층에 속하며 두세 명의 자녀를 둔 백인 여성들에게 호감을 보인다는 통계를 토대로 「나의 미국 주부」의 주인공 주부들을 세심하게 선정할 것을 주문한다.

주부가 아닌 고기가 우리 쇼의 주인공이다. 물론 "이번 주 아내"로 선정된 사람도 중요하다. 그녀는 매력적이고 식욕을 돋우며 완전한 미국인이어야 한다. 그녀 자체가 구체화된 고기이어야 한다. 그녀는 풍만하고, 튼튼하여 활기가 있어야 한다. 그러나 결코 질기거나 단단해서 소화시키기에 어려움이 있어서는 안 된다. 그녀를 통해 일본주부들은 벽난로와 가정이 주는 따뜻한 온기와 위로—미국 시골의 적색육(赤色肉)이 상징하는 전통적인 가족의 가치—를 느낄 수 있을 것이다.[06]

이 대본은 주부가 아니라 주부가 하는 고기요리가 사실상 이 프로그램의 주인공이라는 점을 분명히 한다. 제작자들이 쇼의 주인공으

06· 오제키, 앞의 책, 8

로 삼을 주부는 비프-엑스가 내세우는 미국산 건강한 소의 모습과 동일해야 한다는 것이다. 특히 위 인용문 중 "그녀는 매력적이고 식욕을 돋우며 완전한 미국인이어야 한다"는 구절은 오제키의 능란한 구문 조작을 통해 일차적으로는 "주부" 여성을 가리키지만 의미상으로는 소를 가리키기도 한다. 초국가적 시장에서 여성은 고기의 이미지가 구체적으로 드러나는 표상인 동시에 행복한 미국에 대한 환상을 일본 가정주부들에게 전달해주는 도구로 이용되고 있다. 여기서 오제키는 제작자들이 찾는 여성을 "매력적이고 식욕을 돋우지만 결코 질기거나 단단해서 소화시키기 어려우면 안 된다"라고 소의 특성 ─"식욕을 돋우다", "소화시키기에 너무 질기거나 단단해서는 안된다" 등─을 빌어 표현하여 자본주의 사회가 원하는 소와 여성의 이미지가 무엇인지를, 그리하여 이런 상업주의적이고 가부장적 가치관 아래에서 사람들이 찾는 상품이 되기 위해 이용당하는 소와 여성의 현주소를 명백하게 보여준다. 이는 섀밈 블랙(Shameem Black)의 지적처럼 현재 "여성과 고기가 국제 시장에서 상품화되어" 그들의 의지와는 상관없이 "상업적 이윤을 위해 그들의 몸이 '시장의 바람대로' 형성되고, 왜곡되고 또 폭행당해 왔다"[07]는 사실을 반증한다.

이 글로벌 시장에서 중요한 것은 최소한의 자본과 시간을 들여 초대한의 이익을 가져다 줄 소고기를 양산하는 것이다. 따라서 그들에

07· 블랙, 「Fertile Cosmofeminism: Ruth L. Ozeki and Transnational Reproduction」, 231

게 소는 독자적인 생명을 지닌 살아있는 동물이 아니라 이익을 얻기 위한 도구에 지나지 않는다. 제인이 파헤친 게일의 비육장에서 보듯이 만여 두의 소를 키우면서 게일은 사료비를 절약하기 위해 신문지, 감자 과자 부산물, 톱밥 등은 물론 도축 후 버려지는 소 부산물(광우병의 주된 원인으로 알려진)까지도 먹이고, 이런 자신의 행동이 오히려 버려질 것을 "재활용"[08]하니 생태적이지 않느냐고 빈정대기까지 한다. 나아가 그는 소를 속성으로 살찌우기 위해 비육장의 종업원들이 "주인의 비밀스런 처방"이라 부르는, 1978년 이후 사용이 금지된 DES를 불법적으로 사용한다. 이런 면에서 게일은 타락하고 몰지각한 축산업자의 전형이다. DES의 가장 큰 피해자는 빽빽하고 오물투성이의 우리에 감금되어 이윤에 눈먼 인간들이 강제하는 모든 것을 전혀 저항하지 못하고 받아들일 수밖에 없는 소들이다. 그러나 그 피해는 그런 오염된 고기를 먹는 소비자는 물론 투여 과정에서 DES에 노출될 수밖에 없는 생산자에게로 고스란히 돌아간다.

이 소설에서 고기에 축적된 항생제의 첫 희생자는 쇼의 연출자 오다(Oda)이다. 오클라호마 주에서 쇼에 적합한 부인을 찾던 중 일행은 클링크 부인(Mrs. Klinck)의 부인이 송아지고기를 요리한 커틀릿(Sooner Schnitzel, 여기서 Sooner는 오클라호마 주의 별칭이다)을 먹게 되는데 갑자기 오다가 이상한 소리를 지르며 온몸이 경직되고 기도가 부풀어 올라 숨을 쉴 수 없는 지경에 이르게 된다. 헬리콥터로

08· 오제키, 『My Year of Meats』, 258

이송된 병원의 응급실 의사는 이를 아나필릭시스 쇼크(Anaphylactic shock)라고 하며 미국 축산업자들의 과도한 항생제 사용과 그 위험성을 제인에게 얘기한다. 이 사건은 미국산 육류가 건강한 것이 아니라는 것을 어렴풋이 알고만 있었던 그녀가 음식물 독성에 눈뜨게 되는 중대한 계기가 된다.

사육장은 더럽고 너무 많은 소들로 북적거리지요—온갖 종류의 질병의 온상입니다. 그래서 예방 조치로 소들에게는 항생제가 투여되는데 그것은 고기 안에 쌓여서 축적돼요……이러한 과도한 항생제 사용은 인간의 내성을 키우기 때문에 항생제가 더 이상 제 역할을 하지 못하는 날도 얼마 남지 않았죠. 이미 저항력을 가진 악성 박테리아 종류도 많아요. 이건 마치 미래로 되돌아가는 것과 같죠. 우리는 시간을 거꾸로 거슬러 올라가고 있어요. 항생제 없던 시대로 말이죠.[09]

젊은 의사의 이 말은 제인에게 공장식 축산업자들이 생산해낸 고기, 즉 제인이 일본 주부들에게 팔아야 할 소고기가 얼마나 심각하게 독성 화학물질로 오염되어 있는지를 명확하게 일러주는 말이지만 이때만 해도 제인은 그 심각성을 제대로 깨닫지 못했다.

미국인들에게 자유만큼이나 없어서는 안 될 권리가 되어버린 값싼 육류의 공급을 위해 사람들이 치러야 할 고통은 너무나 크다. 그리고

---

09. 오제키, 『*My Year of Meats*』, 60

그 오염된 고기의 가장 큰 피해자는 사회적 약자인 어린이와 빈곤층, 그리고 인종적 소수자들이다. 제인이 어떤 백인도 그 문턱을 넘어 본 적이 없는 하모니 침례교회(Harmony Baptist Church)에서 만난 성가대원인 퍼셀 도우즈(Purcell Dawes)는 원래 중후한 바리톤 목소리를 가지고 있었지만 DES가 주입된 닭고기를 먹고서는 여자처럼 가슴이 나오고 소프라노 같은 여성의 목소리가 나오게 된다. 퍼셀은 자기가 이렇게 된 것은 "우리는 닭목을 먹는데 그 닭에 사용된 어떤 약품 때문"[10]이라고 말한다. 이 가족이 닭고기, 그것도 좀 더 비싼 부위가 아니라 아무도 잘 먹지 않는 닭목을 사서 튀겨 먹는 것은 붉은 고기인 소고기를 싫어해서가 아니라 너무 비싸서 사먹을 수 없기 때문이다. 부와 인종에 따른 사회적 계층화는 그들이 먹는 고기의 종류에서도 드러난다. 이 쇼에서 다룰 수 있는 고기 종류에 관해 말하면서 "돼지고기는 가능하다. 그러나 소고기가 최고이다"[11]라는 우에노의 말은 이 소설 전체를 요약하는 구절로 볼 수 있다. 이 작품에서 고기도 소고기 > 돼지고기 > 양고기 > 닭고기 순으로 서열화된다. 제인이 퍼셀의 아내 헬렌이 요리할 돼지곱창 요리를 얘기하자 "타가키, 당신도 알다시피 곱창은 돼지도 아니여요. 그것은 돼지의 창자지. 「나의 미국 주부」는 일본인들을 위한 프로그램이지 한국인이나 흑인을 위한 프로그램이 아니란 말입니다"[12]라는 우에노의 말은 그가 얼마나 심각

10· 오제키, 앞의 책, 117

11· 오제키, 앞의 책, 118

12· 오제키, 앞의 책, 118~119

한 인종차별주의자인지를 보여주는 동시에 피부색뿐만 아니라 각 민족이 먹는 고기와 음식이 차별과 서열화의 바로미터로 작동하는지를 드러낸다.

공장식 비육장 운영자 게일은 보다 더 큰 이윤을 내기 위해 불법적으로 DES를 소의 먹이에 투여하는데 그 과정에서 직접적인 접촉을 피할 수 없었고 이로 인해 퍼셀처럼 그의 목소리도 여성화된다. 그러나 무엇보다도 심각한 피해는 다섯 살 먹은 그의 이복동생 로즈의 중독이다. 로즈는 비육장에 오빠 게일을 자주 찾아오고 그가 냉장고에서 꺼내주는 아이스크림을 즐긴다. 그러나 그녀는 이 과정에서 합성여성호르몬에 중독되어 성조숙증을 보이는데 다섯 살 어린아이의 몸에 완전히 발달한 가슴과 음모를 지니게 되었고 월경도 하게 된다. 소를 더 빨리 살찌우기 위해 투여하는 약물이 동생 몸속으로 들어가 상상하기 어려운 고통을 안겨주는 것이다. 그러나 그는 이런 동생의 비정상적인 몸을 고치려 노력하기는커녕 오히려 옷 속으로 손을 넣어 다 자란 로즈의 가슴을 만지고 애무하는 성추행을 저지르는데 그의 이런 모습이 제작진의 촬영 카메라에 잡힌다. 그에게 소의 존재 이유는 인간들에게 더 많은 고기를 제공하는데 있고 여성의 존재 이유는, 그 여성이 다섯 살 자기 동생일지라도, 자신에게 성적인 쾌락을 제공하는 데 있다. 그렇기 때문에 어쩌다 임신을 한 소는 아무리 먹어도 살이 오르지 않는다고 강제로 루탈리제(lutalyse)라는 약을 먹어 송아지를 유산시키는 그의 행위나, 우에노가 그의 아내 아키코가 생리를 하지 않자 생리를 하지 않는 여성은 아무 소용이 없다고 하며 생리를 하도록 고기 섭취를 강요하는 것도 동일한 인간중심적이며 남성중심적인 태도에서 나온 행동들이다. 오제키는 이 모든 에피소드를 통해 이원론적이고 서열화된 의식 즉 동물보다 인간이, 여성보다 남성이, 아이보다 어른이, 유색인종보다 백인이 그리고 윤리적 책임을 다하는 일보다 돈을 버는 일이 우선시 된다는 의식에 토대를 둔 사회의 부패를 고발한다.[13]

소와 여성을 동일시하며 이들을 통제하기 위해서는 폭력의 사용도 마다하지 않는 가부장제의 잔인성은 우에노가 그의 아내 아키코에게 행하는 언어적, 육체적인 폭력을 통해 명시적으로 드러난다. 비육장의 게일이 건강한 사료나 풀이 아니라 온갖 쓰레기와 오물, 그리고 원치 않는 화학물질과 호르몬을 소에게 먹여 소의 몸을 통제하고 폭력을 휘두른다면 우에노 조이치는 자신의 가정에서 폭압적이고 남성중심적인 언어와 가치를 아내에게 강제해 원하지 않는 음식, 특히 고기의 섭취를 강요하고 이에 저항하는 아키코를 육체적으로, 성적으로 학대한다. 이런 면에서 보면 더 많은 이윤을 탐하는 게일과 대를 이을 2세에 목마른 우에노는 서로를 비추는 거울과 같은 존재인 셈이다. 그에게 임신과 육아는 여성의 절대적인 의무이기 때문에 월경을 하지 못하는 아키코는 쓸모없는 존재이다.

13· 피쉬, 「The Toxic Body Politic: Ethnicity, Gender, and Corrective Eco-Justice in Ruth Ozeki's *My Year of Meats* and Judith Helfand and Daniel Gold's *Blue Vinyl*」, 53

"애도 못 낳는 늙은 마녀", 그가 중얼거렸다······ 그는 어두운 침실로 기어들어갔다. 그리고 덩어리처럼 웅크린 그의 아내가 어디에 있는지 찾았다. 불안정하게 일어서서 이불을 확 비틀어 제치고 그녀를 내려다 보았다. 그녀는 가볍고 고른 숨결을 내뱉으며 옆으로 몸을 대충 웅크리고 누워 있었다. 눈은 감겨 있고 손은 가지런히 포개져 있었다. 마치 기도를 하고 있는 듯이 보였다··· 그녀의 잠옷을 보자 그는 분노에 휩싸였다. 자신의 발가락으로 그녀를 찔러보았다. 아무런 반응이 없었다. 양말을 신은 발을 휘둘러 있는 힘껏 그녀의 배를 찼다. 그녀는 숨이 턱 막혀 제대로 쉴 수 없었지만 죽은 고양이처럼 계속해서 축 늘어져 누워 있었다.[14]

"애도 못 낳는 늙은 마녀"라고 하며 아키코의 배를 발로 힘껏 차는 우에노의 모습은 생식을 하지 못하는 여성이 겪는 고통을 적나라하게 보여준다. 폭력을 당해 숨도 제대로 쉬지 못한 채 축 늘어져 있는 죽은 고양이의 이미지는 가부장적인 사회에서 고통당하는 여성의 처지를 웅변적으로 보여준다. 어머니가 처방 받았던 DES의 부작용으로 인해 제인이 난임으로 고생하고 임신을 했지만 결국 자궁 기형으로 유산[15]하게 되는 모습 또한 사회에서 여성은 "더 크고 건강한 아이"[16]의 출산을 위한 번식 도구로 간주되며 이를 수행하지 못할 때는 어떤

14· 오제키, 『*My Year of Meats*』, 238
15· 오제키, 앞의 책, 274 293
16· 오제키, 앞의 책, 125

학대에 노출되는지를 잘 보여준다.

아키코는 결혼 후 처녀 때와는 달리 섭식장애를 겪고 습관적으로 먹은 음식을 게워내고 그로 인해 영양실조 상태에 빠지게 된다. 이렇게 된 원인은 다분히 심리적인 것인데 이는 가부장적인 사회에서 결혼한 여성이 겪는 정신적 고통이 몸으로 표현된 것으로 볼 수 있다. 우에노는 아키코의 이런 고통을 이해하지 못하고 그녀가 건강을 되찾고 임신할 수 있는 상태가 되기 위해서는 반드시 고기를 많이 섭취해야 한다며 고기를 강요한다. 식단을 지배하고 고기를 강요하는 그의 행동은 캐럴 아담스의 지적과 같이 고기와 식단을 장악해 지배적 권력을 행사하려는 남성의 심리를 그대로 보여준다.[17] 우에노가 아내를 향해 휘두르는 끔찍한 (성)폭력과 욕망으로 가득 찬 인간이 소를 향해 휘두르는 폭력은 둘 다 근본적으로 동일한 지배욕망에서 나온 것이다. 오제키는 우에노와 게일을 통해서는 자신의 욕망을 위해 타인을 학대하는 지배자의 폭력을, 그리고 아키코와 비윤리적으로 사육되는 소를 통해서는 지배자의 폭력으로 고통 받는 피지배자의 처참함을 표현하여 우리 사회 전반에 만연한 폭력의 잔혹성을 고발한다.

우리 삶에 결정적 영향을 미치는 미디어가 제공하는 조작된 메시지에 의해 오염된 음식의 위험성은 가중된다. 오제키는 미디어 조작이라는 것이 새로운 이슈는 아니지만 어떻게 이런 일들이 무자비하게 실행되는지—그리고 그것도 사실과 진실에 근거해야 하는 소위 다큐

17· 아담스, 『프랑켄슈타인은 고기를 먹지 않았다』, 30

멘터리에서도—를 보여주고, 미디어가 전하는 메시지를 경계해야 한다고 경고한다. 제인은 "우리는 경험적이고 절대적이며 유일한" 진리가 끊임없이 뒤집어지고 조작되며 절충되는 세계 속에 살고 있다고 말한다. 오제키가 이 소설에서 되풀이 하듯이 "고기가 메시지"라면 그 고기(메시지)는 미디어를 통해 전달되는 것이고 이런 의미에서 미디어의 중요성은 실로 막중한 것이다. 이 소설에서 미디어는 대조적인 두 역할을 수행하는데 한편으로는 정보를 조작하고 또 다른 한편으로는 진실을 밝히는 강력한 무기의 역할이 그것이다. 음식에 깃든 독성만이 우리의 삶을 위협하는 위험이 아니다. 미디어의 독성은 그것이 우리로 하여금 오염된 음식의 위험에 눈멀게 해서 그것을 소비하게 만든다는 점에서 훨씬 더 나쁠 수 있다. 이런 미디어의 제작에 제인의 참여와 공모 그리고 뒤따른 환멸을 통해 이 소설은 어떻게 우리들 자신이 조작된 고기(메시지)에서 벗어나 참된 고기(메시지)의 세계로 들어갈 수 있는지를 보여준다.

이 소설의 여러 등장인물들이 겪는 변화 중 가장 극적인 변화는 제인이 전 지구적 미디어의 공범에서 오염된 미국 고기의 폭로자로 바뀌는 것이다. 이런 변화가 얼마나 엄청난지는 소설의 도입부에서 제인이 "나의 고기의 해. 그것은 내 인생을 바꾸었다. 그런 일이 일어날 때가 어떠한지 여러분도 알지요. 뭔가가 당신의 삶을 통째로 흔들고 나면 그 후로 아무것도 예전 같지 않죠"[18]라는 말에 잘 드러나 있다.

18· 오제키, 『*My Year of Meats*』, 8

극한 경제적 곤란 때문에 그녀가 이 일자리를 받아들였지만 제인은 처음부터 그녀가 해야 할 일이 "건전한(wholesome)"—무엇이 건강하고 건전한 것인가 라는 것이 이 소설 전체를 관통하는 주요 개념들 중 하나이다—것이 아니라는 것을 이미 알고 있었다. 제인이 이 소설 여러 군데에서 「나의 미국 주부」의 제작자로서 일하는 자신을 정당화하려고 한다는 사실 그 자체가 일본인들에게 미국산 고기 소비를 촉진하는 일을 불편해하고 있음을 드러낸다. 제인은 이 일을 받아들여 원하든 원하지 않든 비프-엑스의 하수인이 되고만 것이다. 이 단체는 육류 생산 과정에 호르몬을 사용한다는 이유로 유럽에서 금지당한 미국 고기의 대체 시장으로 아시아를 겨냥한다. "일본인들 사이에 건강한 미국 육류에 대한 제대로 된 인식을 촉진"해야 한다는 이 단체의 강령은 비록 이 텔레비전 프로그램이 다큐멘터리 형식을 취하고 있지만 실제로는 판매를 촉진하기 위한 광고임을 드러낸다. 그들의 전략은 "소비자의 구매 동기를 자극하도록 광고와 다큐멘터리라는 수단 사이에 강력한 시너지를 조성하는 것이다. 환언하면 광고가 다큐멘터리 속으로 흘러들어가야 하고 다큐멘터리는 광고의 역할을 수행해야 한다"[19]는 것이다. 이런 종류의 허세, 혹은 과장이 실제 미디어가 일상적으로 행하는 것들이다. 이 책의 서두에 첫 번째 미국 부인인 수지 플라워에 관한 에피소드를 촬영하면서 촬영 감독 오다가 제인에게 "그녀에게 매력적이지 않은 피부를 가리기 위해 쓸 수

---

19. 오제키, 앞의 책, 41

있는 화장품이 좀 있는지 물어보라"[20]는 말은 미디어 산업도 육류 산업과 마찬가지로 위장과 화장으로 점철되어 있음을 잘 보여준다. "비록 다큐멘터리 작가라는 것에 내 마음이 가 있긴 했지만, 나는 미국이라는 거대한 환상을 태평양에 있는 자그마한 일련의 섬에 빽빽하게 살고 있는 사람들에게 팔아넘기는 일종의 매개인, 문화적 포주로 더 쓸모 있는 것처럼 보였다"[21]는 제인의 말은 그녀가 "진정한 것, 진실"의 전달자이자 중재자라는 본연의 사명을 포기하고 "환상"을 파는 문화적 포주가 되기로 타협했음을 보여주는 명백한 증거이다. 여기서 환상은 말할 것도 없이 미국산 고기의 건강함을 찬양하고 그것을 소비하는 것이 유익하다는 것이다. 오제키는 단지 육류라는 고기를 넘어 우리 삶에 만연한 참 진실과 거짓으로 꾸며진 것, 진리와 환상, 실제와 광고와 선전으로 부풀린 환상 사이의 구별을 탐문한다. 제인이 일자리를 잃게 될지도 모르는 위험을 감수하고서 인종적 소수자 가족과 두 인종간의 레즈비언 부부를 쇼에 출연시켜 소위 말하는 "하얀 미국(White America)"이라는 환상을 깨려고 노력하는 것도 사실이다. 그러나 정말 중요하고 더 화급한 일은 미국산 육류가 안전하고 건강하다는 환상을 타파하는 일이다. 따라서 제인이 이 텔레비전 프로그램을 제작하는 한 그녀는 미국에서 생산된 "건강하지 않고, 불결하며, 비인간적이고, 통제에서 벗어난"[22] 고기를 홍보하는 에

20· 오제키, 『My Year of Meats』, 2
21· 오제키, 앞의 책, 9
22· 오제키, 앞의 책, 177

이전트로 일 할 수밖에 없는 것이다. 일본인들의 미국산 고기 소비를 촉진하기 위해 초국가적 기업들이 이용할 수 있는 가장 효과적인 전략은 이와 같은 "환상"을 불러일으키는 것이다. 그리고 이는 무엇보다도 고기가 넘쳐나는 미국의 풍요와 고기를 잘 먹지 않는 일본의 상대적 결핍을 강조하는 것이다. 숀 큐빗(Sean Cubitt)이 「생태미디어를 탈식민화하기」라는 논문에서 강조하는 것처럼 경제 식민화의 첫 번째 단계는 "피지배인들의 상상력을 식민화"하고 그들의 상상력 속에 열망을 불러넣는 것이다.[23] 제인이 촬영기사인 스즈키를 쇼핑 카트에 태운 후에 월마트에 산더미처럼 쌓인 물품들을 찍게 하는 행위는 그녀가 정보를 관리하고 그것을 우리가 소비할 수 있는 형태로 다듬는 에코미디어의 본질[24]에 정통하고 있음을 보여준다. 그녀에게 월마트는 "미국의 더할 나위없는 풍요"를 보여줄 수 있는 최선의 장소이고 그렇기 때문에 「나의 미국 주부」의 심장이자 영혼이 되어야 하는 것이다. 그리고 이는 무엇보다도 "일본 주부들의 마음속에 결핍 갈망(영어의 want라는 단어는 이 두 가지 의미를 가지고 있다)의 상태를 불러일으키기 위함인데, 이는 결핍(갈망)은 좋은 것이고" 또한 "낭비할 정도의 풍요는 자동적으로 그 반대인, 결핍이라는 말없는 유령을 환기하기 때문이다."[25] 이런 점들은 제인이 미디어와 초국가기업

---

23. 큐빗, 「Decolonizing Ecomedia」, 277

24. 에스톡, 「Information Fatigue, Environmental Fatigue: Producing Affect in Ecomedia」, 450

25. 오제키, 앞의 책, 35

의 식민화 전략을 익히 알고 있음을 잘 보여준다. 국가 간 무역에 있어 미디어는 '상품을 팔 나라가' 이미 가지고 있는 것을 계획적으로 낡은 것으로 만들고 욕망을 가동해 소비자로 하여금 돈을 쓰게 만든다.[26]

현재 전 세계를 휩쓸고 있는 기호경제학에서 생산의 주요 수단은 더 이상 상품이 아니라 상징이다.[27] 마찬가지로 이 텔레비전 쇼의 지침서가 지시하는 것처럼 미국은 이 쇼에서 하나의 상징, 즉 "일본 주부들이 단란한 가정, 따뜻함과 편안함이라는 다정한 느낌을 느낄 수 있는 나라"로 제시되어야 한다. 그런데 참으로 아이러니한 것은 미국에 관한 이런 이미지가 이 프로그램의 미국 측 제작 파트너이자 진짜 미국인 제인이 쓴 게 아니라 광고회사에서 일하는 일본인들이 만들어 낸 것이라는 사실이다. 제인의 상사이자 일본 측 파트너인 우에노 조이치는 쇼가 시작하기 전에도 이미 이런 환상의 화신(化身)같은 사람이고, 따라서 쇼의 제작자이고 미국 측 파트너인 제인이 해야 될 역할은 이런 환상을 실현시켜주는 것이다. 2차 세계 대전 이후 친미주의 분위기에 완전히 젖은 채 동아시아의 남성중심문화 속에서 자라난 조이치는 의심할 바 없이 폭력적이고 인종차별적이고 성차별적인 일본인이다. 미국적인 것 중에서 그가 가장 부러워하는 것은 미국의 힘과 활력인데 그는 그런 활력이 고기를 먹은 데서 비롯되

26· 큐빗, 「Decolonizing Ecomedia」, 278
27· 큐빗, 앞의 논문, 277

었다고 확신한다. 전쟁에서 진 것도 고기를 먹지 않은 일본인들이 고기를 먹는 미국인들의 힘에 눌렸기 때문이라고 생각한다. 그는 미국이 북미 전체를 지배할 운명을 갖고 있다는 "명백한 사명설(Manifest Destiny)"을 본 따서 풍만하고 건장한 미국 여성을 "명백하게 드러난 고기(the Meat Made Manifest)"라고 생각하는데 이는 이 소설의 세계를 지배하고 있는 여성과 고기의 동일시를 파렴치하게 드러내는 것이다. 이런 점에서 그가 이 소설의 주요 고기라는 피쉬의 지적은 적확하다.[28] 그가 얼마나 이런 미국적 이미지에 세뇌되었는지는 우에노 조이치(Joichi Ueno)라는 자신의 이름을 스스로 미국의 유명한 배우 존 웨인 (John Wayne)을 본 따 존 웨이노(John Wayno)라고 바꾼 것에서 여실히 드러난다. 자발적으로 일본인으로서의 정체성을 버리고 가짜 미국인 행세를 하는 것이다. 한국을 식민지배하는 동안 일본이 한국인의 이름을 억지로 일본 이름으로 창씨개명 하도록 강요한 것을 생각하면 참으로 격세지감을 금할 수 없는 자발적 식민 행위이다.

누드댄서들이 손님들의 무릎에 앉아 춤을 추는 텍사스의 한 술집에서 존이 벌인 에피소드는 미국적인 것, 특히 미국의 활력에 대한 그의 열망과 애호를 적나라하게 보여준다. 아이러니하게도 그는 미국의 활력을 72세 때 딸 로즈를 낳은 비육장 주인 존 넌(John Dunn)과

28· 피쉬, 「The Toxic Body Politic: Ethnicity, Gender, and Corrective Eco-Justice in Ruth Ozeki's *My Year of Meats* and Judith Helfand and Daniel Gold's *Blue Vinyl*」, 54

같은 미국 남자들의 정력이나 힘에서 찾는 것이 아니라 커다란 가슴을 지닌 여성들에게서 구한다. 돈(Dawn)이라는 텍사스 미녀가 "그의 안심(tenderloin)에 다리를 걸치고 올라타 그녀의 둥근 우둔살(rump, 엉덩이)을 그가 살펴보도록 들어 올리자" 그는 기쁨을 억제하지 못하고 소리치며 눈물을 흘린다. 오제키가 인간의 신체 부위를 묘사하며 "안심", "우둔" 같은 용어를 사용하고 있는데서 드러나듯 이 장면에서 인간은 우과(牛科)의 한 동물이 되고 말았다. 나아가 "그녀가 그를 마주보기 위해 회전하자 그의 눈에 맺힌 눈물이 그의 얼룩덜룩한 뺨을 타고 흘러내려 그녀의 앙증맞은 핑크빛 젖꼭지에 철벅 떨어졌다"[29]는 구절은 포르노그래피의 차원을 넘어 애처롭기까지 하다. "일본 여자는 이렇지 않아…뼈만 앙상하지"라는 이어지는 그의 말은 "백인 여성의 풍만한 가슴은 명백하게 백인 문명을 나타낸다"[30]는 코르니에츠(Cornyetz)의 주장처럼 미국의 백인 문명에 대한 그의 뿌리 깊은 열등감과 열망을 보여준다. 다른 무엇보다도 미국 여성들의 큰 가슴은 그의 아내 아키코의 뼈만 앙상하고 "열매 없는" 몸과 극명하게 대조된다. 그가 제인을 강간하려 들며 "타가키, 당신은 잡종강세의 훌륭한 실례야… 내 아내는 열매 없는 여자야, 제인 당신과 애를 만들고 싶어"라고 뻔뻔하게 말하는 것도 그의 성차별적이고 인종차별주의적인 동시에 식민주의적이기도 한 의식에서 나온 것이다. 그

29· 오제키, 『*My Year of Meats*』, 43
30· 코르니에츠, 「The Meat Manifesto: Ruth Ozeki's Performative Poetics」, 219

에게 있어 고기는 그의 미각적 쾌락과 활력을 위해, 여성은 그의 성적인 쾌락과 후손의 생산을 위해서 존재할 따름이다. 그러나 다른 관점에서 보면 그 또한 미국에 의해 문화적으로 식민화된 나라의 자손인 동시에 가부장적이고 남성중심적인 아시아 문화의 희생자인 셈이다.

존의 아내 아키코는 순진하고 소극적인 그녀의 남편보다 더 영민하고 정교한 독자이긴 하지만 그와 마찬가지로 미국이라는 환상을 적극적으로 소비하는 사람이다. 존이 「나의 미국 주부」가 지시하는 고기를 물리적으로 소비하지만 (물론 그 쇼에서 매주 방영되는 요리를 본 따서 실제 요리를 하는 사람은 아내 아키코이다) 아키코는 보다 정신적이고 영적인 메시지, 즉 미국이 모든 사람이 행복한 삶을 누릴 수 있는 자유롭고 너그러우며 친절한 국가라는 관념을 소비한다. 백인과 흑인 두 인종 레즈비언 부부의 에피소드에 깊은 감명을 받은 아키코는 눈물을 흘리는데 이는 "모든 난관에도 가족을 맺기로 결정한 강한 여성"들에 대한 존경의 눈물과 동시에 "자신의 처지에 대한 연민의 눈물"[31]이기도 하다. 이런 환상은 "행복한 삶의 첫 걸음……나는 갈 곳이 있어"라고 그녀의 친구인 토모코에게 하는 말에 명시적으로 드러나는데 여기서 제인이 말하는 장소는 물론 미국을 가리킨다. 그러나 미국과 행복의 동일시는 너무나 안이한 것이고, 이는 남편과 마찬가지로 그녀 또한 「나의 미국 주부」가 일본 주부들에게 불어넣으

31· 오제키, 앞의 책, 189

려고 하는 미국의 환상적인 이미지에 얼마나 심각하게 영향을 받았는지를 잘 보여준다. 그러나 오제키는 이 소설에서 실제 미국의 가장 두드러진 특징은 다른 사람, 동물, 그리고 자연에 대한 폭력(성)임을 적나라하게 그려낸다. 미국이 친절하고 따뜻하며 안전한 나라라는 일본사람들의 기대와는 달리, 미국은 그 자신의 문화 속에 폭력이 깊이 내재되어 있는 나라이며 보다 더 정확하게는 폭력이 문화가 되어버린 소름끼치는 나라이다. 실제 1997년 루지에나 배톤 루지에서 일본에서 온 교환학생인 열여섯 살 먹은 하토리가 길을 물어 보려고 초인종을 눌렀을 때 육류 포장을 하는 피어스가 총으로 그를 쏘아 죽였으나 결국 무죄 판결을 받은 사건을 오제키는 이 소설에서 언급하고 있는데 이는 이 사건이 미국 문화에 폭력이 얼마나 만연한가를 적나라하게 보여주기 때문이다. 제인이 잘 요약하고 있는 것처럼 이 "폭력적이고 비인간적인 행위 속에 총, 인종, 고기, 명백한 사명 모두가 충돌한다."[32] 미국산 고기의 소비는 그 심층적 의미에서 이런 구조화된 "폭력"의 소비에 다름 아님을 작가는 말하고 있는 것이다.

참된 것과 조작된 것, 혹은 진실과 허구 사이의 틈 혹은 괴리가 이 소설의 주된 플롯이다. 이 소설의 말미에 제인이 고기와 함께 지낸 세월 동안 그녀는 "절반은 다큐멘터리작가로, 절반은 이야기꾼"이었다고 고백하는데 여기서 "이야기꾼(fabulist)"라는 말은 단순히 이야기를 하는 사람이 아니라 이야기를 거짓되게 꾸며내고 조작해내는

32· 오제키, 『*My Year of Meats*』, 89

사람이라는 뜻이다. 이런 고백 후에 그녀가 진실과 허구 사이의 관계에 대해 긴 사색을 늘어놓는 것은 자신이 다큐멘터리 작가로서의 윤리적 책임과 자기를 고용한 회사의 이익을 위해 오염되고 조작된 쇼를 생산해야 하는 직업 사이를 오락가락했음을 보여준다. 이 괴롭고 불가능한 일을 힘들게 헤치고 나와야 했다는 사실은 어떻게 보면 그녀의 이름 속에 이미 예견되어 있다. 아빠와 엄마 이름에서 따와 합성한 제인의 성 "타가키-리틀"—문자적으로는, "작은 높은 나무"라는 뜻인데—은 그 자체가 일종의 모순어법이고 그렇기 때문에 그녀 이름의 의미를 두고 부모님이 논쟁이 계속되는 이유이다. 그녀 아빠는 "이름은 그저 이름일 뿐이고 다른 뜻은 전혀 없다"[33]고 말하지만 어머니는 "이름은 아주 중요한 으뜸가는 것이에요. 이름은 온 세상에 내미는 얼굴"[34]이라고 반박한다. 이런 모순적인 이름에다 제인의 백인과 일본인 간의 인종적 혼종성을 더하면 그것은 제인이 한 인간으로서 뿐만 아니라 다큐멘터리 제작자로서 헤치고 나가야 할 힘든 상황을 상징한다. 그녀의 이름을 미디어로 대치하면 그것은 정확하게 음식의 주요 통로인 국가 간 무역에 있어 미디어의 두 얼굴을 그대로 드러낸다.

이야기꾼으로서의 제인은 중요한 정보(이 경우에는 미국산 고기와 그것이 건강하지 않다는 사실)를 말하지 않거나 숨기고 그것들을 더

---

33. 오제키, 앞의 책, 9
34. 오제키, 앞의 책, 9

나아 보이게 꾸며내 환상의 생산자로 일한다. 그녀는 민감한 정보를 대중이 접근하지 못하도록 조작하고 통제하는 초국가적 기업의 전략을 추종한다. 소를 키우는 데 해로운 화학물질과 호르몬을 사용하고 있다는 사실은 비프−엑스가 마지막까지 숨기고 싶은 비밀이다. 로빈슨과 웹스디가 『*Times of Technoculture: from the Information Society to the Virtual Life*』(테크노문화의 시대: 정보사회에서 가상 삶으로)에서 상술하는 정보를 관리하고 통제하는 시스템을 떠받치는 네 가지 전략은 길지만 인용할 가치가 있는데, 이는 그것들이 이 소설에서 소고기 업체와 미디어 회사가 어떻게 사업을 수행하는지를 이해하는 데 중요한 단초를 제공하기 때문이다.

첫째, 적극적 설득을 담당하는 기관들, 예를 들면 광고와 홍보, 선전을 담당하는 기관들이 있다. 둘째, 대중들이 "기밀"로 분류된 정보에 접근하지 못하도록 하는 여러 종류의 비밀, 보안, 검열 제도가 있다. 셋째, 정보의 상품화와 상업화로 점차 발전하고 있는데 이는 정보의 흐름을 기업의 가치와 우선권(시장 세력, 특허, 저작권 등)에 종속시키는 것이다. 그리고 마지막으로 기업과 정치적 이해에 의한 정보 수집(여론 조사, 시장 조사, 사회 조사뿐만 아니라 감시라는 보다 사악한 형태를 통해)의 확산이 있다. 개인과 가족에 대한 상세한 정보를 점점 더 수집하는 것은 그들의 사생활을 위협할 뿐만 아니라 이러한 정보에 접근할 수 있는 사람들에게 전문화된 광고를 제작해 전달할 능력을 극적으로

증대시킨다.[35]

제인이 만드는 「나의 미국 주부」에는 위 인용문의 전략들이 모두 유기적으로 녹아있고, 그런 점에서 이 쇼는 다큐멘터리가 아니라 오염된 미국 육류에 대한 "전문화된 선전"인 것이다. "어떻게 그것을 믿을 수 없어……진실인데. 그건 다큐멘터리 프로그램이야, 그렇지 않아? 믿지 못할 게 뭐가 있어?"[36]라고 존은 아키코에게 이 쇼의 진실성을 강변한다. 그러나 그가 아키코에게 그 프로그램의 진정성을 믿으라고 강요하고 애걸하면 할수록 그 프로그램이 조작된 것이라고 하는 점이 더 분명해진다. 이 업계에 종사하고 있는 사람으로서 존은 이 업계에서 중요한 것은 진실이 아니라 진실인 척 하는 것임을 누구보다도 잘 알고 있다. "가장 중요한 요점은 완벽한 가정을 보여주는 것이다"라는 지침에서 이탤릭체로 강조된 "보여준다"는 단어가 초국가적 미디어의 논리를 잘 드러내고 있다. 가장(假裝)이라는 게임이 시장을 지배하고 있는 것이다.

이 소설에서는 아키코와 버니 던(Bunny Dunn) 그리고 제인에게서 보듯 변화가 핵심적인 주제 중의 하나인데 이들 중에서 특히 가짜 다큐멘터리 제작자에서 "진짜" 다큐멘터리 제작자로 제인이 겪는 변화는 득히 주목할 만하다. 제인은 글로벌 마켓을 위해 이러한 일을 하

35· 로빈슨 & 웹스터, 『Times of Technoculture: from the Information Society to the Virtual Life』, 138

36· 오제키, 『My Year of Meats』, 129

는 것에 대한 꺼림칙함을 이 소설의 여러 곳에서 피력하는데 이는 그
녀의 죄책과 교착상태를 드러낸다.

나는 다큐멘터리의 진실성으로 프로그램을 제작하길 원했고 그래서
치음에는 절대적이고 경험적이며 유일한 진리가 존재한다고 믿었다.
그러나 나의 기술이 늘고 편집과 카메라 각도 그리고 음악이 의미에 미
치는 영향을 배우게 됨에 따라 진리는 일종의 경주 같은 것이고 단지
점차 줄어드는 근사치로만 측정될 수 있다는 것을 서서히 깨닫게 되었
다. 그러나 그럼에도 우리는 진리를 찾으려 애써야 하고 그것을 전적으
로 믿어야 한다.[37]

위 인용문은 제인이 "절대적이고 경험적이며 유일한" 진리를 확고
히 믿는 사람에서 진리라고 하는 것의 상대성과 복잡성을 주장하며
스스로를 정당화해야 하는 가짜 다큐멘터리 제작자로 변모했음을 여
실히 보여준다. 제인의 "진리는 여러 겹 속에 놓여 있는데 각 겹은 얇
고 거의 불투명해 말해지고자 하는 욕망을 저항한다"[38]는 말이나 위
의 "진리는 경주와 같아서 점차 줄어드는 유사성으로만 측정될 수 있
다"는 말은 그녀가 고수해야 할 진리가 소고기의 글로벌 시장을 위해
일하는 동안 "점차 줄어드는 유사성"으로 대치되었음을 보여준다.

37· 오제키, 『My Year of Meats』, 176
38· 오제키, 앞의 책, 175

이 책의 서두에서 "나는 보다 큰 진리에 봉사하기 위해 부인들을 사용할 수 있다고 정말 믿었다"고 제인이 말했을 때 그녀 스스로도 그 큰 진리가 무엇인지를 구체화하지 못했다. 그녀가 미국 축산업계에 대해 포괄적인 인식을 하게 되고 화학약품과 DES를 포함한 호르몬을 광범위하게 사용하고 있다는 것에 눈뜨고 나서야 비로소 자신이 무슨 일을 해야 할지를 깨닫게 된 것이다. DES의 끔찍한 부작용을 조사하고 난 후 제인은 이 "역겨운 문제의 핵심"에 스스로를 던지기로 결심한다.

> DES 같은 것은 빙산의 일각에 불과하다. 왜 내가 이것을 추적하지 않았는가? 스스로를 다큐멘터리 작가라고 부르면서도 나는 이 쇼를 후원하는 산업체에 대해 거의 아무것도 알지 못했다. 이 쇼를 만든다고 *내게* 돈을 지불하는데도 말이다. 그러니 이제 이렇게 할 테다. 그 역겨운 것의 핵심을 파헤쳐 우에노의 코를 그 썩은 고기에다 문지를 것이다. 더 이상 속임수는 없다. 생각 중이다. 도축장, 육류포장 대모, 비육장 가족을.[39]

마침내 제인은 자기가 그 쇼로 인해 돈을 받는다는 사실이 자신이 일하고 있는 업체가 어떤지를 조사하지 않는 것에 대한 변명이 될 수 없다는 것을 깨닫는다. 그녀의 태만, 더 정확하게는 무지는 자세히

39· 오제키, 앞의 책, 202

분석해보면 다큐멘터리 제작자로서 지녀야할 윤리의 배반에 해당한다. 일자리를 잃을 두려움에 그녀는 이 섬뜩한 주제에 눈 감기로 은연 중 작정한 것이다.

스스로 택한 무지 상태에서 그녀의 일자리를 지키느냐 아니면 프로그램 제작을 거부하느냐 사이의 갈등이 제인을 심리적 극단 상태로 몰고 간다. 그 고기가 온갖 화학물질과 호르몬으로 범벅이 된 오염된 고기라는 것을 알고 있는데도, 자신의 몸이 "그 동물의 맛과 조직을 자신의 이빨 사이에" 갈망하는 것을 그녀는 한탄한다. 이런 모습을 확대하면, 이는 그녀가 만드는 오염된 다큐멘터리가 사람들을 "심리적 무감각"에 이르게 할 것에 대한 그녀의 고뇌와 유사하다. 그녀를 이 무감각한 마비상태에서 벗어나게 해준 힘은 두 가지인데, 하나는 DES에 오염된 고기의 위험성이 얼마나 끔직한 지를 정확하게 인식하게 된 것이고 다른 하나는 진정한 다큐멘터리 제작자로서 도덕적인 진실성을 회복한 것이다. 이런 깨달음을 실천에 옮기기 위해 제인에게 필요한 것은 윤리적 결단이다. 제인이 존에게 "내가 이제 육류 생산이 초래하는 건강 위험을 알고 있는데 어떻게 블래스치즈키(정육장 운영) 가족과 던(비육장 운영) 가족을 건전하게 그려낼 수 있냐"[40] 고 문제를 제기하는 것도 바로 이 때문이다.

아키코의 팩스와 버니 던의 용감한 행동이 제인의 변모에 결정적인 역할을 수행하는데 그녀의 변화는 앨도 레오폴드(Aldo Leopold)

40· 오제키, 『*My Year of Meats*』, 211

가 『*A Sand County Almanac*』(모래 군(郡)의 연감)의 「Thinking like a Mountain」(산처럼 생각하기)에서 묘사하고 있는 생태적 회심에 비견할 만하다. 제인의 상황은 아키코의 상황과 아주 유사하다. 그녀가 제인에게 보낸 팩스에서 아키코는 "나의 거짓된 삶에 슬픔을 느끼"고 있고 "내 마음 깊은 곳에서는 존의 아내가 아니다"[41]라고 고백한다. 제인도 비슷하게 다큐멘터리 작가로서의 윤리를 배반하고 미국산 육류를 글로벌 시장에 팔려고 하는 사람들의 이익을 위해 봉사하는 문화적 포주로 이중적 삶을 살고 있는 것이다. 이런 상황에서 아키코의 팩스는 번개처럼 그녀를 내리쳐 그녀가 만드는 쇼의 시청자에 대한 제인의 개념을 바꿔놓는다.

그러나 지금까지 나는 내 시청자가 누구인지를 실제로 상상해 본 적이 없었다. 그녀는 한 추상적인 관념이었다. 기껏해야 경험은 제한되어 있지만 배우려 열심이며 내가 만드는 프로그램과 나의 미국 부인들에게서 영감을 받을 전형적인 주부였고, 최소한에는 성가신 임원—실제로는 아키코의 남편—의 얼굴에 가져다 문지르려고 내가 갈망하는 퍼센트 비율, 즉 인구통계였다. 그런데 이제 그 시청자가 나를 엄습해왔다. 이런 태도가 얼마나 교만하고 광신적 애국주의적이었던가. 내가 주역으로 삼아 촬영한 미국 여성들의 안녕만 걱정해왔는데 갑작스럽게 시청자가 이름과 위태로운 정체성을 지닌 아키코 안에 형상화되어 나

41· 오제키, 앞의 책, 214

타났다. 이렇게 분명해져오는 인식은 충격파처럼 사람들을 덮친다. 그
것이 당신 위를 넘어가고 그러고 나면 그 파도가 지나간 자리는 아무것
도 똑같지 않다.[42]

　팩스라는 형태를 빌어 갑자기 아키코가 나타나기 진까지 제인은 그
녀가 만드는 다큐멘터리는 마치 제 1차 걸프 전쟁의 비디오 클립을
시청하는 미국 시청자들이 그것을 본다고 해서 상해를 입을 수 없는
것처럼 실제 세계에 무해한 일종의 미디어(비디오) 게임 같은 것이
라고 생각했다. 그러나 아키코의 등장은 제인으로 하여금 태평양 너
머에 있는 시청자들의 의식에 자신의 프로그램이 실제로 엄청난 영
향을 미친다는 것을 깨닫게 하고 그녀의 "거만하고 맹목적으로 애국
적인 태도"를 재고하게 된다. 그녀는 자기 스스로 지명한 "문화적 포
주"로서 공정하고 편견 없는 중재자가 아니라는 것을 깨닫게 된다.
나아가 탐욕적이고 무자비한 기업의 경제적인 이해에서 미디어뿐 아
니라 미국의 이해에 지나치게 경도된 자신의 정신도 탈식민화해야
될 필요성을 통감하게 되는 것이다.
　버니 던도 제인이 진정한 다큐멘터리 제작자로서 도덕적 온전성을
회복하도록 이끄는 데 아주 중요한 역할을 수행한다. 여성호르몬에
중독된 다섯 살 먹은 그녀의 딸 로즈의 상태를 공개하기로 결심하고
서는 "당신네들은 저널리스트이죠. 그러니 아마도 도움을 줄 수 있는

42· 오제키, 『My Year of Meats』, 231~232

방안을 찾을 수도 있겠지요"[43]라는 그녀의 말은 제인에게 미디어가 수행해야 할 진정한 역할이 무엇인지를 상기시키며 그녀에게 진정한 다큐멘터리를 제작할 것을 촉구한다. 버니에게서 가장 두드러지는 점은 그녀가 숨겨 온 비밀, 즉 다섯 살 딸이 DES에 중독되어 완전히 발육된 가슴과 음모까지 있다는 것을 폭로하고 딸이 그런 상태가 되도록 내버려둔 그녀의 잘못을 가차 없이 인정하는 용기이다.

> 당신이 결코 믿을 수 없었던 일들이 지극히 정상적인 것처럼 보이는 일에서 일어나지요. 어쩜 정상적이 아닐지도 모르지만 그것을 받아들 어야 하지요. 마치 로즈의 일처럼... 거기에 그냥 익숙하게 된 거지요. 어떤 일이 일어나 당신을 깨워 다르게 보게 할 때까지 말입니다. 당신 들이 확 들어 닥쳤을 때 바로 그런 일이 일어난 거지요. 당신들의 눈으 로 로지를 보게 되었지요. 그러자 모든 것이 다르게 보였답니다. 잘못 된 일이었어요."[44]

"잘못"이라는 마지막 단어는 비정상적인 일을 정상적인 일로 받아들인 그녀의 과거 행동을 단호하게 요약하고 있다. 버니의 말과 행동은 제인에게 그녀 또한 버니와 별반 다르지 않다는 것을 깨닫게 하고 문지 그대로 제인을 우유부단과 자발적 무지에서 깨어나게 한다.

43· 오제키, 앞의 책, 275
44· 오제키, 앞의 책, 294

제인이 이 소설의 말미에서 상술하는 무지와 지식의 역학은 특별한 주목을 요하는데 이는 그것이 제인의 오락가락함과 주저뿐만 아니라 환경문제를 대하는 대중들의 일반적 딜레마를 잘 설명해주기 때문이다. 어머니를 방문한 후에 제인은 그녀의 방황을 그녀의 인종적 혼종성과 이로 인해 그녀의 유전자 속에 내재해 있는 상대성에 관한 이해로 돌리기를 그친다. "이제는 더 이상 아는 것을 중단하고 결정할 때이다. 나는 무엇을 하길 원하는가? 절대적으로 내 온 마음을 다해 내가 하길 원하는 것은 무엇인가?"[45]라며 "지식이 우리의 무기력함—나쁜 지식—의 상징이 되어, 우리는 그것이 의식에서 사라질 때까지 그것을 타고 놀며 부정한다"는 제인의 말은 참으로 아이러니하다. 제인의 주장처럼 지식이 우리가 문제를 맞닥뜨리고 풀도록 우리를 강하게 만들지 못하고 무지 또한 그렇게 하지 못한다.

우리가 지식에 의존해 행할 수 없다면, 무지 없이는 살아남을 수도 없다. 그래서 우리는 무지를 육성하고 심지어 그것을 찬양하기까지 한다. 텔레비전과 할리우드를 지배하는 모조-멍청이 미학은 모두 이에 관한 것이다. 정말 나쁜 소식이 가득한 미디어 음식을 먹고 살다 보니 우리는 지속적인 억압된 공포 상태 속에 살게 되었다. 우리는 나쁜 소식에 마비되어 있는데 거기서 탈출하는 유일한 방법은 멍청한 척 하는 것이다. 무지는 그것이 우리를 살게 하기 때문에 힘을 돋우는 것이 된

45. 오제키, 『My Year of Meats』, 314

다. 멍청함이 혁신적인 것이 되고 정치적 진술이 된다. 우리의 집단적 표준말이다.[46]

무지가 살아남기 위한 전략이고 미디어의 역할은 이런 무지를 영속화하는 것이라는 제인의 견해는 받아들이기 쉽지 않지만 엄연한 사실이다. 이런 무지가 개인의 잘못이기도 하지만 그보다는 더 "집단적 문화 추세, 세기말을 특징짓는 심리적 마비, 이중 역할 하기"의 실례라는 제인의 진단은 정확하다. 그것은 또한 그녀가 과거 잘못된 선택과 부끄러운 일에 관여한 것을 상기시킬 뿐만 아니라 음식의 선택과 섭생에 있어 우리들 자신의 무기력과 행동하지 않음을 정확하게 반영한다.

오제키는 환경과 음식에 관한 나쁜 소식이 넘쳐나고 그래서 그런 것들에 우리가 "면역이 된" 시대에 우리가 살기 위해 필요한 것은 윤리적 결심과 헌신이라고 주장한다. 우리를 무기력하게 만드는 지식도, 살기 위해 자발적으로 택한 무지도 아무런 소용이 없는 상황에서 이것이야말로 우리가 채택할 수 있는 유일한 선택인 것이다. 어려운 과정을 통해 힘든 선택에 이르고 그 선택을 끝까지 견지하여 제인은 "이야기꾼"의 역할을 지양하고 진정한 다큐멘터리 작가가 될 수 있었다. 이렇게 제인이 변했기에 고기의 메시지도 긴강하고 활력을 주며, 깨끗한 고기에서 "건강에 좋지 않고, 더럽고, 비인간적이며, 온갖 화

46· 오제키, 앞의 책, 334

학물질과 호르몬으로 오염된" 것으로 바뀌게 된다. 대규모 공장 축산의 뼈대라 할 DES도 참모습이 드러나서 만병통치약에 가까운 기적의 약에서 우리의 건강뿐만 아니라 DES 딸인 제인의 난임과 유산에서 보듯 여성의 재생산 시스템 자체를 위협하는 무시무시한 독극물로 바뀌고 만다. 우리가 먹는 음식은 결국 우리가 먹기로 선택한 음식이고 그 선택이 우리들 자신의 건강뿐 아니라 우리들 후손의 건강까지도 좌우하는 것이다. "고기가 메시지"라는 모토의 변주인 이 소설에서 고기는 여성과 동물을 연결해주는 상징이다. 따라서 고기는 여성과 동물을 통제하려는 욕망, 나아가 자연과 인간이 아닌 것들을 지배하려는 인간의 욕망이 구현되는 곳으로 문화적, 도덕적 가치의 풍향계라고 할 수 있다. 나아가 고기는 초국가적 경제 질서에서 미국의 힘의 대변자요 경제적, 문화적 식민화의 첨병 역할을 수행한다. 한 손에는 고기를, 다른 한 손에는 미디어를 들고서 제인의 쇼는 아시아인들에게 입을 벌리라고 유혹한다. 환상과 거짓으로 포장된 "고기"를 홍보하는 제인은 자신도 모르게 글로벌 신자유주의와 소비자본주의라는 거대한 시스템의 가해자가 되고 만 것이다. 그러나 한편으로 제인은 어머니 뱃속에서 DES에 노출되어 나팔관이 변형되어 임신을 할 수 없게 된 희생자이자 거대기업과 엉터리 과학의 피해자이기도 하다. 그녀의 모습은 음식에 대한 주권을 상실하고 미디어에 의해 조작된 정보를 추종한다는 점에서 일반 독자, 무기력한 소비자와 음식 섭생자의 자화상이기도 하다. 문화적 포주로서 제인이 수행해야 할 진정한 역할이 있다면 그것은 이 자발적 무지, 정보 피로(information fatigue), 그리고 심리적 마비라는 작금의 문화와 생태적 각성, 구체적 행동, 그리고 변화의 문화 사이의 중재자가 되는 것이다. 이런 점에서 오제키의 『나의 고기의 해』는 너무 늦기 전에 우리에게 행동할 것을 촉구하는 강력하고 긴급한 목소리이다.

무엇을 어떻게 먹을 것인가

4 —— 음식문맹자에서 음식문명인으로

현재 음식에 관한 가장 영향력 있는 저술가인 마이클 폴은 우리는 스스로 무엇을 먹을까에 대한 감각을 상실하고 식품 과학자들과 판매업자, 미디어, 정부가 제시하는 기준을 맹목적으로 따르는 음식 문맹자가 되고 말았다고 주장한다. 음식은 생물학적 필요 이상의 것으로서 즐거움, 가족과 영성, 공동체, 자연 세계, 그리고 우리의 정체성과 밀접히 연관되어 있는 것이지만 현대에 있어 음식은 이 모든 기능을 거의 상실하고 말았다는 것이다. 눈에 보이지 않는 영양소가 우리의 건강을 좌우한다고 주장하는 식품과학자들에 의해 이제 식사는 음식을 먹는 행위에서 영양소를 섭취하는 행위로 바뀌었다. 음식을 영양소별로 접근하는 이런 태도는 영양소에서 전체 음식의 맥락을 제거하고, 음식에서 전체 식사의 맥락을 제거하고, 식사에서 전체 생활을 제거하는 문제를 유발시킨다. 이는 음식을 섭취하는 인간을 기계로 간주하는 것이고, 음식을 이런 기계를 움직이는 연료로 생각하는 것이다. 이런 소위 과학적 주장 앞에 할머니에서 어머니를 통해 전승되던 전통적인 식문화는 권위를 상실하게 된 것이다. 폴란은 이 혼란을 틈타 진짜 식품이 아니라 식품처럼 보이는 물질(food-looking substance)이

슈퍼마켓의 선반과 우리의 식탁을 점령하게 되었다고 주장한다. 영농산업과 음식산업은 우리를 음식의 근원에서 분리시키고, 음식이 마치 공장에서 제조할 수 있는 공산품과 별반 다를 바 없는 것이라고 믿게 하지만, 음식은 해, 흙, 물, 공기를 위시하여 생태계 전체의 노력이 합쳐져 나온 것이다. 폴란은 음식에 관한 일련의 저술을 통해 음식을 단순히 소비품이 아니라 우리와 관계를 맺는 대상으로 파악할 것을 촉구한다. 이럴 경우 섭생은 그 근원을 더듬어 내려가면 토양에 이르며, 우리가 먹이사슬 혹은 먹이그물이라 부르는 체계 내에서 종들 간의 관계임이 드러난다. 그리고 인간을 포함한 모든 종은 그들이 먹는 다른 종과 더불어 공진화하기 때문에 상호의존의 관계 속에 있는 것이다.

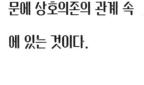

마이클 폴란

영양주의의 한계

마이클 폴란의 '진짜' 음식

　무엇을 어떻게 먹어야 하느냐는 화두를 가지고 폴란은 『잡식동물의 딜레마』에서 인간이 음식을 구하는 여러 방법들, 현대판 산업농과 공장사육, 유기농 농장, 그리고 수렵 채취 등을 몸소 경험한다. 이를 통해 산업적 음식 시스템은 지역 토양, 지역 음식, 지역 사람들 간의 관계를 파괴해 결국 지구 생태계에서 음식사슬을 통한 영양의 순환적 흐름을 붕괴시키는 자기파멸적인 시스템임을 밝혀낸다. 음식에 관한 그의 사유는 우리의 전통적인 사상인 신토불이(身土不二)를 연상시키는 "음식이 만들어지는 환경의 건강과 우리 몸의 건강이 분리될 수 없다"는 말과 "음식사슬이 정말 사슬이며 그 안의 모든 고리가 연결되어 있다. 토양의 건강에서 우리가 먹는 동식물의 건강, 우리의 음식 문화, 우리의 몸과 정신까지 모든 것이 연결 되어 있다. 음식은 단순한 화학물질의 집적물이 아니다. 아래로는 땅과, 밖으로는 다른 사람들과 연결된 사회적이고 생태적인 관계의 집합이 바로 음식이다"[01]는

01· 폴란, 『*The Omnivore's Dilemma: A Natural History of Four Meals*』, 180

말에 잘 요약되어 있다. 자신의 실제 경험과 연구를 통해 폴란은 우리에게 "진짜 음식을 먹고, 너무 많이 먹지 말고, 주로 채소를 먹으라"고 권고하는데 이를 실천하는 것이 자신의 건강을 지키는 길임과 동시에 지구를 살리는 길이라고 말한다. 가축의 집단 사육의 피해와 유전자 조작 식품의 위험, 그리고 옥수수의 과다 섭취 등을 심층적으로 파헤치고 있다는 점에서 폴란은 루스 오제키와 맞물려 있으며, 지역 생태주의와 생태적 유기농업을 주창하고 있다는 점에서는 그 스스로 음식에 관한 자신의 모든 것이 나온 원천이라고 밝히는 웬델 베리의 사상과 맥을 같이 하고 있다. 이 장에서는 마이클 폴란(Maichael Pollan, 1955~)의 『*The Omnivore's Dilemma: A Natural History of Four Meals*』(잡식동물의 딜레마)와 『*In Defence of Food*』(음식의 변호)가 주로 논의될 것이다.

폴란은 베닝턴(Bennington) 대학을 졸업하고 콜롬비아(Columbia) 대학교에서 영문학 석사를 받았다. 코네티컷(Connecticut)주 콘월 브리지에서 화가인 아내 주디스 벨저(Judith Belzer)와 아들 아이작과 함께 살고 있는 그는 현재 미국인들에게 가장 사랑 받는 작가이자 저널리스트, 환경운동가이다. 그의 대표적인 저서로는 『*Second Nature*』(제2의 성, 1991), 『*The Desire of Botany: A Plant's Eye-*

View of the World』(식물의 욕망: 식물의 눈으로 바라본 세상, 2001), 『*The Omnivore's Dilemma: A Natural History of Four Meals*』(잡식동물의 딜레마, 2006), 『*In Defence of Food: An Eater's Manifesto*』(음식의 변호, 2009), 『*Cooked: A Natural History of Transformation*』(요리된: 변형의 자연사, 2014) 등이 있다. 모두 출간하는 즉시 베스트셀러가 되었는데, 특히 고전의 반열에 오른 『제 2의 성』은 미국 원예학회로부터 역사상 가장 뛰어난 정원 관련서적 중 하나로 꼽히며 아직까지도 20년 가까이 베스트셀러 목록 상위를 지키고 있다. 『식물의 욕망』은 초판이 나온 직후 전국 서점이 집계하는 논픽션 부문 베스트셀러 수위에 오르며 폴란을 일약 문제적 저술가로 부상시킨 작품이다. 곧바로 세계 여러 나라 언어로 번역돼 국제적인 명성을 안겨주었고, 전 국민의 필독서로 자리 잡았다.

폴란은 자연, 정원, 식물, 그리고 우리가 먹는 음식을 비롯한 많은 소재를 통해 정치, 경제, 문화 등 사회 전반의 문제를 역사적이고 철학적이면서도 문학적인 방식으로 풀어나가는 탁월한 재능을 지니고 있다. 자유분방하면서 치밀하고 생동감 넘치는 그의 글에 미국 언론들의 찬사가 그칠 줄 모르며 학계와 관련 단체 역시 그가 내놓는 인간과 자연, 환경과 역사에 관한 새로운 해석들을 경이로운 눈으로 주시하고 있다. 『뉴욕 타임스』는 "마이클 폴란은 기존의 통념들을 근본적으로 흔들면서 놀라운 사실들을 밝혀낸다. 폴란의 글은 한없이 느슨한 듯하면서도 동시에 날카로운 지성과 활력이 번득인다. 아무도 생각하지 못한 곳에서 완벽한 예시를 이끌어내는 놀라운 솜씨를 갖추고 있다"고 평가했다. 특히 캘리포니아 북어워드를 수상하기도 한 『잡식동물의 딜레마』가 출간된 직후의 한 서평은 폴란을 "자유로운 미식가적 지성"이라고 일컫기도 했다. 폴란은 「하퍼스 매거진」의 편집자이기도 했으며, 현재는 「뉴욕 타임스 매거진」에 정기적으로 환경 칼럼을 연재하고 있으며 캘리포니아 버클리 대학교의 저널리즘 대학원 교수로 재직 중이다.

우리나라에서도 큰 사랑을 받고 있는 폴란은 대부분 작품이 번역되어 있다. 섭생에 관한 그의 견해는 "제대로 된 식품을 먹고, 소식하며, 되도록 식물성 식품을 섭취하라"는 말에 집약되어 있다. 우리가 먹는 음식은 우리와 세계의 모든 것을 연결해주는 매개이다. 나와 식물과 토양은 이렇게 보면 "영양을 공급하고 영양을 공급받는 거대한 공동체"인 것이다. 또한, 식사는 단순히 우리의 배고픔을 채워주는 생리적 차원을 넘어 사회적, 문화적 행위라고 주장한다. 식품 산업의 급격한 발달은 우리가 먹는 음식을 심각하게 훼손하고 진정한 섭생을 방해한다. 폴란은 효율만능주의에 기초한 산업적 생산방식과 또 이에 길들여진 우리의 음식 소비문화가 우리의 음식을 내주고 빌려주는 생명공동체를 파괴하는 현실을 안타까워한다. 진정한 음식을 되찾아 식사의 기쁨을 회복하고 지구 생태계의 건강을 지키려는 것이 그의 목적이나.

현재 우리는 먹거리의 풍요와 진정한 먹거리의 궁핍이라는 모순적 상황에 처해 있다. 폴란은 이런 상황에서 음식에 관해 글을 쓰는 작가 중 세계 최고의 반열에 오른 사람이다. 그는 『식물의 욕망』과 『제2의 성』 등의 초기 저서에서 식물을 통해 인간과 자연의 관계를 예리한 저널리스트의 눈으로 그려낸다. 생태주의자로서 폴란의 출발점은 그가 인간의 관점이 아니라 식물들의 관점에서 이 책을 기술하고 있는 데서 찾아볼 수 있다. 여기서 그가 상술하고 있는 사과, 튤립, 대마초, 감자는 각기 인간의 욕망 중에서 달콤함, 아름다움, 도취, 그리고 지배의 욕망을 상징하는데 폴란은 이 식물들이 인간들의 욕망을 이용해 자신들의 종을 더 많이 퍼뜨려 왔다고 주장한다. 여기서 주목할 것은 인간만이 욕망을 지닌 주체가 아니라 그들도 똑같이 자신들의 욕망을 지닌 주체라고 폴란이 생각한다는 사실이다. 이는 생태계에서 인간만이 행위의 주체이고 다른 모든 것은 인간의 편의를 위해 마음대로 이용할 수 있다는 인간중심주의에서 그가 애초부터 상당히 벗어나 있음을 보여주는 증거이다. 폴란은 벌과 사과나무처럼 감자와 감자를 심는 사람도 서로 영향을 주고받으며 공진화(共進化)해왔다고 주장한다. 『제2의 성』에서 폴란은 인간의 삶에 정원이 가지는 의미를 탐구하는데 그의 주된 관심은 여기서도 자연과 문명 간의 관계이다. 여기서 특히 주목할 점은 그가 정원을 자연과 인간의 합작품이라고 생각한다는 것인데 이후 그가 음식과 요리로 관심을 확장하게 되는 것도 처음부터 이 자연과 문명의 관계가 그의 주된 관심사였기 때문이다.

식물들에 대한 폴란의 관심은 점차적으로 음식에 대한 관심으로 확대된다. 『잡식동물의 딜레마』, 『음식의 변호』, 『*Food Rules: An Eater's Manual*』(음식 지침)을 비롯한 여러 저서를 통해 폴란은 우리가 무엇을 어떻게 먹을 것인가라는 질문을 심도 있게 탐구한다. 자신이 사냥하거나 획득한 것을 먹을 수밖에 없는 동물들과는 달리 인간은 채식과 육식 둘 다 가능하고 농업과 산업의 발달로 인해 음식을 두고 다양한 선택이 가능해졌다. 『잡식동물의 딜레마』는 책 제목이 시사하는 것처럼 잡식동물로서 인간의 식문화와 삶의 방식에 대한 깊은 성찰을 담고 있다. 옥수수를 바탕으로 한 산업적 먹이사슬, 풀을 바탕으로 하는 전원적 먹이사슬, 그리고 숲에서 일어나는 수렵과 채취의 먹이사슬을 폴란은 직접 체험하고 이를 바탕으로 우리가 먹는 음식에 좀 더 주의를 기울이고 진지하게 고민해 볼 것을 제안한다.

우리가 육식과 채식 모두가 가능한 잡식동물이라는 사실은 음식의 선택에 다양한 가능성을 제공하는 축복이지만 다른 한편으로는 무엇을 먹어야 할지 망설이게 하는 딜레마이기도 하다. 이러한 딜레마는 특히 모든 음식이 성장(盛裝)을 하고서 소비자의 선택을 기다리고 있는 슈퍼마켓에서 가장 잘 드러난다. 폴란은 산업적 농업과 식품 기업으로 인해 지금까지 음식 선택의 시침이 되어준 전통적 음식문화가 파괴되었고 그 결과 우리의 건강도 심각하게 위협받고 있다고 지적한다. 인간 또한 '태양–흙–참나무–돼지–인간'이라는 순환적 음식사슬에 속해 있다고 하며 이 순환에서 음식이 자연과 인간을 이어주는 중요한 매개체라고 주장한다. 이런 면에서 섭생은 단순히 영양소를 섭취하는 행위가 아니라 자연과 인간이 교류하는 주요한 방식인 것이다. 폴란이 생각하는 이상적인 섭생은 자연이 내준 음식을 선물로 생각하고 이에 대해 감사와 존중의 마음을 갖는 것이다.

현재의 섭생은 오염된 음식과 잘못된 식습관으로 인해 오히려 우리의 건강을 위협하고 있는데 폴란은 그 원인으로 영농산업이라 불리는 농업의 산업화와 이에 힘입은 공장식 가축사육을 지목한다. 식품을 대량으로 생산하기 위해 농업은 자연과의 조화에 바탕을 둔 지속 가능한 형태의 가족농에서 막대한 자본과 에너지 투입을 바탕으로 하는 산업농으로 바뀌었다. 폴란이 단기간에 최대한의 생산을 목적으로 하는 효율만능주의적인 산업적 농업이 우리 음식의 건강을 위협하는 주범이라는 비판을 멈추지 않는 이유가 바로 여기에 있다. 화학비료는 질소를 인위적으로 고정시켜 생산성을 극대화하지만 이로 인해 토양은 원래의 비옥함을 잃게 되고 농사를 전적으로 더 많은 비료에 의존하게 만든다. "합성 질소의 발견은 모든 것을 변화시켰다. 옥수수와 농장, 음식 시스템뿐만 아니라, 지구상에서 생명이 살아가는 방식까지도 변화시켰다"[02]라는 구절에서 보듯 화학비료는 농업방식에서부터 지구 생태계의 여러 구성원이 살아가는 방식에까지 막강한 영향을 미친다. 뛰어난 질소 고정능력을 가진 화학비료로 인해 식물들은 더 이상 태양 에너지에 의존할 필요 없이 인공퇴비의 화학성

02· 폴란, 『*The Omnivore's Dilemma: A Natural History of Four Meals*』, 42

분만으로도 자랄 수 있게 되었다. 이 비료 덕분에 땅의 비옥함을 유지하기 위해 농부들이 지켜온 여러 작물을 섞어 재배하는 전통적 농업방식인 혼합재배 방식도 한 가지 농산물만 재배하여 대량 수확하는 단일작물 재배방식으로 바뀌고 말았다. 영국 농학자로서 유기농의 철학적 토대를 세운 앨버트 하워드 경(Sir Albert Howard)은 "인공 퇴비는 필연적으로 인공 영양소, 인공 식품, 인공 가축, 그리고 마침내 인공 인간을 낳을 것이다"[03]라고 하며 화학비료가 우리가 먹는 음식과 우리의 건강에 미칠 수 있는 폐해를 경고한다. 화학비료뿐만 아니라 생산성을 보장하기 위하여 쓰이는 살충제나 제초제와 같은 수많은 화학약품도 대지를 오염시키고 불모지로 만든다. 이러한 화학약품들의 사용으로 인해 토지의 수명은 감축되고 한 번 재배한 땅에서는 더 많은 화학비료를 사용하지 않고서는 다시는 농사를 지을 수 없게 된다. 더 심각한 문제는 땅에 뿌려진 약품들의 5%만 식물에 흡수되고 나머지 95%는 토지는 물론 호수와 강을 타고 바다까지 흘러들어가 백화 현상을 가속화해 수중 생태계까지 파괴해 우리의 먹거리를 더 제한하고 축소킨다. 나아가 이러한 환경에서 자란 식물들과 또 이들을 섭취한 동물들이 먹이사슬을 통해 그대로 우리 몸속에 들어오게 된다.

화학비료의 남용과 더불어 폴란이 오염된 음식의 근원으로 지복하는 것은 집중가축사육시설(CAFO, Concentrated Animal Feeding

---

03· 하워드, 『*An Agricultural Testament*』, 41

Operation)이다. 공장식 축산업의 비인간적 처사와 동물학대 등은 말할 것도 없고 엄청난 항생제와 성장호르몬을 투입하여야 이런 집단사육이 가능하기 때문이다. 이런 축산업의 폐해와 그 잔인함은 생태윤리학자인 피터 싱어(Peter Singer)가 『*The Ethics of What We Eat: Why Our Food Choices Matter*』(우리기 먹는 음식에 관한 윤리: 음식 선택의 중요성)에서 그리고 루스 오제키가 『나의 고기의 해』에서 중점적으로 다루고 있는 문제이다. 소들을 감금하여 키우는 집중가축사육시설은 풀을 먹이는 것이 아니라 농업의 산업화와 단작으로 수확한 옥수수를 먹여 키운다. 따라서 이런 동물 농장은 한편으로는 농부들의 넘쳐나는 잉여 옥수수를 처분해줘서 좋고 축산업자의 입장에서는 이런 옥수수가 제한된 시설에서 많게는 수만 마리의 소를 키울 수 있게 해주고 나아가 육질도 좋게 해주니 일석이조인 셈이다.

그러나 소들에게 풀이 아닌 옥수수 사료를 강제하는 것은 소의 생태에 반하는 것이어서 여러 문제점을 안고 있다. 사료로 쓰이는 옥수수 대부분은 건강한 땅에서 제대로 자란 옥수수가 아니라 엄청난 화학비료로 키운 것이기 때문에 화학비료의 주된 원료인 질소와 인 함량이 높다. 기업축산업자들은 가축이 억지로 옥수수 사료를 먹어 생길 수 있는 고창증이나 산중독과 같은 질병을 예방하기 위해서 가축에게 항생제를 투여한다. 우리나라 축산업자도 미국산 사료를 수입해 소와 돼지 등을 키우고 있는데 미국산 사료의 성분 가운데 70%가 옥수수이고 이 옥수수 중에 40%는 유전자 조작 옥수수이다. 따라서 미국에 비해 규모는 좀 작을지 모르지만 우리나라 축산업도 같은 문제를 갖고 있다고 볼 수 있다. 폴란은 집중가축사육시설의 폐해에 대해 "포키 피더스 같은 CAFO는 적절한 환경에서는 귀중한 비료가 되었을 소의 배설물을 독성 폐기물로 바꾸어놓았다"[04]고 하는데 이는 집중가축사육시설이 독성 폐기물 제작소와 다를 바 없다는 말이다. 이런 공장식 축산시설에 대한 그의 비판은 "사육장은 엄청난 옥수수의 잉여분에 기초한 도시이다"[05]라는 구절에서 여실히 드러난다.

  폴란이 화학비료와 화학약품의 사용과 집중가축사육시설의 예를 들며 우리에게 얘기하고자 하는 것은 이러한 산업적 농업 방식은 결코 지속가능한 농업이 될 수 없고 그로 인해 우리가 취할 수 있는 음식다운 음식이 우리의 식탁에서 사라질 수 있는 위험이다. 산업적 농업은 생태계를 지속가능하게 하는 대지의 비옥함이 아닌 생산성에 혈안이 되어 음식과 자연을 우리가 인위적으로 조작 가능한 과학으로 환원한다. 이런 근시안적인 사이비 영농 과학의 폐해는 브루스 보이어스(Bruce Boyers)와의 인터뷰에서 폴란이 그의 다른 저서 『요리된: 변형의 자연사』의 영감이 되었다고 언급한 아이다호 주의 감자 농장에서 잘 드러난다. 대규모로 운영되는 이 산업화된 감자 농장은 감자의 영양분을 담고 있는 진짜 감자가 아니라 감자처럼 생긴 어떤 것을 화학약품을 사용해 키워낸다. 이 때문에 전통적인 농업방식으로 수확한 감자와는 달리 이 작물은 그 자리에서 비로 먹을 수 없는

04· 폴란, 『The Omnivore's Dilemma: A Natural History of Four Meals』, 79
05· 폴란, 앞의 책, 73

데 이는 이 작물에 뿌려진 화학약품들이 갖고 있는 독성물질이 증발할 때까지 6주 정도 시간이 필요하기 때문이다. 나아가 폴란은 여기에서 증발한 독성물질은 지구 온난화에도 기여한다고 지적한다. 음식다운 음식은 자연 본연의 모습을 유지하는 곳에서 비롯되는 것이고 인위적으로 조작되고 변형되지 않아야 한다. 그러나 현대의 유전자 조작 식품(GMO food)은 사람들의 건강과 생태계의 건강을 심각하게 위협할 수 있다. 식품산업 종사자들은 이런 유전자 조작 식품이 무해하다고 선전하지만 아무도 그것을 장기적으로 먹어 본 경험이 없기 때문에 나중에 어떤 부작용이 발생할지 전혀 알 수 없는 것이다. 폴란이 산업적 농업의 폐해를 역설하는 것은 산업적 농업 자체에 대한 비판도 있지만 그보다는 그것이 수만 년 동안 지속되어온 우리의 섭생을 근본적으로 흔들고 있기 때문이다.

산업적 음식사슬은 대지와 음식 그리고 섭생이라는 복잡한 관계를 몇 단계로 단순화하여 조작 가능한 것으로 만들고 이를 통해 진짜 음식 대신 "섭취 가능한 음식처럼 생긴 물질(edible food—like substances)"을 생산한다. 켈리 마이어스(Kelly Myers)는 "자연식품은 영양소 하나하나, 첨가제 하나하나로 해체되었다 …이는 음식의 질보다 음식의 양을 늘려야 한다는 산업적인 이데올로기에 의한 것이다"[06]라고 지적한다. 여기서 마이어스가 말하는 산업적 이데올로기는 다름 아닌 현대 식품산업의 중추라 할 수 있는 영양주의이다. 이 영

06· 마이어스, 「Toward Cornotology」, 325

양주의는 어떤 식품 전체보다 더 중요한 것은 그것에 담겨 있는 영양소라고 주장하며 자연식품(whole foods)을 영양소 단위로 해체한다. 그리고 이런 분석을 토대로 우리의 먹거리를 쉴 새 없이 비틀고 변형하고 원래 식품에 없던 새로운 영양소를 첨가하여 자신들이 제조한 식품이 자연 식품보다도 더 향상된 음식이라고 선전한다. 그러나 어떤 식품을 영양소로 나누는 것은 애초부터 불가능한 일이고, 영양주의의 과학적 적합성 문제도 끊임없이 제기되고 있는 실정이다. 산업적 음식산업의 번성에 의해 음식은 상품화되었고 자연식품과 거리가 먼 가짜 음식이 되어버린 것이다.

그러나 보다 심각한 문제는 질보다 양을 우선시하는 산업적 음식사슬이 우리가 섭생할 수 있는 음식의 폭과 범위를 제한하고 축소한다는 사실이다. 산업농은 대규모 경작이 가능한 몇몇 작물만을 선호하는데 가장 대표적인 것이 옥수수이다. 옥수수는 다양한 음식으로 가공이 가능하여 식품 산업의 총아가 되었고 우리도 모르는 사이에 우리 식탁을 점령하게 되었다. 폴란의 가족들이 맥도날드에서 사먹은 음식들은 각각 다른 음식처럼 보이지만 실험실에서 분석해보니 놀랍게도 그 모든 음식이 "거의" 옥수수임이 드러난다.

옥수수의 성분이 줄어드는 순서로 실험실은 우리의 음식을 분식하였다. 소다수(100퍼센트), 밀크셰이크(78퍼센트), 샐러드 드레싱(65퍼센트), 치킨 너깃(56퍼센트), 치즈버거(52퍼센트), 프렌치프라이(23퍼센트)였다. 잡식동물의 눈에는 아주 다양한 음식으로 보이는 것이, 질량

분석계의 눈으로 들여다보자 훨씬 더 전문화된 섭식자의 음식이었음이 밝혀졌다. 산업적 섭식자가 이런 모습이 되고만 것이다. 옥수수를 먹는 코알라 말이다.[07]

　　여기서 폴란은 우리를 코알라에 빗대어 패러디하고 있는데 이는 "코알라는 무엇을 먹을지 걱정하지 않는다. 유칼립투스 잎처럼 생기고 그런 냄새와 맛이 나는 것을 먹으면"[08] 되기 때문이다. 그러나 이 비유의 이면에는 이제 우리가 코알라처럼 무엇을 먹을지 걱정하지 않아도 된다는 말이 아니라 유칼립투스가 코알라의 주식인 것처럼 옥수수가 인간의 주식이 되고 말았다는 폴란의 인식이 있다. 잡식동물인 우리의 눈에는 다양한 음식으로 보이지만 질량분석계를 통해서 보면 이 다양한 음식은 모두 한 가지 음식, 즉 옥수수에서 비롯된 것이다. 우리의 편의를 위해 옥수수를 개량하고 심었지만 옥수수 또한 그 끈질긴 생명력으로 인간의 삶을 길들이고 장악해 온 것이다.

　　옥수수가 이렇게 식품에 만연하게 된 것은 식품산업이 지금까지의 전원적 음식사슬을 폐기하고 옥수수를 가축의 사료로 먹이고 있기 때문이다. 전원적 음식사슬을 따른다면, 본래 수송아지는 풀을 먹고 자라야 하고 연어는 육식을 해야만 한다. 그러나 전원적 음식사슬과는 달리 최소자본으로 최대이윤의 획득을 목표로 하는 산업적 음식

07·　폴란, 『The Omnivore's Dilemma: A Natural History of Four Meals』, 117
08·　폴란, 앞의 책, 3

사슬로 인해 수송아지, 닭, 양, 메기뿐만 아니라 육식어종인 연어까지도 옥수수를 먹게 되고 말았다.

스테이크가 되는 수송아지의 먹이는 옥수수이다. 닭과 돼지, 칠면조와 양, 메기와 틸라피아, 그리고 심지어 연어의 사료도 옥수수이다. 연어는 천성적으로 육식동물이지만 어류양식업자들은 연어가 옥수수를 먹을 수 있도록 개량하고 있다. 계란도 옥수수에서 만들어진다. 한 때 풀을 먹고 자라는 젖소에게서 나오던 우유와 치즈, 요구르트도 이제는 거의 살아있는 동안 실내에서 기계에 묶여 옥수수를 먹는 홀스타인종의 소에서 나온다.[09]

폴란이 여기서 말하는 옥수수는 과학 기술의 발전으로 인해 최고의 생산량과 면역력을 자랑하는 유전자 조작 산물로서 질소와 인이 과다 함유된 인공퇴비로 재배한 것이다. 게다가 풀 대신 옥수수를 먹도록 강요된 가축들이 소화불량으로 병드는 것을 예방하기 위해 사료에 섞은 여러 약품들과 항생물질은 결국 동물 몸 안에 내성 있는 박테리아를 낳고 이는 결과적으로 우리의 몸속으로 들어와 건강을 위협하게 된다. 앞 장에서 살펴본 것처럼 오제키의 『나의 고기의 해』는 바로 이 주세, 즉 산업화된 미국 축산업의 문세를 나루며 옥수수와 각종 항생제와 성장호르몬(DES)에 의해 지탱되는 미국 축산업의 실

09· 폴란, 앞의 책, 18

태를 적나라하게 고발한다. 그녀는 이렇게 길러진 소에서 나온 고기를 먹은 여자아이들이 아주 어린 나이에 월경을 겪고 남자들은 가슴이 여성처럼 올라오는 증상을 보인다고 하며 산업적으로 생산된 음식이 잠재적으로 그리고 장기적으로 우리의 건강에 어떠한 위협을 초래할 수 있는지를 그려낸다. 폴란은 실제로 "모든 비만, 제 2형 당뇨병, 심장혈관계 질병, 그리고 모든 암의 3분의 1 이상이"[10] 산업적 음식사슬에서 비롯된 음식을 섭취하면서 나타난다고 하여 산업적 음식사슬이 우리의 건강을 해치는 주범이라고 주장한다.

폴란이 음식의 건강과 우리의 건강을 위협하는 산업적 농업과 산업적 음식사슬을 비판하는 것은 이들의 산업 논리가 우리의 음식과 전체적인 음식사슬에 대한 잘못된 이해에 기초하고 있기 때문이다. 그에게 있어서 섭생은 단순히 우리의 배를 채우는 생물학적인 문제만이 아니라 우리의 건강에서 자연의 건강까지를 아우르는 포괄적인 개념이다. 그의 이러한 인식은 "음식은 환경 이야기, 에너지 이야기, 건강 이야기와 같은 중요한 다른 많은 이야기들의 핵심에 있다. 그것은 진정으로 그 다양한 역선(力線)의 중심점이다"[11]라고 말한 인터뷰에서에서 잘 드러난다. 이는 그가 영향을 받은 하워드 경의 "토양, 식물, 동물, 인간의 건강에 관한 모든 문제를 하나의 커다란 주제로 다루어야 한다"[12]는 생각과 궤를 같이 한다. 우리가 먹는 음식의 건강

10· 폴란, 『Food Rules: An Eater's Manual』, 12

11· 필리폰, 『The Ecotone Interview with Michael Pollan』, 97

12· 하워드, 『An Agricultural Testament』, 15

과 우리 몸의 건강을 산업적 농업과 산업적 음식사슬의 위협으로부터 지키기 위해서는 생태계의 모든 것은 상호연결되어 있고 다양하고 복잡한 논리로 작동된다는 것을 인식하는 것이 중요하다. 폴란이 생태계의 모든 것이 상호연결되어 있다는 주장을 거듭하는 것은 산업적 농업과 산업적 음식사슬을 움직이는 자본주의 경제 원리가 생태계를 '입력=산출'이라는 단순한 메커니즘으로 여기고 전원적 음식사슬이 맺고 있는 상호연결 관계를 경시하고 있기 때문이다.

『잡식동물의 딜레마』 제 2부에서 폴란이 자세히 묘사하고 있는 조엘 샐러틴의 폴리페이스 농장은 산업적 농업에 대한 대안적 모델이라 할 수 있다. 전원적 음식사슬이 구현되고 있는 이 농장의 핵심 원리는 "생태계에서는 모든 것이 다른 모든 것과 연결되어 있어요. 따라서 다른 열 가지를 바꾸지 않고서는 한 가지를 바꾸지 못하죠"[13]라는 샐러틴의 말에 잘 나타나 있다. 폴란은 샐러틴의 농장 시스템을 보고 자연 만물의 상호연결성을 심도 있게 경험한다.

폴리페이스의 시스템은 정말로 너무도 달라서 나 스스로에게도 정연하게 설명하기가 힘들 정도이다. 산업적 과정은 분명하고, 선형적이며, 위계적인 논리를 따르기 때문에 말로 쉽게 설명할 수 있는데, 이는 말이 비슷한 논리를 따르기 때문일 것이나. 처음에는 이것, 그러고 나면 저것이다. 여기서 이것을 투입하면 저기서는 저것이 산출된다. 그러

13· 폴란, 『*The Omnivore's Dilemma: A Natural History of Four Meals*』, 213

나 이 농장에서의 소와 닭의 관계는 (이곳에 있는 다른 생물들과 다른 관계들을 잠시 제쳐둔다면) 선형이 아니라 고리의 모습을 띤다. 그래서 어디에서 시작해야 할지 또는 어떻게 인과관계, 주체와 객체를 구별할지 파악하기가 쉽지 않다.[14]

위의 인용문에서 보듯 폴란은 폴리페이스 농장을 관찰하고서 상호연결성을 근거로 하는 음식사슬은 우리가 임의로 구분하고 구획할 수 없다는 인식에 이른다. 선형적이고 위계적인 논리를 따르는 산업원리와 달리 전원적 음식사슬은 인과관계를 명확히 구분할 수 없는 훨씬 더 복잡한 것이라는 사실을 깨달은 것이다. "한 바구니에 모든 달걀을 넣으려고 하는 점이 산업적 농업의 큰 문제이다"[15]라고 하여 그는 전원적 음식사슬이 갖는 복잡성과 다양성을 단순화시켜 자의적으로 한 곳에 모아두고 관리하려 드는 산업논리의 문제점을 비판한다. 전원적 음식사슬을 의미하는 생명공동체의 구조는 선형이 아니라 고리의 모습을 띠며 주체와 객체가 따로 구별 없이 서로 연결되어 있다. 따라서 우리가 이 음식사슬에서 섭생을 위해 어떤 생명체를 골라내도 이 생명체는 독립적인 존재가 아닌 다른 생명체와 상호연결되어 있는 존재인 것이다. 이는 자연보호운동의 선구자이면서 환경운동의 아버지라고 불리는 존 뮤어(John Muir)의 "우리가 어떤 것 하

14· 폴란, 『The Omnivore's Dilemma: A Natural History of Four Meals』, 212

15· 제퍼리, 「Michael Pollan Fixes Dinner」, 81

나만을 골라내려고 해도, 그것이 우주의 다른 모든 것과 얽혀있음을 깨닫게 된다"[16]는 구절과 유사한 사유이다. 이처럼 생태계의 만물은 상호연결되어 있기 때문에 단순한 산업원리와 달리 보다 복잡하고 다양한 양태로 유지되고 작동된다는 것이 폴란의 생각이다.

폴란은 우리에게 자연의 모든 것이 상호연결되어 있다는 사실을 인지할 것을 요구하여 인간이 이 전원적 음식사슬에서 어떤 위치에 자리 잡고 있는지에 대한 진지한 성찰을 촉구한다. 산업적 농업과 산업적 음식사슬은 인간을 음식피라미드의 가장 높은 위치에 놓고 인간이 최상위 권력자로서 전체 음식사슬과 또 이를 공급해주는 자연을 지배할 수 있다는 인식을 바탕으로 하고 있다. 그러나 폴란에게 인간과 자연은 '공진화(co-evolution)'하는 존재이다. 그리고 그의 말을 따르면 이러한 '공진화'는 주로 섭생을 통해서 이루어진다. "종들은 그들이 잡아먹는 다른 종들과 공진화 한다. 그래서 아주 종종 상호의 존이라는 관계가 형성된다"[17]는 그의 주장은 섭생이 단순히 에너지의 흡수나 저장에 그치는 것이 아니라 생태계의 구성원들이 관계를 맺는 가장 주요한 방식 중의 하나이고 이를 통해 생태계의 미래를 결정해 가고 있다는 말이다.

폴란에게 있어서 섭생은 무엇보다도 인간과 자연을 이어주는 영적인 행위이다. 심시하 시를 논하면서 상찬보는 "음식은 우주의 성체된 에

16· 뮤어, 『나의 첫 여름: 요세미티에서 보낸 1869년 여름의 기록』, 169
17· 폴란, 「Unhappy Meals」, 10

너지이다. 사람이 음식을 섭취하는 것은 한 에너지가 다른 에너지를 먹는 것"[18]이라고 지적하는데, 폴란도 유사하게 음식은 우리에게 육체적으로 그리고 영적으로 땅의 원기와 에너지를 전달해주는 존재라고 생각한다. 따라서 인간은 이러한 음식을 섭생하여 자연과의 상호연결성을 몸소 체험하게 되는데 이는 폴란의 다음 경험에서 잘 드러난다.

> 이 특별한 수플레는 대단하다고 할 정도까지는 아니어도 좋았다. 그 질감은 예상보다 약간 거칠었는데 이는 내가 계란을 너무 오래 휘저은 탓이 아닐까 하는 생각이 들었다. 그러나 그것은 맛이 훌륭했고, 모두 이에 동의했다. 내가 풍부하면서도 가벼운 수플레를 내 혀 위로 굴리면서 눈을 감자 갑자기 그 녀석들이 나타났다. 조엘의 닭들은 에그모빌에서 판자를 타고 행진하며 내려와 이른 아침의 목초지로 흩어져 나오고 있었다. 거기 그 풀에서 이 절묘한 맛이 시작된 것이다.[19]

좋은 재료로 직접 요리한 수플레를 먹으면서 폴란은 조엘의 닭을 다시 한 번 눈앞에 생생하게 보게 된다. 여기에서 수플레는 단지 음식으로서 배를 채우는 역할만 하는 것이 아니라 이 수플레가 만들어지기까지 자연에서 어떠한 일들이 일어났는지를 상기시켜주는 역할도 수행한다. 그래서 폴란은 수플레를 먹으면서 수플레의 재료인 계

18· 강찬모, 「김지하 시에 표현된 경물사상과 자연존중」, 371

19· 폴란, 『The Omnivore's Dilemma: A Natural History of Four Meals』, 273

란을 제공해준 닭을 생각하게 되고 또 이 닭을 키워준 방목지를 머릿속에 그리게 되는 것이다. 무엇보다도 이 즐거움은 이 음식의 근원에 대한 인식에서 나온 것이다. 이렇게 섭생이 우리와 자연을 이어주는 역할을 할 수 있는 것은 인간이 종들 간의 순환고리형 음식사슬에 놓여 있기 때문이다. "우리는 우리가 먹는 음식이기도 하지만, 그 음식이 먹는 음식이기도 하다"[20]는 폴란의 말에서 보듯, 이 순환고리형 음식사슬에서 우리는 포식자인 동시에 피식자인 것이다. 그렇기 때문에 우리가 먹는 음식이 곧 세상의 몸이고 우리 자신 또한 세상의 음식인 것이다. 우리가 다른 생명체의 "음식"이기도 하다는 것은 미야자와 겐지의 「주문이 많은 요리점」의 주제이기도 한데 이런 인식은 생태계에서 섭생에 관한 우리의 의식을 근본적으로 재고하게 한다.

섭생이 이처럼 생물학적인 행위를 넘어서 자연과 인간을 이어주는 영적인 행위이기 때문에 우리가 무엇을 어떻게 섭생하느냐의 문제는 자연의 건강과 직결되는 중차대한 사안이다. 그의 이러한 생각은 "우리가 무엇을 어떻게 먹느냐에 따라 우리가 자연을 이용하는 정도가, 그리고 자연 세계가 달라지는 정도가 결정된다"[21]는 말에서 분명하게 드러난다. 폴란의 이 말은 음식에 관한 자기 글의 가장 주요한 영감이라고 말한 베리의 "어떻게 우리가 먹느냐가 어떻게 세계가 쓰일지를 상당 부분 결정한다"[22]는 말의 변주이다. 폴란이 다양한 음식 생

20· 폴란, 앞의 책, 84

21· 폴란, 앞의 책, 11

22· 베리, 「The Pleasure of Eating」 149

산 방법을 탐구하고 경험하는 여정 속에서 만난 샐러틴은 "동양적이며 전체론적이고 상호연결되어 있는 생산물을, 서양적이고 고립적이며 환원주의적이고 월스트리트화된 시장 시스템을 통해 판매하는 일이 불가능하다고"[23] 말한다. 그래서 그는 자연과 상호연관관계를 맺고 있는 음식다운 음식은 산업적 시스템으로 유통될 수 없다며 농장을 직접 찾아오는 사람들과 그 지역 주민들에게 농장생산품을 판매하고 있다. 폴란은 우리에게 "섭취 가능한 음식처럼 생긴 물질"을 피하고 지역농산물을 섭생할 것을 촉구하는데, 이는 우리가 먹는 대부분의 음식을 제공하고 있는 산업적 음식사슬은 출처가 복잡하고 불투명하기 때문이다.[24] 진짜 음식, 음식다운 음식이란 다음 인용문에서 보듯 자연과 대지의 원기를 머금고 있는 것들이다.

샐러틴은 돼지들이 행복하게 코로 땅바닥을 헤집고 있는 곳에 깊숙이 손을 넣어 한 손 가득 신선한 퇴비를 꺼내 내 코앞에 내밀었다. 몇 주 전까지만 해도 소똥과 나뭇조각에 불과했던 것이 이제는 한 여름의 숲 바닥처럼 달콤하고 따뜻한 냄새를 풍기고 있었다. 성변화(聖變化)의 기적처럼 말이다. 돼지들이 그들의 연금술을 마치자마자 조엘은 그의 목초지에 이 퇴비를 뿌릴 것이다. 거기서 퇴비는 풀을 키우고, 풀은 다시 소를 키우고, 소는 닭을 키우는 이런 과정이 눈이 내리기까지 계

23· 폴란, 『*The Omnivore's Dilemma: A Natural History of Four Meals*』, 131
24· 서향숙, 「음식사슬과 환경, 건강문제—마이클 폴란의 『잡식동물의 딜레마』를 중심으로」, 84

속될 것이다. 이는 풀이 햇빛을 먹고, 동물들이 풀을 먹고 자랄 수 있는 세계에서는 선물 같은 식사가 실제로 가능하다 것을 보여주는 길고 아름답고 전적으로 확실한 증거를 보이면서 말이다.[25]

샐러틴의 농장에서 자라는 풀, 소, 닭은 모두 태양 에너지와 대지의 비옥함을 먹고 자란다. 위의 인용문은 생태계 본연의 모습을 유지하는 농장만이 건강할 수 있고 또 이러한 환경에서 자란 식물과 가축들이 우리에게 대지의 원기와 에너지를 줄 수 있음을 잘 보여준다. 이 농장에서 생산되는 음식은 가공식품, 인위적으로 조작한 식품, 혹은 집중가축사육시설에서 자란 동물들로부터 나온 고기와는 전혀 다르다. 산업화된 음식을 피하고 제대로 된 음식을 먹어야 한다는 폴란의 생각은 『음식 지침』에서 보다 더 자세하게 나타나 있다.

'진짜인 척하는 음식은 피한다', '나중에 썩게 될 음식만 먹는다', '날 것의 상태나 자연에서 자라는 모습을 상상할 수 있는 성분으로 만 든 음식을 섭취한다', '사람이 요리한 음식만 먹는다', '모두가 수술용 모자를 쓰고 조리해야 하는 장소에서 만든 음식은 먹지 않는다.'[26]

위의 지침은 우리가 실생활에 적용할 수 있는 구체적인 행동강령인

25· 폴란, 앞의 책, 219

26· 폴란, 『Food Rules: An Eater's Manual』, 23~29

데, 그 핵심은 공장이 아닌 자연에서 생산된 음식을 먹으라는 말로 요약될 수 있다.

폴란은 이상적인 섭생을 실천하기 위해 우리가 지녀야 할 기본 정신은 우리에게 음식을 내준 자연에게 감사와 존중의 마음을 갖는 것이라고 주장한다. 그는 이를 위해 자연이 우리를 위해서 있는 것이 아니라 우리와 상호 공존하는 존재라는 것을, 또한 우리가 먹는 음식이 자연의 다른 수많은 생명체의 상호작용과 희생에 의해 만들어진 것임을 인지해야 한다고 말한다. 이러한 의식을 갖고 섭생할 때 식사는 단지 영양을 섭취하는 것이 아닌 보다 더 높은 신성한 의례가 될 수 있다. 폴란 자신이 직접 구한 모든 재료를 가지고 손수 요리하여 지인을 초청하여 먹는 아래 만찬에서 이런 모습이 잘 드러난다.

그렇지만 이 대화는 요즘에 흔히 들을 수 있는 음식에 대한 대화가 아니었다. 대화는 조리법이나 레스토랑에 대한 것보다는 특정한 식물과 동물, 버섯, 그리고 이것들이 살았던 지역을 중심으로 전개되었다. 이 작은 무리의 식량을 수렵하는 자들이 하는 얘기는 우리를 식탁에서 멀리 떨어진 곳으로 데려갔다. 그 얘기는 (맛 또한 그랬는데) 우리를 소노마의 참나무 숲, 시에라 네바다의 불탄 소나무, 샌프란시스코 만의 악취 나는 염전, 태평양 해안가의 미끄러운 바위들 그리고 버클리의 어느 집 뒷마당을 상기시켰다. 그 이야기들은, 이들을 먹인 음식과 같이, 이 모든 장소와 그곳에 사는 (그리고 죽어가는) 생물들 사이에 관계의 끈을 던져 이 식탁의 접시들 위에 모두 한데 모아놓았다. 나는 이것이

어떤 의례와도 비슷하다는 생각이 들기 시작했다.[27]

이 마지막 식사에서 손님들이 식탁에 모여 앉아 음식에 대해 얘기하며 먹는 모습은 『잡식동물의 딜레마』의 앞부분에서 폴란 가족이 차를 몰고 가서 패스트푸드 음식을 사 먹는 모습과 확연히 구별된다. 차 안에서 순식간에 무미건조하게 끝나버린 허기를 달래는 식사와 달리 이 마지막 식사는 여유롭게 진행되며 이야기가 흐른다. 이 자리에 모인 사람들은 이 식사를 위해서 어떠한 생명들이 희생을 해야 했고 또 음식이 이 식탁에 오르기까지 어떤 노력이 필요했는지를 얘기하면서 음식에 대한 존중과 사랑의 마음을 키운다. 이러한 모습을 통해 우리의 식사가 단지 배를 채우는 자리가 아닌 우리가 먹는 음식을 위해 희생된 생명체들을 기억하고 이에 대해 감사를 표할 수 있는 하나의 의례(儀禮)임이 확인되는 것이다.

무엇을 어떻게 먹을까에 대한 작금의 혼란의 원인으로 폴란은 무엇보다도 영양주의의 부상과 그 폐해를 지적한다. 현재 시장을 지배하는 식품산업은 우리가 살기 위해서는 필요한 영양소만 섭취하면 그만이라는 영양주의에 길들여져 있다. 그리하여 영양주의에 익숙한 사람들은 식품을 영양소 단위로 해체하고 하나의 상품으로 바라보며 식품의 실보다 양을 우선시한다. 이런 사람들에게 음식은 본질적으로 영양소들의 합이다. 음식이 영양소로 환원되는 순간 음식에 담긴

27· 폴란, 『*The Omnivore's Dilemma: A Natural History of Four Meals*』, 407

영양소는 눈에 보이지 않기 때문에 이를 이해하기 위해서는 전문가의 도움이 필요하다고 주장한다. 바로 이 순간 음식 선택의 모든 주권은 내가 아닌 이들 전문가의 손으로 넘어간다. 그들은 이원론에 바탕을 두고서 좋은 영양소와 나쁜 영양소를 구분하고 우리 몸의 건강이 이들 영양소의 과잉과 결핍에 의해 좌우된다고, 특히 "결핍"에 의해 일어난다고 주장하는데 이는 그들이 결핍된 영양소를 채워주는 일로 이득을 볼 수 있기 때문이다. 영양주의는 음식물의 정성적 차이를 고려하지 않고 단순화하여 가공식품 제조에 궁극적 정당성을 부여한다. 그러나 음식에 관한 연구는 결코 쉽지 않고 아무리 간단한 음식도 그 음식에 담긴 영양소를 다 분석해내기는 사실상 불가능하다. 음식에 들어가는 재료 하나에도 헤아릴 수도 없는 많은 화합물이 있고 그것들이 서로 복잡하고 역동적인 관계를 이루고 있으며, 다른 상태로 변해가는 과정 중에 있다. 더군다나 이 음식 재료들 간의 미묘한 상호작용이나 전체 관계는 아직 제대로 된 연구가 거의 진행되지 않은 상태이다.

폴란은 저널리스트의 열정과 치밀함으로 현대 식품산업의 뼈대인 영양주의가 실제로는 엄정한 의미의 과학이 아니라 과학인 척하는 이데올로기라는 것을 밝혀낸다. 지방을 두고 일어난 논쟁, 오메가-3와 오메가-6, 버터와 마가린 등을 둘러싸고 음식에 관한 과학적 입장이 필요에 따라 끊임없이 변화해 왔다는 점은 폴란의 이런 주장을 확실하게 뒷받침해준다. 지방을 독소처럼 여겨 지방의 섭취를 최소화하라고 했던 지질가설은 최근에는 조용히 후퇴하고 있는데 이는 포화지방과 심장질환 연관성이 미미하고 콜레스테롤 섭취와 관상동맥질환 연관성이 크지 않다는 것이 밝혀졌기 때문이다. 허술한 근거에도 불구에도 문제의 열쇠를 지방에 두고 음식의 콜레스테롤이 혈중 콜레스테롤에 영향을 미친다는 믿음이 육류와 유제품을 먹으면 심장질환에 걸리기 쉽다는 결론으로 이어지고 만 것이다. 따라서 영양주의에 입각한 식품기업과 저널리즘, 그리고 정부가 결탁하여 지난 30여 년 동안 우리의 식탁을 지배한 영양주의로 인해 우리는 더 뚱뚱하고 더 많이 아프고 더 심각한 영양부족에 시달리고 있다는 것이 그의 결론이다. 영양주의를 주장하는 사람들은 식사를 건강을 유지하기 위한 생리적 활동으로 간주하고 식사의 미적 경험과 감각적 쾌락은 물론 사회적, 문화적 맥락은 무시한다. 이런 영양주의는 식사를 미학적 경험으로 간주하는 일은 퇴폐적이고 허영이라고 인식하게 만들어 결국 우리에게서 식사를 하는 즐거움을 빼앗아 가버렸고 나아가 우리의 식단의 지침이 되어온 음식문화를 파괴한 것이다.

『음식의 변호』는 폴란이 『잡식동물의 딜레마』를 통해 현재 우리가 먹을 수 있는 음식사슬의 종류와 문제점을 제시한 후 독자들의 그럼 무엇을 먹으라는 말이냐는 질문에 답하기 위해 쓴 글이다. 이 글의 요체는 영문판 표지에 상추를 묶은 끈에 씌어있는 여덟 단어, "Eat Food, Not too Much, and Mostly Vegetables(음식을 먹되 과식하시 말고 주로 채식을 하라)"에 함축적으로 드러나 있다. 이 책의 저자 서문에서 폴란은 자기 스스로도 음식을 변호하는 글을 쓰게 될 줄은 몰랐다고 고백하는데 이는 현재 우리가 먹고 있는 음식은 우리의 육(肉)

과 영(靈)을 살찌우는 진정한 음식이 아니기 때문에 진정한 음식이 "변호" 받아야 될 지경에 이르렀다는 말이다. 현재 시장에 유통되고 있는 음식, 특히 그 중에서도 식품 산업에 의해 대량으로 생산되고 판매되는 음식은 음식의 모습을 하고 있지만 우리가 알 수 없는 어떤 물질로 구성된 "음식처럼 보이는 물질(food-looking substance)"이라는 것이다. 폴란은 진정한 음식을 대체해 버린 식품 산업을 통해 생산된 음식의 문제점이 무엇인지를 철저히 파헤친다. 그리고 그 핵심에 식품산업의 뼈대라 할 수 있는 영양주의가 자리하고 있고, 그리고 이를 통해 대량으로 생산된 제품은 칼로리는 넘치지만 영양소는 부족하다는 것을 밝혀낸다. 그리고 이런 산업에 의해 육성되고 생산된 육류에 기반을 둔 서구식 식사가 또 다른 문제라고 지적한다. 인간은 여러 종족의 각기 다른 식사법에서 보듯 다양한 종류의 식사에 적응할 수 있지만 소위 말하는 서구식 식사법은 감당할 수 없고, 여기에서 수많은 현대적 질병이 생겨난다는 것이다. 따라서 육류 위주의 서구식 식단을 지양하고 다양한 영양소가 들어있는 채소 위주의 식단을 권장하는 것이다.

이 책에서 폴란이 정말 강조하고 싶은 것은 「영양주의의 극복」이라는 제 3장에 구체적으로 나타나 있다. 그는 우선 우리가 영양주의와 서구식 식사에서 벗어나기 위해서는 진정한 "음식"이 무엇인지를 먼저 구별해야 한다고 말한다. 그는 우선 이런 구분의 조건으로 다음 사항을 제시한다.

1. 증조할머니가 음식이라고 생각하지 못할 음식은 아무것도 먹지 않는다. 또한, 이런 식품들은 피한다. a)함유성분들이 익숙하지 않은 식품, b)성분 이름을 발음하기 힘든 식품, c)성분이 다섯 개가 넘는 식품, d)고과당 옥수수 시럽을 함유한 식품

2. 건강정보 표기가 있는 식품은 피한다. a) 슈퍼마켓에서는 가장자리에서 물건을 사고 가운데 쪽은 얼씬도 하지 않는다. b) 가능한 경우 언제든 슈퍼마켓에서 벗어난다.

위의 기준은 현재 우리가 살고 있는 세계에서 진짜 음식은 점점 더 사라져 가고 그 자리를 음식 대체물, 음식처럼 보이는 먹을 수 있는 어떤 물질로 채워지고 있다는 폴란의 인식을 그대로 반영한다. 여기서 폴란이 증조할머니의 눈과 판단에 따르라고 말하는 것은 그녀의 눈이 해마다 수만 가지씩 시장에 쏟아져 나오는 가공식품에 물들지 않아 진짜 식품을 판별할 수 있다는 말이고, 나아가 오랜 역사를 통해 그 안전성과 효율성이 검증된 식문화 전통을 따르라는 권고이다. 함유성분에 관한 a), b), c)의 언급은 가공식품일수록 함유성분이 많고 그 과정이 복잡할수록 우리가 알지 못하는 성분들이 많으므로 이를 피해야 한다는 말이나. d)고과당 옥수수 시럽을 그가 특별히 언급하는 것은 이 시럽이야말로 현대적인 가공식품을 가능하게 한 마법의 성분이고 약방의 감초처럼 수많은 가공식품에 여러 다른 이름으로 들어있기 때문이다. 첫 번째 기준이 음식 선택의 기준이라면 두 번째 기준은 음식 선택의 기

준이기도 하지만 그보다 어디에서 그런 음식을 구해야 하느냐에 대한 기준이다. 건강 정보 표기가 있는 식품을 피하라는 말은 그런 정보를 달고 나오는 식품이 천연식품보다는 가공식품일 가능성이 크기 때문이다. 슈퍼마켓 중앙을 피하고 가장자리에서 물건을 사라는 말은 거기가 바로 천연식품들이 천대받으며 놓여있는 장소이기 때문이다. 슈퍼마켓을 벗어나라는 권고는 농산물 직판장과 소비자 후원 농업(CSA, Consumer Supported Agriculture) 등을 적극 활용하라는 말이다. 이는 결국 음식물의 유통거리(food mileage)를 짧게 해서 보다 신선하고 영양이 풍부한 음식을 먹을 수 있게 한다. 폴란은 생산자와 소비자 간의 대화가 양자 간의 무지의 벽을 깨고[28] 진짜 음식을 먹을 수 있는 최선의 방법이라고 주장한다.

올바른 식사를 위한 폴란의 2번째 큰 지침은 주로 채식을 하라는 것이다. 이는 앞서 그가 진짜 음식을 정의한 후에 그런 음식을 어떻게 먹을까 하는 문제에 대한 답변이다. 여기에서 그는 다음 11가지 지침을 제시한다.

1) 주로 채식을 하고, 특히 잎을 많이 먹는다.
2) 우리는 우리 먹을거리가 먹는 것을 그대로 먹는다.
3) 냉동고를 마련한다.
4) 잡식동물처럼 먹는다.

28· 폴란, 『In Defense of Food』, 199

5) 건강한 땅에서 잘 자란 동식물을 먹는다.

6) 가능할 때에는 야생에서 난 음식을 먹는다.

7) 영양보충제를 먹는 부류처럼 생활한다.

8) 프랑스인이나 이탈리아인, 인도인이나 그리스인처럼 식사한다.

9) 비전통적 음식은 우선 의심의 눈길로 본다.

10) 전통식사에서 마법의 탄환을 찾지 않는다.

11) 저녁식사를 하며 포도주 한 잔을 마신다.

위의 지침 중 1번에서 6번까지는 다시 무엇을 먹을까 하는 내용이고 7번에서 11번까지는 식사법에 관한 얘기이다. 채식을 주로 하라는 규칙은 고기가 서구식 식사의 주요 메뉴라는 점을 생각해보면 지극히 당연한 귀결이다. 산업적으로 생산된 고기를 먹으면 과다한 포화지방, 오메가-6 지방산, 그리고 그 안에 축적된 온갖 항생제와 호르몬을 섭취하는 셈이고, 그렇기 때문에 폴란은 이런 고기를 먹는 것은 "망각에 가까운 무지라는 영웅적인 행동을 필요로 한다"[29]고 단언한다. 그러나 고기를 덜 섭취하기 위한 대안으로서 채식을 하라는 이유를 넘어 채식은 우리 몸에 정말로 좋으며 아무런 해가 되지 않는다는 데에 전문가들의 견해가 일치한다. 식물은 비타민 C와 같은 여러 산화방지제를 가지고 있으며 에너지 밀도가 낮아 칼로리를 덜 섭취하게 되는 것이다. 정제하지 않은 곡물과 견과류, 씨는 영양이 많으

29· 폴란, 『*The Omnivore's Dilemma: A Natural History of Four Meals*』, 114

며 칼로리는 매우 높은 반면 정제된 씨는 많은 영양이 빠져나가 칼로리만 높다. 씨보다 잎을 많이 먹으라는 권고는 바로 이 때문이다. 2번은 생태계의 먹이사슬을 생각해 보면 너무나 지당한 얘기이다. 풀을 먹은 소와 옥수수를 먹은 소, 어떤 것을 먹느냐에 따라 우리 몸에 들이오는 "음식"도 전혀 다른 음식이 되는 것이다. 3번은 신선하고 좋은 식품을 제철에 싸게 사서 냉동 보관하라는 말이고 4번은 옥수수와 밀, 그리고 쌀과 같은 몇몇 곡물이 우리 섭생의 대부분을 차지하는 상황에서 다양한 음식을 통해 여러 영양분을 섭취하는 것이 건강에 이롭다는 얘기이다. 나아가 이는 단작의 관행을 무너뜨리고 생물의 다양성 및 토양의 건강을 도모하는 일이다. 5번은 유기농 음식을 먹으라는 말과 유사하다. 그러나 폴란의 주장은 유기농 음식만 좋은 음식이라고 할 수 없고 가공 유기농 음식이 넘쳐나니 건강한 토양에서 나온 진짜 음식을 먹는 일에 보다 세심한 주의를 기울여야 한다는 말이다. 6번은 사람이 재배하지 않고 자연이 재배한 야생식물과 동물을 먹으라는 권고인데 이는 이것들이 다양한 영양소와 오메가-3 지방산이 풍부하기 때문이다.

7번부터 11번까지는 식사 방법에 관한 얘기인데 7번은 영양보충제를 먹는 사람들같이 전반적으로 먹는 것에 더 신경을 쓰라는 말이다. 8번은 특별히 이들 나라의 식사법을 따르라는 얘기보다는 각 나라의 전통 음식문화의 규칙을 준수하라는 의미이다. 전통적 식사법은 수백 년 혹은 수천 년의 역사를 통해 그 안정성과 효용성이 검증된 식사법이다. 9번은 8번과 같은 맥락에서 나온 말이고 식생활의 새로운 변화에 신중을 기하라는 의미이다. 10번은 어떤 나라의 전통 음식이 좋고 그렇기 때문에 그 음식 중에 있을 지도 모르는 마법 같은 음식을 찾으려고 들지 말라는 뜻이다. 중요한 것은 한 특정한 음식이 아니라 전체적인 식사 패턴과 맥락이다. 11번은 소량의 음주, 특히 포도주가 건강에 도움이 된다는 말인데 폴란은 특히 포도주에 있는 폴리페놀이 심장질환의 예방 능력이 탁월하다고 주장한다.

올바른 식사를 위한 3번째 지침은 과식하지 말라는 것인데 여기서 폴란은 어떻게 먹을까 하는 문제를 좀 다른 각도에서 접근한다. 그 구체적인 실천 방안은 다음과 같다.

1) 더 내고 덜 먹는다.

2) 식사를 한다.

3) 무엇을 먹든 식탁에서 먹는다.

4) 자동차가 연료를 공급받는 곳에서 자신의 연료를 채우는 일은 삼간다.

5) 혼자 식사하지 않는다.

6) 배꼽시계를 확인한다.

7) 천천히 먹는다.

0) 직접 요리를 하고, 가능하다면 뜰에 식물을 심는다.

"더 내고 덜 먹으라"는 첫 번째 지침은 음식의 양보다 질에, 칼로리 섭취보다 음식 혹은 음식을 먹는 경험 자체에 더 많은 돈과 관심을 기울이라는 말이다. 폴란은 프랑스인이 미국인들보다 더 많이 먹고 포화지방 덩어리를 먹어도 더 날씬하고 건강하다는 역설을 예로 든다.

프랑스인의 역설을 얘기할 때, 영양주의는 다수의 날씬한 프랑스인들이 포화지방 덩어리를 먹고 포도주를 마시는 모습만을 본다. 영양주의가 프랑스인들의 역설을 볼 때 보지 못하는 것은 우리와 완벽히 다른 프랑스인들의 음식과의 관계이다. 영양주의자들은 식사의 사회학이나 생태학보다는 음식의 화학에 훨씬 더 큰 관심을 기울인다. 적포도주나 푸아그라의 건강 효과에 관한 그들의 모든 연구는 프랑스인들이 우리와는 매우 다른 방식으로 식사를 한다는 사실을 간과하고 있다. 그들은 간식을 거의 먹지 않는다. 그들은 대개 다른 사람들과 함께 식사하며, 소량을 먹고, 한 그릇을 더 먹거나 하지 않는다. 그리고 우리보다 식사에 더 많은 시간을 쓴다. 종합해 보면, 이런 모든 습관이 우리보다 더 적은 칼로리를 섭취하면서 훨씬 더 큰 기쁨을 누릴 수 있는 프랑스인들의 음식문화를 만드는 것이다.[30]

위의 인용문은 폴란이 비판하는 영양주의의 한계와 그가 옹호하는 음식문화의 차이가 무엇인지를 선언적으로 보여주고 있다. 결국 칼로리를 섭취하기 위해 음식을 많이 먹는 것을 지양하고 음식을 먹는 즐거움을 더해야 한다는 말이다.

30· 폴란, 『*In Defense of Food*』, 226~227

2)에서 폴란은 "음식"을 재정의한 것처럼 "식사"를 재정의한다. 이는 우리가 제대로 된 식사를 하지 못하고 있다는 인식에서 비롯된 것인데 그에게 있어 제대로 된 식사는 여러 사람이 식탁에 둘러 앉아 함께 먹는 것이다. 이 기준에서 벗어난 모든 것, 예를 들면 간식이나 TV 앞이나 다른 일을 하면서 뭔가를 먹는 것, 혹은 차안에서 먹는 것은 전혀 식사라고 할 수 없는 것이다. 미국인들에게 해당되는 얘기지만 미국인들이 먹는 음식의 5분의 1을 차안에서 먹고 있다고 지적한다. 3번부터 7번까지는 독립된 지침이라기보다는 식사를 하라는 2번 지침의 부연이다. 3번은 먹는 장소에 관한 얘기로 책상이나 차안이 아닌 식탁에 앉아서 식사를 하라는 말이고 4번은 주유소에서 파는 거의 모든 식품은 가공옥수수 제품이기 때문에 피하라는 말이다. 5번은 여러 논란이 있을 수 있고 불가피한 경우도 있지만 다음 구절을 보면 폴란이 의미하는 바가 분명해 진다. "함께 음식을 먹는 일은 식사를 몸에 연료를 채우는 기계적인 과정을 가족과 공동체의 의식으로, 단순한 동물의 생리 기능을 문화의 행위로 끌어 올린다."[31] 6번은 아무 생각 없이 음식을 먹지 말 것을 강조하는 지침이다. 허겁지겁 주어진 분량을 다 먹지 말고 우리 몸의 신호에 주의를 기울이며, 배부를 때까지만 먹으라는 의미이다. 7은 생각하면서 신중하게 먹으라는 말로서 슬로우 푸드(slow food) 운동과 맥을 같이 한다. 폴란은 "슬로우 푸드는 서구식 식사와 서구식 식습관 그리고 더욱 더

31· 폴란, 앞의 책, 239

가망 없이 변해가는 서구식 생활 방식에 대한 조직적인 저항이자 대항"[32]이라고 하여 그 중요성을 역설한다. 천천히 먹는다는 것은 주어진 음식을 사려 깊게 생각하며 감사하는 마음을 가지고 먹는다는 뜻이고 이런 행위는 식탁의 즐거움을 더하는 일이다. 8번은 주어진 음식의 수동적인 소비자에서 능동적인 생산자가 되라는 말인데 이런 역할 변화의 중요성은 실로 지대하다. 폴란의 다음 구절은 이런 점을 잘 지적한다.

먹을거리를 직접 기르는 복잡하고 흥미로운 과정에 직접 참여하는 것은 패스트푸드 문화 그리고 그와 관련된 여러 사고에서 빠져나오는 가장 확실한 방법이 될 수 있다. 예컨대, 음식은 빠르고 싸고 간편해야 한다거나, 음식은 자연이 아니라 산업의 산물이라든가, 음식은 연료이며, 친교(다른 사람들뿐만 아니라 다른 종들-자연-과 함께 하는)의 형태가 아니라는 사고이다.[33]

직접 키우고 요리를 하는 것은 폴란이 가짜 음식의 온상이라고 지적하는 식품산업, 가공식품, 그리고 패스트푸드의 압제에서 벗어나 음식의 지배권을 되찾는 일이다. "요리는 우리를 사회적, 생태적 관계라는 커다란 그물 속으로 들어가게 한다. 식물과 동물, 토양, 농부, 우리의 몸 안팎에 있는 미생물, 그리고 그 요리를 먹고 기뻐할 모든

32· 폴란, 『In Defense of Food』, 244
33· 폴란, 앞의 책, 245

사람과의 관계 말이다"³⁴라는 말에서 보듯 요리는 식품산업이 조장하는 단절과 분리를 극복하고 다시 세상과 사람들과의 관계를 회복하는 확실한 길인 것이다.

음식과 식사에 대한 폴란의 생각은 크게 세 가지로 요약해 볼 수 있다. 첫째는 우리가 먹는 음식과 우리, 그리고 모든 것이 긴밀하게 연결되어 있다는 생각이다. 폴란은 이를 생태학의 제1법칙인 "모든 것은 다른 모든 것과 연결되어 있다"를 원용하고 섭생의 기본 원리인 음식그물과 음식사슬을 통해 설명한다. "음식사슬에 관한 조사를 하면서 내가 배운 것이 있다면, 그것은 음식사슬이 정말로 사슬이며 그 안의 모든 고리가 연결되어 있다는 점이다." "토양의 건강에서 우리가 먹는 동식물의 건강, 우리의 음식문화, 우리의 몸과 정신까지 모든 것이 연결되어 있다"³⁵라는 그의 말이 이런 사상을 잘 요약하고 있다. 야생지에서 가져온 것이 아닌 모든 음식의 근원은 농부인데 이 농부의 눈에 "그것은 한낱 사물이 아니라 수많은 생명 사이에 이루어진 관계의 망이다. 그 중 일부는 인간이고, 일부는 아니지만, 그들 각각은 서로에게 의존하고 있고, 그들 모두는 궁극적으로 토양에 뿌리를 내리고 있으며, 햇빛으로부터 영양을 공급받는다"라는 것이 그의 생각이다.

둘째는 식사는 인간의 사회적, 문화적 행위이다. 영양주의는 식사

34· 폴란, 『Cooked: A Natural History of Transformation』, 18
35· 폴란, 앞의 책, 171

를 생리적인 차원으로 끌어내려 자동차에 기름을 채우는 것과 유사하게 "단순히 몸에 에너지를 주입하는 일"로 간주한다. 그러나 식사는 이런 기계적인 차원이 아니라 가족과 공동체의 문화이자 의식이라는 보다 높은 차원을 지니고 있다. "식사는 다른 많은 문화적 관행들보다 자연에 깊숙이 뿌리를 내리고 있다. 그 한쪽에는 인간의 생리기능이 있고, 다른 한쪽에는 자연 세계가 있는 것이다"[36]라는 폴란의 말은 식사가 지닌 문화, 즉 인간과 자연의 관계에 관한 축적된 지혜의 보고로서의 중요성을 강조하는 말이다.

셋째는 섭생에는 앎과 감사하는 마음이 중요하다는 생각이다. 이는 음식 자체에 대한 견해라기보다도 우리가 음식을 먹는 태도에 관한 얘기인데, 여기서 앎이란 음식과 식사에 대한 무지에서 벗어나 그 음식이 어디에서 누구에 의해 어떻게 길러진 것인가를 알아야 한다는 의미이다. 이러한 자각과 앎을 통해 음식 문맹에서 벗어나면 자기 앞에 있는 음식에 고마움을 느끼게 되고 이런 감사하는 마음이 나와 음식에 대한 관계를 새롭게 정립할 수 있는 초석을 제공하는 것이다.

폴란은 『잡식동물의 딜레마』의 머리말에서 "먹는 즐거움은 오로지 앎을 통해서 깊어질 수 있는 즐거움이다"라고 주장한다.[37] 그는 여러 저서를 통해 올바른 섭생을 위해서는 개별 음식에 대한 단편적 지식이 아니라 자연 속의 생명들과 더 큰 차원인 생명공동체에 대한 이해

36· 폴란, 『*Cooked: A Natural History of Transformation*』, 204
37· 폴란, 『*The Omnivore's Dilemma: A Natural History of Four Meals*』, 11

가 중요하다는 것을 잘 보여준다. 섭생은 생명체들이 자신의 것을 공유하고 교환해서 서로에게 활기를 불어넣어주는 풍요롭고 영적인 행위이기 때문이다. 자본주의 논리를 따르는 현대의 산업적 농법이 다양성을 근거로 하는 우리의 전원적 음식사슬을 파괴하고 우리의 음식이 어디에서 비롯되었는지를 망각하게 만드는 이 시점에서 폴란의 섭생에 대한 통찰력은 시사하는 바가 적지 않다.

기후변화와 식량의 위기론이 대두되면서 농업과 음식에 관한 글을 쓰는 작가들이 늘어나고 있지만 이들 중 폴란은 베리와 더불어 가장 두드러지는 작가이다. 베리가 주로 산업농의 폐해를 지적하고 생태적 전통 농업을 옹호하는 글을 쓰고 있는 반면 폴란은 농업자체보다는 그 농산물을 먹는 섭생에 초점을 맞추고 있다. 이러한 차이점은 무엇보다도 베리는 전업농부이고 폴란은 교수이자 저널리스트로 일하고 있다는 사실에서 비롯된 것이라 할 수 있겠다. 이렇게 보면 두 사람의 글은 토지에서 우리 입에 이르는 음식의 긴 여정에서 서로 보완적인 역할을 수행하고 있다고 볼 수 있다. 폴란은 여러 종류의 식량 생산에 직접 참여하고 이런 경험을 통해 매우 풍요롭게 보이지만 정작 음식다운 음식을 찾기 힘든 시대에 살고 있는 우리에게 제대로 된 섭생을 가능하게 할 유용한 지침을 제공한다. 그는 식사 자리는 단지 배를 채우는 자리가 아닌 우리가 먹는 음식을 위해 희생된 생명체들을 기억하고 이에 대해 감사를 표현할 수 있는 신성한 자리임을 지적한다. 또한 음식은 곧 세상의 몸이기 때문에 섭생을 생명공동체의 생사와 직결되는 좀 더 복잡한 문제로 여기고 이에 유념해서 섭생할 것을 주장한다. 이러한 폴란의 지적과 주장은 베리의 생태사상을 좀 더 확대시키고 구체화시킨 것이라고 할 수 있다. 음식의 생산과 유통문제가 인간과 모든 생명체의 주된 쟁점이긴 하지만 효율만능주의에 기초한 산업적 생산방식과 또 이에 길들여진 우리의 음식소비 문화가 우리에게 음식을 내주고 빌려주는 생명공동체 파괴의 주범이기도 하다는 그의 인식은 왜 섭생의 문제가 지구의 운명을 결정지을 수 있는 생태적 문제인지를 선명하게 보여준다.

폴란이 제시하는 이상적인 섭생은 우리가 자연과 더불어 살아가는 데 중요한 지침인 것은 사실이지만, 이를 우리나라 현실에서 그대로 적용하고 실천하기에는 어느 정도 한계가 있다는 생각이 든다. 먼저 폴란이 말하는 섭생은 미국 사회의 섭생문화에 초점을 맞추어서 논의가 이루어지기 때문에 비록 서구화되었지만 아직까지 어느 정도 전통 한식 식단을 유지하고 있는 한국인의 음식문화에 그대로 적용하기는 힘들다. 이는 서구 식단은 상당 부분 육식을 주로 하고 있는 반면에 우리의 전통식단은 육식이 빠른 속도로 증가하고 있긴 해도 여전히 나물이나 채소무침 위주의 채식식단에 가깝기 때문이다. 그러나 우리나라에서 육류 소비량은 급격하게 늘어 2016년 1인당 51.3kg에 이르는데 이는 OECD 평균 소비량 63.5kg에는 미치지 못하지만 일본의 1.5배 수준으로 발 빠르게 서구식 식사 모델을 따라가고 있다. 또한 이미 상당 부분 이미 산업화된 한국의 농촌에서 폴란이 이상적으로 제시하는 폴리페이스 농장의 농법을 그대로 실현하는 것은 현실적으로 쉽지 않다. 국가적 차원에서 규제가 이루어지지 않는 이상 농장주들은 무한경쟁에서 살아남기 위해 단시간에 최대의 생산량을 위해 더 많은 화학비료와 화학약품을 사용할 수밖에 없기 때문이다. 뿐만 아니라 폴란의 지역농산물 소비에 대한 옹호도 문제점이 없지는 않다. 도시화가 되면서 농업지역과 멀리 분리된 상황에서 사람들이 농장에 직접 가서 필요한 식자재를 구매하는 것은 현실적으로 어려우며 농장에 찾아가는 데 드는 에너지와 연료 소비를 고려한다면 이로 인해 발생할 수 있는 2차적인 환경 파괴에 대한 가능성도 무시할 수 없기 때문이다. 그러나 이런 한계점에도 불구하고 산업적 농업과 산업적 음식사슬로 생명공동체가 고통당하는 현실에서 우리가 먹는 음식의 진정한 의미가 무엇인지를 밝혀내고, 무엇을 어떻게 먹어야 할 지 딜레마에 빠진 우리들에게 올바른 섭생의 길을 제시한다는 점에서 폴란의 글은 실천가능하고 유용한 지침을 제공하고 있다고 볼 수 있다.

결론

오늘날 환경위기는 그야말로 방안의 코끼리 같은 존재이다. 너무나 큰 존재감으로 우리의 삶에 깊숙이 들어와 있지만 아무도 그 불편한 존재에 관해 얘기하려들지 않고 애써 무시하려 한다. 대부분의 사람은 환경위기가 급격한 산업화의 산물이라고 생각하지만 농업과 축산업이 환경훼손에 엄청나게 기여하고 있다는 사실을 아는 사람은 많지 않다. 엄청난 석유, 화학비료, 제초제, 살충제로 유지되는 기업화된 농업은 전혀 지속가능하지 않은 농법으로 지역 생태계를 심각하게 훼손하고 파괴한다. 아울러 점점 증가하는 육류 소비에 부응하기 위해 현재 지구상에는 세계 인구의 3배나 되는 21억 마리 이상의 가축들이 사육되고 있는데, 이들이 전 세계에서 생산되는 식량의 3분의 1을 먹어치우고 있다. 해마다 우리나라 공기의 질에 심각한 영향을 미치는 황사와 미세먼지도 더 많은 양고기를 생산하기 위해 내몽고 지역의 생태계가 감당힐 수 있는 그 이상의 양들을 방목하고 있기 때문인데 양들은 푸른빛이 나는 것은 뿌리까지 먹어치우기 때문에 그들이 지나간 자리는 먼지만 푸석거리는 죽음의 땅이 되고 만다. 현재 지구 온난화에 이산화탄소보다 더 치명적인 것이 메탄가스인데 세계의 선도적인 과학자들은 시베리아 동토층이 녹아 그 안에 갇혀있는 메탄가스가 공기 중으로 배출되면 지구는 대멸종에 이를 것이라고 말하기도 한다. 그런데 현재 전 세계의 소들이 방귀와 트림을 통해 배출하는 메탄가스는 전 세계의 자동차들이 내뿜는 이산화탄소보다 더 오존층을 파괴하고 있는 실정이다. 리프킨이 주장하는 것처럼 보다 더 지방이 많고 부드러운 소고기에 대한 인간의 욕망이 현재와 같은 지구 생태계의 위기를 초래한 주범이다. 그렇기 때문에 이 말을 뒤집어 보면 우리가 소고기를 먹고자 하는 욕망을 조금만 줄인다면 지구 생태계를 살릴 수 있다는 말이다. 우리의 섭생이 환경파괴의 원인이며 동시에 지구를 살릴 수 있는 방안이 될 수도 있는 것이다.

음식은 우리 삶을 결정하는 가장 중요한 조건이다. 우리 삶에 필수불가결한 의식주 중에서도 가장 앞서는 것이 음식이라는 것은 조금만 생각해보아도 자명한 일이다. 그리고 음식은 다른 무엇보다도 나와 세계를 연결하는 가장 친밀하고 직접적인 통로이다. 음식은 온 우주의 기운과 에너지가 나의 존재 속으로 들어오는 통로인 동시에 어머니를 비롯한 모든 사람의 사랑이 전달되어 오는 길이다. 내가 먹는 음식이 곧 나이기에 음식은 나의 정체성을 규정한다. 그 정체성은 개인의 정체성을 넘어, 내가 속한 사회와 국가적인 정체성으로 확대된다. WTO 등을 통해 그야말로 지구촌의 모든 농산물이 우리의 식탁에 오르는 지금 내가 먹는 음식은 이미 세계화되어 있고 그렇기 때문에 단순히 한 개인이나 국가의 차원을 넘어 세계의 경제와 정치와 밀접한 연관을 맺고 있다.

음식은 그저 우리의 생리적인 욕구인 배고픔을 채워주는 물질이 아니다. 그것은 철학적이고 종교적이며 의미를 지니고 있고 나아가 공동체적인 특성을 지니고 있다. 현재 인류가 오늘날 찬란한 문명을 이룰 수 있었던 것은 다른 무엇보다도 우리가 함께 모여 식사를 같이 했기 때문이다. 사람들은 이 식탁에 모여 음식만 나눈 것이 아니라 대화를 나누고 정보를 공유했다. 바로 이 점이 우리의 식사와 혼자서 허기를 채우는 동물의 먹이활동을 구별하는 주요한 특성이다. 그러나 현대 문명은 우리로 하여금 한 식구가 식탁에 모여 진정한 의미의 식사조차 못하게 한다. 허겁지겁 허기를 달래기 위해 폴란의 말처럼 혼자서 "음식처럼 보이는 물질"로 한 끼를 "때우는" 식사는 최첨단 시대에 사는 우리가 식사를 포기하고 다시 동물들의 "먹이활동"으로 되돌아간 느낌을 들게 한다. 셀카(봉)의 유행과 문자 대화의 대 유행에서 보듯 현대인은 타인과의 소통 단절과 부재에 시달리고 있는데 이는 21세기 인류 사회의 집단적 나르시시즘과 자폐증을 그대로 보여주고 있는 것이라 생각된다. 섭생에 있어서도 이런 자폐증의 증세는 음식의 생산과 소비에 있어 그 근원적인 공동체성을 부인하는 "혼밥", "혼술"이라는 기이한 현상으로 나타나고 있다. 이런 현상이 이제 인류라는 종의 퇴화를 알리는 전조일지도 모른다는 불길한 예감을 금할 수 없다.

김지하와 게리 스나이더는 동서양의 차이를 뛰어 넘어 섭생의 의미를 종교적이고 철학적인 관점에서 탐구한다. 동양과 동학사상의 영향을 받은 김지하는 한 톨의 쌀의 생산에 들어간 해와 바람을 비롯한 온 우주의 협업에 주목해 우리의 섭생이 지닌 우주적인 차원을 환기한다. 밥은 공동체적으로 생산되고 공동체적으로 소비된다는 점을 들어 밥의 독점을 세상 모든 악의 근원으로 파악한다. 아울러 밥이 올라오는 제사와 식사를 둘 다 신성한 의례라고 규정하여 식사의 소중함과 신성함을 강조한다. 이를 통해 김지하는 섭생은 에너지 상호교환을 통해 우주 작용에 참여하는 행위일 뿐만 아니라 우리의 근원적 일체성과 상호 간 의존을 인지하는 영적인 체험임을 주장한다. 스나이더는 "나는 생태계의 먹이사슬 어디에 위치하는가?"라는 화두를 평생 궁구해 삶과 죽음의 인드라망에서 먹이사슬은 넉넉하게 베푸는 우주의 체계이자 만물로서 만물을 상호 부양하는 체계임을 밝혀낸다. 그는 섭생의 문제를 개인적인 차원에서 우주적인 차원으로 확대해서 상호 간 에너지를 공유하는 신성한 행위로, 즉 에너지 교환이라는 위대한 사이클에 동참하는 것으로 이해한다. 이를 토대로 섭생을 먹고 먹히는 관계에서 서로가 서로를 먹여주는 사랑의 행위이자 하나의 의례로 파악한다. 모든 음식은 다른 존재의 몸이고 희생이기 때문에 존경과 감사의 마음으로 대해야 한다고 주장하여 섭생의 윤리적인 측면을 강조한다.

웬델 베리와 백석이 주로 탐구하는 것은 섭생이 지닌 근원적인 공동체성이다. 이러한 공동체성이 확보될 때 음식과 섭생은 우리가 지상에서 경험할 수 있는 가장 즐거운 경험이 될 수 있다. 베리에게 섭생의 공동체는 음식이 자라는 토양을 포함한 지역의 생태계와 그 지역에 사는 사람들로 구성된 공동체를 일컫는다. 그의 사상의 핵심은 우리가 먹는 음식이 땅에서 나오는 것이고 그렇기 때문에 땅과 농업, 음식이 인간과 불가분의 관계를 맺고 있다는 것이다. 베리가 섭생을 농사적인 행위라고 말하는 이유가 여기에 있다. 그는 지역 생태계에 순응하여 지속가능한 농사를 짓는 전통적인 가족농과 달리 단기간 최대의 이윤을 위해 땅과 지역생태계를 착취하는 산업농의 폐해를 강력하게 비판한다. 섭생의 즐거움은 우리가 먹는 음식이 어디에서 누구에 의해 어떻게 생산된 것인지를 아는 데에서 비롯되고, 그렇기 때문에 책임감 있게 먹으라는 것이 섭생에 대한 그의 견해이다. 이는 우리가 어떤 음식을 먹을지를 결정하는 것이 지구의 운명을 결정하기 때문이다. 백석은 다른 어느 작가보다도 음식을 먹는 행위가 지닌 의미, 특히 음식을 먹는 즐거움을 감각적인 언어로 그려낸다. 그에게 음식은 자신과 세계를 연결하는 통로이다. 음식은 공시적으로는 가까이는 가족과 친지, 지역 사회, 그리고 국가, 초국가적인 존재들에 대한 동료애로, 통시적으로는 현재의 나와 과거 조상들의 관계를 이어주는 통로이며 산 자와 죽은 자를 연결하며 우리와 초자연적인 것과 신성한 것을 연결해주는 고리이다. 소통의 매개로서 음식은 사랑하는 사람과의 관계에서 최고의 빛을 발하는데 그의 시에서 음식은 사랑하는 마음을 전달해주는 매개요, 서로의 사랑을 타오르게 하는 연료이다.

한강과 오제키는 육식을 둘러싼 만화경 같은 살풍경을 섬뜩하게 그려낸다. 이들의 작품에서 고기는 단순히 한 동물의 몸이나 근육이 아니라 가부장제의 상징이며 남성중심주의의 징표이다. 고기를 먹지 않겠다고 선언한 영혜가 가족에게서도 철저히 외면당해 마침내 이혼을 거쳐 정신병원에 감금되는 이유가 여기에 있다. 이를 통해 한강은 육식이 지닌 성 정치학을 그리고 그 배후에 있는 가부장적 남성중심 사회의 동물과 여성에 대한 폭력의 구조를 밝혀낸다. 한강은 영혜의 채식과 거식을 거쳐 마침내 식물 되기를 꿈꾸는 일련의 저항을 통해 폭력 없는 세상에 대한 꿈의 (불)가능성을 심문한다. 오제키는 이 육식의 문제를 보다 더 넓은 국가 간의 통상 차원으로 확대해 탈식민주의, 생태여성주의적인 논의와 환경정의(environmental justice), 독극물 담론(toxic discourse) 등의 심화된 담론을 제시한다. 여기서 고기는 온갖 항생제와 화학물질 그리고 DES라는 치명적인 성장호르몬에 오염된 고기이지만 상업적 미디어에 의해 건강에 좋고 활력을 주는 깨끗한 고기로 둔갑한다. 이 소설에서 고기는 여성과 동물을 통제하려는 욕망인 동시에 초국가적 경제 질서에서 미국의 힘의 대변자요, 경제적·문화적 식민화의 첨병이다. 오제키는 공장식 가축사육의 문제점을 지적하는 데서 더 나아가 글로벌 신자유주의와 소비자본주의라는 거대한 시스템이 생산하고 유통하는 음식의 안정성을 문제 삼는

다. 지역과 세계의 경계가 허물어진 글로컬 시대에 식품의 생산과 소비 패턴을, 그리고 이런 문제가 지구 생태계와 인간의 몸에 미치는 영향 등을 다각적으로 조망해 보게 한다.

폴란이 쓰는 음식에 관한 모든 저술의 바탕에는 거대 식품기업의 창궐이 우리의 식생활에 엄청난 혼란을 초래하였고, 이로 인해 우리 몸의 건강은 악화되었으며, 이런 음식이 생산되는 지구생태계도 심각하게 훼손되었다는 인식이 자리하고 있다. 그리고 이 모든 것의 원인은 식품과학과 식품산업의 근간인 영양주의 때문이라고 주장한다. 영양주의로 인해 이제 섭생은 눈에 보이는 음식을 먹는 행위에서 눈에 보이지 않는 영양소를 먹는 행위로 대체되었고 이로 인해 대대로 전승되던 음식문화는 권위를 상실하게 된 것이다. 폴란은 전사적인 열정으로 이 영양주의가 기껏해야 환원주의적 의사(疑似) 과학에 불과한 일종의 이데올로기임을 밝혀낸다. 그는 영양주의에 기초한 서구식 식사 패턴이 초래한 국가적 섭식장애의 실상을 파헤친 후에 이 식사패턴은 세계의 어떤 인간의 몸도 적응할 수 없는 치명적인 식사법이라고 주장한다. 영양주의의 문제점은 그것이 음식을 먹는 우리의 행위를 영양소를 섭취하는 행위로 바꾸었다는 데 있다. 음식을 영양소별로 접근하는 이런 태도는 영양소에서 전체 음식의 맥락을 제거하고, 음식에서 전체 식사의 맥락을 제거하고, 식사에서 전체 생활을 제거한다. 폴란은 음식과 섭생이 지닌 다양한 차원을 되살리고 이를 다시 연결하여 우리의 문화 속으로 재정립하려 한다. 이 오래된 새 문화는 모든 음식은 세상의 몸이라는 인식을 바탕으로 하여 섭생을 생명공동체의 건강과 직결된 문제로 인식하는 것이다.

이 책에서 다룬 7명의 작가들은 각기 고유한 관점으로 음식과 섭생에 관한 사유를 제시한다. 백석을 제외한 다른 작가들은 현재 우리가 먹는 음식과 섭생이 정도를 잃고 잘못된 길로 나아가고 있음을 아프게 지적한다. 현재 시장에 유통되고 있는 대부분의 음식이 심각하게 오염되어 있고 거대한 기업농과 공장식 가축농장에 의해 생산된 음식이 넘쳐나고 있다. 이렇게 넘쳐나는 음식은 우리로 하여금 음식의 소중함을 망각하게 해서 음식을 낭비하게 할뿐더러 이런 식의 음식 생산과 소비가 아무 문제없다고 생각하게 만든다. 그러나 이런 음식이 환경파괴와 지구 생태계의 심각한 훼손을 담보로 한 것이고 그렇기 때문에 지속가능한 것이 아니라는 점을 생각하면 문제는 더욱 심각해진다. 우리는 음식이 없으면 단 며칠도 생존할 수 없고 그 어떤 음식도 땅과 물, 공기의 도움 없이는 생산될 수 없다. 음식과 섭생의 문제가 근본적으로 생태적 문제인 이유가 여기에 있다.

환경위기의 여파 속에서 우리의 식생활도 심각하게 위협받고 있다. 음식을 먹을 때 그 음식의 맛을 즐기기보다 이 음식이 먹어도 안전한 것인지, 탈은 나지 않을 것인지를 먼저 염려하게 되었다. 베리의 말을 빌면 우리가 음식을 먹는 즐거움은 우리가 먹는 음식에 대한 정확한 이해에서 비롯된다고 하는데 현대적 음식 시스템에서 우리는 이런 중요한 정보에서 소외된 소극적이고 무지한 소비자로 전락했기 때문에 이런 즐거움을 누리지 못하는 것이다. 우리가 먹는 음식에 대한 정확한 이해, 즉 그것이 온 우주의 노력으로 만들어진 것이고 다른 존재의 몸이라는 사실을 이해하고 지구라는 식탁 위에 우리 또한 주인이자 손님임을 겸허히 받아들이고 모든 음식을 겸손과 감사로 대할 때 우리는 잃어버린 식사의 즐거움을 회복할 수 있을 것이다. 김지하가 밥 한 그릇에 대한 온전한 이해가 새로운 시대를 여는 동력이라고 말하는 것도 바로 이 때문이다. 모든 음식은 자기의 몸을 내어주는 사랑이고 이를 이해할 때만이 식사는 우리의 몸의 허기를 채울 뿐 아니라 우리 영혼의 양식이 될 수 있기 때문이다.

참고문헌

강연호. 「백석 시에 나타난 음식과 사유의 관계 양상 연구」. 『현대문학이론연구』. 35
  (2008년 12월): 5~26.

강외석. 「백석시의 음식 담론고」. 『배달말』. 30 (2002년 6월): 129~152.

_____. 「백석 시에 나타난 음식과 사유의 관계 양상 연구」. 『현대문학이론학회』. 35
  (2008년): 5~26.

강찬모. 「김지하 시에 표현된 경물사상과 자연존중」. 『한국현대문학연구』. 21 (2007년
  4월): 355~379.

고형진. 『백석 시 바로읽기』. 서울: 현대문학, 2006.

_____. 『백석시를 읽는다는 것』. 서울: 문학동네, 2013.

권성훈. 「멧새 소리」. 『경인일보』 (2013.04.01): 제 12면
  http://www.kyeongin.com/main/view.php?key=723349

김수이. 「밥상위의 제국」. 『녹색평론』. (2005년 1~2월): 148~156.

김원중. 「자연에의 애무: 게리 스나이더의 생태학적 이상」. 『영어영문학』. 41:3 (Fall,
  1995): 649~672.

_____. 「동방의 빛을 찾아서: 현대 미국시의 생태학적 경향」. 『영어영문학』. 44:3
  (Fall, 1995): 521~544.

_____. 「대지의 청지기: 웬델 베리의 생태학적 이상」. 『영어영문학』 46:3 (2000년 가
  을): 599~613.

김재경. 「소설에 나타난 음식과 권력의 문화기호학 : 김이태 『식성』과 한강 『채식주의
  자』를 중심으로」. 『여성문학연구』. (2009): 251~281.

김지하. 「밥」. http://flame888.tistory.com/1169472527 (21 April 2011).

_____. 『밥』. 분도출판사, 1984.

_____. 「콩나물」. 『김지하 전집』 2권. 서울: 실천문학사, 2002: 620~625.

_____. 『화개』. 서울: 실천문학사, 2002.

_____. 「똥 또는 광대」. 『김지하 전집』 1권. 서울: 실천문학사, 2002: 404~419.

_____. Heart's Agony: Selected Poems of Chiha Kim. Trans. Won-Chung Kim and James Han. Fredonia: White Pine Press, 1998.

_____. 「나는 밥이다」. 『김지하 전집』 1권. 서울: 실천문학사, 2002: 377~403.

_____. 「개벽과 생명운동」. 『김지하 전집』 2권. 서울: 실천문학사, 2002: 27~101.

_____. 「모심 고리 살림」. 『생명과 평화의 길』. 서울: 문학과 지성사, 2005: 302~321.

_____. 『흰그늘의 산알 소식과 산알의 흰그늘 노래』. 서울: 천년의 시학, 2010.

_____. 『시 삼백』. 서울: 자음과 모음, 2010.

_____. 「동학사상과 생명문화운동」. 『기독교와 한국 사회』. 5 (1997): 240~261.

김진희. 「백석 시에 나타난 음식과 타자의 윤리」. 『우리어문연구』. 38 (2010년 9월): 409~435.

김춘식. 「사소한 것의 발견과 전통의 자각 : 백석의 시를 중심으로」. 『청람어문교육』. 31 (2005년 6월): 243~266.

리언 래퍼포드. 『음식의 심리학』. 김용환 옮김. 서울: 인북스, 2006.

리처드 W. 불리엣. 『사육과 육식: 사육동물과 인간의 불편한 동거』. 임옥희 옮김. 파주: 알마, 2008.

박용숙. 『한국의 미학사상―바시미의 구조』. 서울: 일월서각, 1990.

박종덕. 「백석 시에 나타난 음식과 무속의 호명 의미 고찰」. 『어문연구』. 61 (2009년 9월): 395~424.

반다나 시바 엮음. 『테라 마드레: 공존을 위한 먹을거리 혁명』. 송민경 옮김. 서울: 다른, 2009.

발터 벤야민. 『일방통행로, 사유이미지―발터 벤야민 선집1』. 김영옥, 윤미애, 최성만 옮김. 서울: 길, 2007.

백석. 『정본 백석 시집』. 고형진 엮음. 서울: 문학동네, 2007.

서동욱. 『차이와 타자』. 서울: 문학과지성사, 2000.

서향숙. 「음식사슬과 환경, 건강문제―마이클 폴란의 『잡식동물의 딜레마』를 중심으로」. 『의철학연구』. 10 (2010년 12월): 81~104.

소래섭. 『백석의 맛: 시에 담긴 음식, 음식에 담긴 마음』. 파주: 프로시네스, 2009.

_____. 「백석 시와 음식의 아우라」. 『한국근대문화연구』. 16 (2007년 10월): 275~300.

E. T. 시튼. 『인디언의 복음: 그들의 삶과 철학』. 김원중 옮김. 서울: 두레, 2000.

신범순. 「원초적 시장과 레스토랑의 시학―야생의 식사를 향하여」. 『한국현대문학연구』. 12 (2002): 9~68.

신수정. 「한강 소설에 나타나는 '채식'의 의미: 『채식주의자』를 중심으로」. 『문학과 환경』. 9:2 (2010년 12월): 193~211.

신현옥. 「'초국가적' 시각에서 바라본 아시아계 미국문학: 루쓰 오제키의 『나의 고기해』를 중심으로」. 『현대영미소설』. 19:2 (2012년 9월): 127~151.

에번 D. G. 프레이저 · 앤드루 리마스. 『음식의 제국』. 유영훈 옮김. 서울: 알에이치코리아, 2012.

우미영. 「주체화의 역설과 우울증적 주체-한강의 소설을 중심으로」. 『여성문학연구』 30 (2013): 451~481

우찬제. 「섭생의 정치경제와 생태윤리」. 『문학과 환경』. 9:2 (2010년 12월): 53~72.

유진 오덤. 『생태학: 환경의 위기와 우리의 미래』. 이도원, 박은진, 송동하 옮김. 서울: 민음사, 1995.

윤창식. 「M. 폴란의 『세컨 내이처』와 『욕망의 식물학』을 통해 본 '사회적 자연'의 실현 가능성」. 『문학과 환경』. 9:2 (2010년 12월): 93~121.

이혜원. 「백석 시의 에코페미니즘적 고찰」. 『한국문학이론과 비평』. 9:3 (2005년 9월): 135~163.

이병철. 『살아남기, 근원으로 돌아가기』. 서울: 두레, 2000.

이찬규, 이은지. 「한강의 작품 속에 나타난 에코페미니즘 연구: 『채식주의자』를 중심으로」. 『인문과학』. 46 (2010년 8월): 43~67.

임도한. 「섭취 생명체에 대한 태도를 통해 본 생태시의 생태 윤리적 의의」. 『문학과 환경』. 9:2(2010): 7~24.

정미숙. 「욕망, 무너지기 쉬운 절대성: 한강 연작소설 『채식주의자』의 욕망분석」. 『코기토』. 64 (2008년 8월): 7~32.

정유화. 「음식 기호의 매개적 기능과 의미작용: 백석론」. 『어문연구』. 35:2 (2007년 여름): 273~297.

제레미 리프킨. 『육식의 종말』. 신현승 옮김. 서울: 시공사, 1993.

제인 구달, 게일 허드슨, 게리 매커보이. 『희망의 밥상』. 김은영 옮김. 서울: 사이언스북스, 2006.

존 뮤어. 『나의 첫 여름: 요세미티에서 보낸 1869년 여름의 기록』. 김원중, 이영현 옮김. 서울: 사이언스북스, 2008.

주영하. 『음식인문학: 음식으로 본 한국의 역사와 문화』. 서울: 휴머니스트, 2011.

최석호. 「불교의 세계관에서 본 환경문제」. 『창작과 비평』. 19:2 (1991년 여름): 316~334.

최승호. 『모래인간』. 서울: 세계사, 2000.

_____. 『코뿔소는 죽지 않는다』. 서울: 도요새, 2000.

최준식. 『한국인에게 밥은 무엇인가』. 서울: 휴머니스트, 2004.

최훈. 「여성주의와 채식주의」. 『한국여성철학』 15 (2011년 6월): 205~301

캐럴 J. 아담스. 『프랑켄슈타인은 고기를 먹지 않았다』. 류현 옮김. 서울: 미토, 2003.

캐롤 M. 코니한. 『음식과 몸의 인류학』. 김정희 옮김. 서울: 갈무리, 2005.

피터 싱어, 짐 메이슨. 『죽음의 밥상: 농장에서 식탁까지, 그 길고 잔인한 여정에 대한 논쟁적 탐험』. 함규진 옮김. 서울:산책자, 2008

하이드룬 메르클레. 『식탁위의 쾌락: 부엌과 식탁을 둘러싼 맛있는 역사』. 서울: 열대림, 2005.

한강. 『채식주의자』. 서울: 창비, 2007.

_____. 『내 여자의 열매』. 서울: 창비, 2000.

_____. 「자신보다 소설이 더 중요하다고 말하는 작가_소설가 한강을 만나다」 http://blog.naver.com/urimaljigi/40146456140

한귀은. 「외상의 (탈)역전이 서사: 한강의 『채식주의자』 연작에 관하여」. 『배달말』. 43 (2008): 289~317.

「한살림 선언」 http:// www.hansalim.or.kr/download/ file_hansalim_01. pdf: 428~443. (2011년 4월 12일)

Barnhill, David L. "A Giant Act of love: Reflections on the First Precept" *Trycycle: The Buddhist Review*. (Spring, 1993): 29~33.

_____. "Indra's Net as Food Chain: Gary Snyder's Ecological Vision" *The Ten Directions*. (Spring/Summer, 1990): 20~27.

_____. "Great Earth Sangha: Gary Snyder's View of Nature as Community" *Buddhism and Ecology: The Interconnection of Dharma and Deeds*. Ed. Mary Evelyn Tucker and Duncan Ryuken Williams. Cambridge, Mass: Harvard UP, 1997: 187~217.

Berger, Rose Marie. "Heaven in Henry Country: A *Sojourners* Interview with Wendell Berry" *Conversations with Wendell Berry*. Ed. Morris Allen Grubbs. Jackson: University Press of Mississippi, (2007): 164~177.

Berry, Wendell. *A Timbered Choir: The Sabbath Poems 1979-1997*. Washington, DC: Counterpoint, 1998.

_____. *Bringing It to the Table: On Farming and Food*. Berkeley: Counterpoint, 2009. (온 삶을 먹다)

_____. *Collected Poems 1957-1982*. New York: North Point Press, 1984.

_____. *A Continuous Harmony: Essays Cultural and Agricultural*. New York: Harcourt Brace & Company, 1972.

_____. *The Gift of Good Land: Further Essays Cultural and Agricultural*. New York: North Point Press, 1981.

_____. *Home Economics*. San Francisco: North Point Press, 1987. (생활의 조건)

_____. *Imagination in Place*. Berkeley: Counterpoint, 2010.

_____. *It All Turns on Affection: The Jefferson Lecture and Other Essays*. Washington, DC: Counterpoint, 2012.

_____. *Openings*. New York: Harcourt, 1968.

_____. *Sex, Economy, Freedom and Community*. New York: Pantheon Books, 1992. (희망의 뿌리)

_____. *The Art of Commonplace: The Agrarian Essays of Wendell Berry*. Eds. Norman Wirzba. Berkeley: Counterpoint, 2002.

_____. *The Unsettling of America: Culture and Agricalture*. Sierra Club, 1986.

_____. *The Way of Ignorance and Other Essays*. Washington, DC: Shoemaker & Hoard, 2005.

_____. "Toward a Healthy Community: An Interview with Wendell Berry" (done by *The Christian Century*) *Conversations with Wendell Berry*. Ed. Morris Allen Grubbs. Jackson: University Press of Mississippi, 2007: 114~121.

_____. *What Are People For*. San Francisco: North Point P, 1990. (나에게 컴퓨터는 필요없다)

_____. *What Matters? : Economics for a Renewed Commonwealth*.

Berkeley: Counterpoint, 2010.

Black, Shameem. "Fertile Cosmofeminism: Ruth L. Ozeki and Transnational Reproduction" *Meridians*. 5:1 (2004): 226~256.

Bonzo, Matt. "And for This Food, We Give Thanks" *The Humane Vision of Wendell Berry*. Wilmington, Delaware: ISI Books, 2011: 40~49.

Bonzo, J. Matthew and Michael R. Stevens. *Wendell Berry and the Cultivation of Life: A Reader's Guide*. Grand Rapids, MI: Brazos Press, 2008.

Boyers, Bruce. "Michael Pollan: The Missing Part of the Food Chain" *Organic Connections*. Organicconnectmag.com.

Bryson, J. Scott. *The West Side of Any Mountain: Place, Space, and Ecopoetry*. Iowa City: University of Iowa Press, 2005.

Buell, Lawrence. *The Future of Environmental Criticism: Environmental Crisis and Literary Imagination*. Malden: Blackwell Publishing, 2005.

Bush Jr., Harold K. "Wendell Berry, Seeds of Hope, and the Survival of Creation" *Christianity and Literature*. 56:2 (Winter, 2007): 297~316.

_____. "Hunting for Reasons to Hope: A Conversation with Wendell Berry" *Christianity and Literature*. 56:2 (Winter, 2007): 214~234.

Butler, Judith. *The Psychic Life of Power: Theories in Subjection*. Stanford University Press, 1997.

Carruth, Allison. *Global Appetites: American Power and the Literature of Food*. New York: Cambridge University Press, 2013.

Cheng, E. "Meat and the Millenium: Transnational Politics of Race and Gender in Ruth Ozeki's *My Year of Meats*" *Journal of Asian American Studies*. 12:2 (2009): 191~220.

Chiu, Monica. "Postnational Globalization and (En)Gendered Meat Production in Ruth L. Ozeki's *My Year of Meats*" *Literature Interpretation Theory*. 12 (2001): 99~128.

Cook, Rufus. "Poetry and Place: Wendell Berryi's Ecology of Literature" *The Centennial Review*. 40:3 (Fall, 1996): 503~516.

Cornyetz, Nina. "The Meat Manifesto: Ruth Ozeki's Performative Poetics" *Women & Performance: A Journal of Feminist Theory*. 12:1 (2001): 207~224.

Counihan, Carole. *The Anthropology of Food and Body: Gender, Meaning and Power*. London: Routledge, 1999.

Counihan, Carole and Penny Van Esterik. *Food and Culture: A Reader* (Third Edition). New York: Routledge, 2013.

Cubitt, Sean. "Decolonizing Ecomedia" *Cultural Politics*. 10:3 (2014): 275~286.

Curtin, Deane W. and Lisa M. Heldke. *Cooking, Eating, Thinking: Transformative Philosophies of Food*. Bloomington: Indiana UP, 1992.

Dalton, Katherine. "Rendering Us Again in Affection: An Interview with Wendell Berry" *Conversations with Wendell Berry*. Eds. Morris Allen Grubbs. Jackson: UP of Mississippi, 2007: 187~200.

Daly, Herman E. "Forward" *What Matters?: Economics for a Renewed Commonwealth*. Berkeley: Counterpoint, 2010: 11~14.

Devall, Bill and George Sessions. *Deep Ecology: Living As If Nature Mattered*. Salt Lake City: Gibbs Smith Publisher, 1985.

Ebenkamp, Paul. *The Etiquette of Freedom: Gary Snyder, Jim Harrison, and The Practice of the Wild*. Berkeley: Counterpoint, 2010.

Elder, John. *Imagining the Earth: Poetry and the Vision of Nature*. Urbana: University of Illinois Press, 1985.

Eliot, T. S. *Collected Poems 1909-1962 by T. S. Eliot*. London: Faber and Faber, 1963.

Estok, Simon C. "From Meat to Potatoes: An Interview with Ruth Ozeki" *Foreign Literature Studies*. 31:6 (December, 2009) : 1~14.

_____. "An Introduction to 'Ecocritical Approaches to Food and Literature in East Asia': The Special Cluster" *ISLE*. 19:4 (Autumn, 2012): 681~690.

_____. "Information Fatigue, Environmental Fatigue: Producing Affect in Ecomedia" *English Language and Literature*. 60:3 (2014): 441~459.

_____. "Diethylstilbestrol, Ecocriticism, Nation: Ruth Ozeki Goes Where No One Has Gone Before" *Foreign Literature Studies*. 32:1 (2010): 34~43.

Fish, Cheryl J. "The Toxic Body Politic: Ethnicity, Gender, and Corrective Eco—

Justice in Ruth Ozeki's *My Year of Meats* and Judith Helfand and Daniel Gold's *Blue Vinyl*" Melus. 34:2 (Summer, 2009): 43~62.

Fisher, M. F. K. *The Art of Eating (50th Anniversary Edition)*. Hoboken: Wiley Publishing, Inc., 2004.

Fukuoka, Masanobu. *The One-straw Revolution*. New York: New York Review Books, 1978.

Gaard, Greta and Patrick D. Murphy. *Ecofeminist Literary Criticism: Theory, Interpretation, Pedagogy*. Urbana: University of Illinois Press, 1998.

Gaard, Greta. *Ecofeminism: Women, Animals, Nature*. Philadelphia: Temple University Press, 1993.

Gamble, David E. "Wendell Berry: The Mad Farmer and Wilderness" *The Kentucky Review*. 8:2 (Summer, 1988): 40~52.

Goodrich, Janet. *The Unforseen Self in the Works of Wendell Berry*. Columbia: University of Missouri Press, 2001.

Grubbs, Morris Allen. *Conversations with Wendell Berry*. Jackson: University Press of Mississippi, 2007.

Handerson, Joseph A. and David W. Hursh. "Economics and Education for Human Flourishing: Wendell Berry and the *Oikonomic* Alternative to Noeliberalism" *Educational Studies*. 50:2 (2014): 167~186.

Hanh, Thich Nhat and Lilian Cheung. *Savor: Mindful Eating, Mindful Life*. New York: HarperOne, 2010.

Heise, Ursula K. *Sense of Place and Sense of Planet: The Environmental Imagination of the Global*. Oxford: Oxford University Press, 2008.

Helwig, Maggie. "Hunger." *Norton Critical Reader*. Ed Linda Peterson and John C. Brereton. W. W. Norton. 2003: 225~229.

Hicks, Jack. "Wendell Berry's Husband to the World: *A Place on Earth*" *Wendell Berry: American Authors Series*. Ed. Paul Merchant. Lewiston, Idaho: Confluence Press, 1991: 118~134.

Howard, Albert. *An Agricultural Testament*. New York: Oxford University Press, 1943.

_____. *The Soil and Health: A Study of Organic Agriculture*. New York:

Schocken, 1972.

Huang, Shu-chun. "A Hua-yen Buddhist Perspective of Gary Snyder" *Tamkang Review.* 20:2 (Summer, 1990): 195~216.

Jackson, Wes. *Nature as Measure: The Selected Essays of Wes Jackson.* Berkeley: Counterpoint, 2011.

Jeffery, Clara. "Michael Pollan Fixes Dinner" *Mother Jones.* 34:2 (2009): 32~33.

Kim, Soo Yeaon. "My Fear of Meats amd America: Ruth L. Ozeki's *My Year of Meats*(1988)" *Feminist Studies in English Literature.* 20:1 (2012): 29~57.

Kim, Won-Chung. "A World in a Bowl of Rice: Chiha Kim and an Emerging Korean Food Ethic" *ISLE.* 19:4 (December, 2012): 1~13.

Korsmeyer, Carolyn. *Making Sense of Taste: Food and Philosophy.* Ithaca: Cornell UP, 1999.

Kraus, James W. "Gary Snyder's Biopoetics: A Study of Poet as Ecologist" Ph.D. Diss. Hawaii: University of Hawaii, 1986.

Lang, John. "'Close Mystery': Wendell Berry's Poetry of Incarnation" *Renascence.* 35:4 (Spring, 1983): 258~268.

Lavazzi, Tom. "Pattern of Flux: Sex, Buddhism, and Ecology in Gary Snyder's Poetry" *Sagetrieb.* 8:1-2 (Spring & Fall, 1989): 41~68.

Lebaron, Genevieve. "Place, Love, and Time: This Poem is for Deer" http://academic.evergreen.edu/curricular/silversky/work/Shaun/placelovetime.html.(19 April 2011)

Lipkin, Jeremy. *Beyond Beef: The Rise and Fall of Cattle Culture.* New York: Plume Book, 1993.

McClintock, James I. "Gary Snyder's Poetry & Ecological Science" *The American Biology Teacher.* 54:2 (February, 1992): 80~83.

McNamee, Gregory. "Wendell Berry and the Politics of Agriculture" *Wendell Berry: American Authors Series.* Ed. Paul Merchant. Lewiston, Idaho: Confluence Press, 1991: 90~102.

Minick, Jim. "A Citizen and a Native: An Interview with Wendell Berry" *Conversations with Wendell Berry.* Ed. Morris Allen Grubbs. Jackson: UP of Mississippi, 2007: 147~163.

Mitchell, Mark T. and Nathan Schlueter. *The Humane Vision of Wendell Berry*. Wilmington, Delaware: ISI Books, 2011.

Muir, John. *My First Summer in the Sierra*. Boston: Houghton and Mifflin Co., 1911.

Muller, Marlene and Dennis Vogt. "In the Service of Hope—A Conversation with Wendell Berry" *Conversations with Wendell Berry*. Ed. Morris Allen Grubbs. Jackson: University Press of Mississippi, 2007: 201~213.

Murphy, Patrick D. *Understanding Gary Snyder*. Columbia: University of South Carolina Press, 1992.

_____. *Literature, Nature, and Other: Ecofeminist Critiques*. Albany: State University of New York Press, 1995.

_____. *A Place for Wayfaring: The Poetry and Prose of Gary Snyder*. Corvallis: Oregon State UP, 2000.

Myers, Kelly R. "Toward Cornotology" Ph. D. Dissertation. Michigan State University, 2013.

Nabhan, Gary. *Coming Home to Eat: The Pleasures of Politics of Local Foods*. New York: W. W. Norton & Company, 2002.

O'Brien, Barbara. "Giving Thanks for Our Food" http://buddhism.about.com/ol/becomingbuddhist/a/mealchants.htm. (23 April 2011.)

Ozeki, Ruth L. *My Year of Meats*. New York: Viking, 1998.

_____. *All over Creation*. New York: Penguin, 2004.

Pence, Gregory E. *The Ethics of Food: A Reader for the Twenty-First Century*. Lanham: Rowman & Littlefield Publishers, Inc, 2002.

Pilippon Daniel J and Nichols Capper. "The Ecotone Interview with Michael Pollan" *Ecotone*. 3:2 (2008): 88~100.

Pollan, Michael. *The Cooked: A Natural History of Transformation*. New York: The Penguin Press, 2013. (요리를 욕망하다)

_____. *Food Rules: An Eater's Manual*. New York: The Penguin Books, 2009. (푸드 룰)

_____. *In Defense of Food: An Eater's Manifesto*. New York: Penguin, 2008. (마이클 폴란의 행복한 밥상)

_____. *The Omnivore's Dilemma: A Natural History of Four Meals*. New York: Penguin, 2007. (잡식동물의 딜레마)

_____. "Unhappy Meals" *The New York Times*. nytimes.com. (January 28, 2007): 1~16.

_____. "Introduction" *Bringing It to the Table: On Farming and Food*. Berkeley: Counterpoint, 2009: 9~16.

Quetechenbach, Bernard W. *Back from the Far Field: American Nature Poetry and the Late Twentieth Century*. Charlottesville: University Press of Virginia, 2000.

Robin, Kevin and Frank Webster. *Times of Technoculture: from the Information Society to the Virtual Life*. New York: Routledge, 2003.

Sanday, Peggy. *Female Power and Male Dominance: On the Origins of Sexual Inequality*. London: Cambridge UP, 1981

Saunders Caroline and Barber Andrew. "Carbon Footprints, Life Cycle Analysis, Food Miles: Global Trade Trends and Market Issues" *Political Science*. 60:1 (2008): 73~88.

Scigaj, Leonard M. *Sustainable Poetry: Four American Ecopoets*. Lexington: The University Press of Kentucky, 1999.

Singer, Peter and Jim Mason. *The Ethics of What We Eat: Why Our Food Choices Matter*. Emmaus, PA: Rodale, 2006.

Slovic, Scott. *Seeking Awareness in American Nature Writing: Henry Thoreau, Annie Dillard, Edward Abbey, Wendell Berry, Berry Lopez*. Salt Lake City: University of Utah Press, 1992.

Snyder, Gary. *A Place in Space: Ethics, Aesthetics, and Watersheds*. Berkeley: Counterpoint, 1995. (지구, 우주의 한 마을)

_____. *Axle Handle*. Washington, DC: Shoemaker & Hoard, 1983.

_____. *Back on the Fire: Essays*. Berkeley: Counterpoint, 2007.

_____. *Earth House Hold: Technical Notes & Queries To Fellow Dharma Revolutionaries*. New York: New Directions, 1957.

_____. "Ecology, Place, and the Awakening of Compassion" http://www.ecobuddhism.org/solutions/wde/snyder (15 February 2012)

_____. *Mountains and Rivers Without End*. Washington, DC:

Counterpoint, 1996.

           . *Myths and Texts*. New York: New Directions, 1960.

           . "On 'Song of the Taste'" *Deep Ecology: Living As If Nature Mattered*. Ed. Devall, Bill and George Sessions. Salt Lake City: Gibbs Smith, 1985: 12~14.

           . *The Practice of the Wild: Essays by Gary Snyder*. San Francisco: North Point Press, 1990. (야생의 실천)

           . *The Real Work: Interviews & Talks 1964-1979*. Ed. Scott Maclean. New York: New Direction, 1980.

           . *Regarding Wave*. New York: New Directions Publishing, 1979.

           . *Turtle Island*. New York: New Directions, 1969.

Steuding, Bob. *Gary Snyder*. Boston: Twayne Publishers, 1976.

Sze, Julie. "Boundaries and Border Wars: DES. Technology, and Environmental Justice" *American Quarterly*. 58:3 (September, 2006): 791~814.

Tan, Joan Qionglin. *Han Shan, Chan Buddhism and Gary Snyder's Ecopoetic Way*. Brighton: Sussex Academic Press, 2009.

Tsai, Robin. "Gary Snyder and the Literature of Energy" *Proceedings of the First ASLE-Japan and ASLE-Korea and Joint Symposium on Literature and Environment*. (August, 2007): 121~124.

Ty, Eleanor. "A Universe of Many Worlds: An Interview with Ruth Ozeki" *Melus*. 38:3 (Fall, 2013): 160~171.

Wallis, Andrew H. "Towards a Global Eco-Consciousness in Ruth Ozeki's *My Year of Meats*" *ISLE*. 20:4 (Autumn, 2013): 837~854.

Yamazato, Katsunori. "Where Am I in This Food Chain?: Humanity and the Wild in Kenji Miyazawa and Gary Snyder" *Proceedings of the Second ASLE-Korea and ASLE-Japan Joint Symposium on Literature and Environment*. (November, 2010): 16~23.

※ 원서 뒤 괄호 안의 제목은 국내 번역서 제목입니다.

찾아보기

영문

푸드 Food
에콜로지 Ecology 음식과 섭생의 생태학

초판 1쇄 인쇄 2018년 2월 20일
초판 1쇄 발행 2018년 2월 28일

지은이   김원중

펴낸곳   지오북(GEOBOOK)
펴낸이   황영심
편집   전슬기, 문윤정
디자인   김정현, 장영숙

주소   서울특별시 종로구 사직로8길 34, 오피스텔 1018호
(내수동 경희궁의아침 3단지)
Tel_02-732-0337 Fax_02-732-9337
eMail_book@geobook.co.kr
www.geobook.co.kr
cafe.naver.com/geobookpub

출판등록번호   제300-2003-211
출판등록일   2003년 11월 27일

ⓒ 김원중, 지오북(GEOBOOK) 2018
지은이와 협의하여 검인은 생략합니다.

ISBN 978-89-94242-55-2 93800

이 도서의 국립중앙도서관 출판예정도서목록(CIP)은 서지정보유통지원시스템 홈페이지
(http://seoji.nl.go.kr)와 국가자료공동목록시스템(http://www.nl.go.kr/kolisnet)에서 이용하
실 수 있습니다. (CIP제어번호: CIP2018005973)